走在文学边上

袁伟望 ◎ 著

中国计划出版社　中国市场出版社 China Market Press

·北京·

图书在版编目（CIP）数据

走在文学边边上 / 袁伟望著. — 北京：中国计划出版社：中国市场出版社有限公司，2024.1
ISBN 978-7-5182-1617-8

Ⅰ.①走… Ⅱ.①袁… Ⅲ.①散文集–中国–当代 Ⅳ.①I267

中国国家版本馆 CIP 数据核字（2024）第 025529 号

走在文学边边上
ZOU ZAI WENXUE BIANBIANSHANG

| 著　　者：袁伟望
| 责任编辑：张再青（632096378@qq.com）
| 出版发行：中国计划出版社　中国市场出版社
| 社　　址：北京市西城区月坛北小街 2 号院 3 号楼（100837）
| 电　　话：（010）68024335
| 经　　销：新华书店
| 印　　刷：四川科德彩色数码科技有限公司
| 规　　格：145mm×210mm　　32 开本
| 印　　张：9.125　　　　　　字　数：205 千字
| 版　　次：2024 年 1 月第 1 版　印　次：2025 年 1 月第 1 次印刷
| 书　　号：ISBN 978-7-5182-1617-8
| 定　　价：68.00 元

版权所有　侵权必究　　印装差错　负责调换

一个人的"文学在场史"

——为袁伟望《走在文学边边上》序

"宁海有跃龙山有文峰塔,宁海是方孝孺故乡,宁海有柔石,宁海文风文脉悠远绵长。"这话,每位宁海作家都会脱口而出,语气里有止不住的骄傲。在这样的文脉滋润下,宁海的文学一直代有人出。当下的宁海,老一辈就不提了,出类拔萃的中青年作家就有不少:张忌、浦子、阿门等,都在文化圈内有重要影响力。其中当然还有本书的作者袁伟望,一个一眼看去非常谦和的半老书生。我认识他有许多年了,每次到宁海参加文学活动,都会见到他,只是平日里交往不多,真正深度的接触还是前年我的诗集《一个人的奔跑》在宁海做的一场新书分享会。在宁海作家协会(以下简称"宁海作协")主席阿门的安排下,台上与我对谈的正是袁伟望先生。当时看到他拿着一叠厚厚的文稿,里面全是他事先准备的功课,有介绍,有提问,有我的诗选,有关于我创作内外的事儿,当时我一边与他互动一边看着他特别认真地主持,心里特别感动。袁先生并不写诗,却怀着这么大的热忱为我主持分享会,提的问题又特别真诚贴切,他一定为此花了大量时间。直到看了袁先生这本书,我才知道,这些年来宁海作协搞沙龙、讲座、读书会、新书分享、创作交流、名人座谈等,他都会很用心地做宁海作协主席分给他这个副主席的活儿,我那一场只是其中之一。付出就会有回报,这些当时的功课最终成了一次次宁海作协沙龙或其他活动的最详尽的记录,让他这位活动的参与者、组织者编出了这部个人的"文学在场史"。

本书中收录最多的是有关文学沙龙的记叙,这部分内容也成为本书最打眼的部分。书稿的其他部分则是他眼里宁海作协采风活动笔记及对宁海文学故人的怀念等。这二十余万字,用袁先生自己的话来说,只是想"反映出相当长时间(大约十年)县作协文学活动包括沙龙、走亲、采风、讲座等全貌","里面的文字,也只是我的个人感觉"。但我从中读出的是同样作为文学人的一份感动和感慨。感动的是,宁海这么一个不大的地方的文学同行,一边仰望文学的星空,坚守着文学的追求,潜心创作,一边以活泼生动的文学活动,开眼界,提心力,增实力,抱团前行。一个小小的县作协做着如此丰富的文学大事,作为宁海作协主席的阿门、副主席的袁伟望等同行,十几年如一日地无私付出着。感慨的是,小作协也可以有大作为,宁海作协的活动开展得那么有声有色,让我这个平时惰性满满的宁波作协小主席汗颜的同时,不禁要为这几位宁海作协主席大大点赞。

当然,我这样说,会将这本书的意义说小了。如果只是单纯地记录,每次活动过后的新闻剪辑应该就能实现这个功能。前面提起过,袁伟望先生希望记录的是活动的"全貌",那可得神形具备,神形就在他以文学的笔法,有血有肉地还原彼时彼地的情景与内核,这是他的行文老到、准确、形象,才可以做到的。他不仅做到了,文字里还多带了一份闲散,一份趣味,这尤其体现在他写小县城的文学人对于文学理想的坚持与文学活动的热闹快乐时。我相信，这样的书写，随着时光的流逝，将会凸显更多文学还原与记录的意义，因为他至少为我们的后人留下了某段时间内一个县城的文学群像。在许多正儿八经的文学著作塞满我们的书架，让我们倦于阅读时，这样一本记录小地方文学盛事点点滴滴的书，更像是饭后甜点，滋味悠长。

我还想说的是，开卷有益，这本书的许多篇章，都被他写成了一位位作家的一场场创作随访或对作家的文本阅读心得，这样的文字将传递给我们诸多文学书写的真知灼见及文学创作的秘密。这无疑是更有意义的，尤其对写作同行，将更有启示。

最后我想对袁伟望先生道声感谢。他有心了，也辛苦了！同样祝愿宁海的文学事业一路凯歌，取得更丰硕的成果。

荣　荣

荣荣，鲁迅文学奖获得者，诗人，作家，《文学港》主编，宁波市作协主席，浙江省作协副主席。

目录
CONTENTS

壹·沙龙风景

沙龙漫谈	002
我在沙龙聊文学	010
今天，我们聊网络文学	017
赵福莲到我们沙龙	022
诗人严力	027
让幻梦照亮现实——浦子来沙龙分享交流	032
你要懂戏——杨东标先生作协沙龙漫谈	037
迎春茶话会纪实与随想	041
诗人阿门	044
内敛地闪耀——读阿门《半生史》	047
我还年轻——赵挺《外婆的英雄世界》分享会记	050

诗酒趁年华——杨小棣沙龙专题讲座　055
城市书房：肖米新书分享会　061
我们的沙龙精彩了　066
我爱秋天——李郁葱、胡人诗歌茶话会　072
《春到晴隆》分享会的收获　078
储建国先生的故事太精彩　082
诗人要有一颗入世的心——鲁迅文学奖诗人荣荣新书分享会　085
为平凡而精彩的人生立传——仇叶祥《足迹：自叙人生路》
　分享会　092
闲话安炉新书《第一场雪》　097
那一夜，诗的光芒在图书馆闪耀　100
云在飞，诗在嗖嗖地长——记应满云《闲云记》分享会　103
华枝春满，天心月圆——主持巧琼的新书分享会　109
细节中的江南——《塔鱼浜自然史》分享会　117
漫谈"黄亚洲的漫谈"　124

贰·走亲会友

鄞州，亲亲一家人　132
岱山，我们来感受潮声海韵　137

叁·采风情思

南溪民宿夜宿记	152
一市镇山下村	156
满山岛：一座神秘的海岛	160
一片云，在蓝天飞翔	165
半边山情思	171
紫阳街访古	176
王爱山采风三景	181
城西有座山	186
雷婆头峰	190
柔石故居	194

肆·讲座春风

文学是可爱的——与宁中文学爱好者的文学之约	198
苏轼：创造的天才，不朽的精灵	222

伍·怀念永恒

写一首诗给作协时光	242
潘天寿是宁海人	247

作家柔石 253
一个柔和温暖的人——忆徐群飞 256

附 录

年轻真好：以文学滋养的名义——记八十八岁老先生的一堂
文学鉴赏课 261

后 记 275

壹 沙龙风景

走在文学边边上
ZOU ZAI WENXUE BIANBIANSHANG

沙龙漫谈

对于宁海作协文学沙龙活动,阿门与我已经商量好多次。阿门通过联系,多方奔走,确定了可以长期举办沙龙活动的地点。阿门的努力,很让人振奋。"硬件"准备好了,会员们是否会有热情参与呢?我们事前已通过理事进行了深入的了解,感觉沙龙活动是有意义的,只要办得好,是可以长期坚持下去。只要我们够努力,是可以办出成绩和特色来的。阿门统领了沙龙活动的一切。内部活动,除了发动并让理事们在沙龙活动中各尽其力各尽其艺外,我则多出些力气,多主持几次。由此,我们的第一期沙龙活动,就水到渠成,顺利出台了。

沙龙活动到底怎样开展,每一次活动总得有个相对集中的主题,或者说聊天话题或热点什么的。那样,沙龙活动既可轻松随意,体现活动意趣,又可有相对明确而集中的主题,还有些亮点与收获,或更可以引出新的更有创意的话题,让活动持续推进。

第一期沙龙活动由我主持,我就想,就事论事,就由沙龙说"沙龙"开始。沙龙说"沙龙",容易抓住沙龙的基本特质,以后就可以随时随地随情况,扣着沙龙的本质创新推进与发展。

景文百货老总非常好客,热情且有文学情怀,不仅为我们提供了活动场地——商场贵宾室，还精心准备了瓜子、水果等茶点，为我们营造了很好的沙龙聊天氛围。我感慨，毕竟是专业经营大商场的，景文百货的贵宾室灯光柔和温馨，真让我们的沙龙一下子就显得高大上起来。室内，沙发让人舒服，茶桌让人舒心，书架充满书香，绿植、小摆件让人暖心。沙龙，真像沙龙；沙龙，就是沙龙；沙龙，就是我们宁海作协初想时该有的文学沙龙。

我读大学时，就从文学作品中接触到了沙龙，对其印象非常美好，也有向往。我印象中，沙龙里群英荟萃，人才济济。沙龙极为高贵，却又极文艺，有极浓郁的文学气息。那时我正热衷于文学，打开了阅读的窗口，拼命阅读着能接触到的各国文学作品。屠格涅夫是我特别欣赏的一位作家，他对沙龙有极好的描述。他说："沃尔孔斯卡娅沙龙像是一个童话般的城堡，沙龙主人是个有音乐天赋的美女，在这里一切思想、感觉、对话和内心活动，都富有诗意。""童话""诗意"，谁不向往呢？作家沃尔孔斯卡娅本身就创作有《奥莉加》《劳拉》等作品。这是作家与作家的聚会与交流，是心灵的诗意交流，我一直心向往之。

沙龙活动，冠以"文学"的名义，跟我心中存有世界级大作家的思想相联系，有着特别的亲切与感动在里面。同时，我也想把这一份对文学美好的诗意与情意借文学沙龙传递出来。屠格涅夫说"沙龙主人"，这"主人"也是我所向往的，做"童话"般场景的主人，怎不令人激动呢？"主人"可以调动参加沙龙活动人们的热情，引领他们展示出不同才艺，为沙龙活动增光添彩，我乐而为之。

我与阿门都知道，我们宁海作协会员里有会弹古琴的，有会吹长笛的,有会拉二胡的,也有擅长朗诵、唱歌、越剧表演的,当然,更有擅长诗歌、小说、散文等文体创作,有深厚文学功底的……可谓人才济济。沙龙活动应该能开展得很有文艺气息,并带有独特的文学情趣与格调。条件,或许只有一条,只要主持人足够好,就能受到众人欢迎或热捧。

我们喝着茶,轻松地享受相聚的欢乐,更有一份尝试宁海作协活动新形式的新鲜与喜悦。阿门说了举办沙龙活动的心路,表达了感谢之情与对沙龙活动的美好设想。他感谢景文百货的支持,设想把宁海作协的沙龙活动办成我们宁海作家成长的家——谁不希望回家呢?家是温暖的港湾!

我为这次沙龙提前做了许多案头的工作,满有信心地要做好"文学沙龙"第一期主持人。人生的第一次,多有意义?文学沙龙的第一次,同样有意义。我主持的要点有三:一是沙龙,二是文学,三是主人。照时尚的话说,由三个关键词来呈现突出。

"沙龙",我只是抄了百度的沙龙,意在明确"沙龙"的特质与发展演变历程。除了明了"沙龙"的源头与演变,同时,我也想突出我心目中对沙龙的诗意向往与对"志趣相投"情意的重视,突出文化中的童话般的"文学",让沙龙紧扣着我们的"宁海作协"。从"名词"概念入手,名正言顺,也是我多年从事语文教学形成的一贯作风或说风格。

百度上说"沙龙"最早源于意大利语单词"Salotto",是法语"Le Salon"一词译音,指法国上层人物住宅中的豪华会客厅。我们的贵宾室,也略微相似啊。什么是沙龙呢?百度是这样定义的:从17世纪起,巴黎的名人(多半是名媛贵妇)常把客厅变成著名的社交场所。进出者,多为戏剧家、小说家、诗人、音乐家、画家、评论家、哲学家和政治家等。他们志趣相投，欢聚一堂，一边呷着饮料，欣赏典雅的音乐，促膝长谈，无拘无束。人们把这种形式的聚会叫作"沙龙"，并风靡欧美各国文化界。沙龙，是大家的聚会，是思想碰撞的场所，也是创造的场所。19世纪是沙龙的鼎盛时期。那个时期产生了许多精彩的沙龙故事。

说着"沙龙"的时候，我也接着突出了西方传统沙龙的基本特点，以及期望我们宁海作协文学沙龙保持其基本特征之外可能会有的变通与创新。传统沙龙的基本特点，我照本宣科，相信作者们在获得沙龙的基本认知后，会有自己的创新理解。

（1）定期举行；

（2）时间为晚上，因为灯光常能营造出一种朦胧的、浪漫主义的美感，激起与会者的情趣、谈锋和灵感；

（3）人数不多，是个小圈子；

（4）自愿结合，三三两两，话题很广泛，很雅致，自由谈论，各抒己见；

（5）一般都有一位美丽的沙龙女主人。

说到最后一点，我笑了，我们都笑了。这时，我说到了我前面说过的屠格涅夫信中的一段话。我也说到并回应了沙龙及沙龙女主人的特殊作用。

瓦·托尔尼乌斯在《沙龙的兴衰》中表达过这样的观点："沙龙是洛可可时代的统治权威，而女性则是其中的专制女王。""在其他国度，女性与男性的成败荣损并没有这么密切的联系。但几乎每一位法国杰出男性人物的名望都与女性有关……通过沙龙，女性力量渗透了整个政治过程。沙龙的兴起翻开了社会演进中新的一页，通过沙龙，女性才获得了她们今天所拥有的地位；

沙龙活动中诞生了智慧、从容、敏锐、独立的女性，她们是现代女性的先驱。如果想要成功首先必须笼络女人的世界，这几乎是当时的通则。"这里面的"智慧、从容、敏锐、独立"等词语，我是很有期待的。

我又说了事前准备好的索邦大学教授里高在其《贵族：历史与传承》中评价沙龙语言和礼仪价值的一段话："要说良好的教养，那么步入某一沙龙一直是最好的检验，贵族以高傲的姿态、稳健的步伐和吻手礼著称（吻手礼从19世纪末期才开始，这一习惯借鉴了中世纪骑士向他的贵夫人表达敬意时的姿势），他懂得稳重地向每个人介绍自己，既不笨拙，也没有那种显得小气的矜持。实际上，良好的教养既是含蓄和文雅的组合，也是庄严持重和率性而为的矛盾组合。它把激起人的敬意的端庄稳重与冲淡庄重呆板色调的亲和优雅结合在一起。"

大家听着，也聊着沙龙里该有的教养与礼仪。然后，我也引用了与乔芙林和德·莱丝比纳斯小姐等人的故事来说明沙龙女主人的魅力与影响力。

德·朗贝尔夫人沙龙，被称为法兰西学院的前厅，据传法兰西学院的院士有半数是德·朗贝尔侯爵夫人造就的。乔芙林夫人和德·莱丝比纳斯小姐，则对法兰西学院的人选甚至产生决定性影响。据说，如今如雷贯耳的名流笛卡尔、孟德斯鸠、卢梭、伏尔泰、达朗贝尔、狄德罗、涂尔干、吉本、丰特奈尔、居里、洪堡、托克维尔、安培、费希特、格林、爱尔维修、罗伯斯庇尔等，都是在沙龙里成名的。我们的沙龙今后有多少人会由此成名呢？这是我们办文学沙龙的初衷。

我说，笛卡尔的《方法论》也是在沙龙上宣读而出名的。我也顺便说到了国外大学著名人才在各学科教授共同熏陶下成名的故事。我也念了一段不是沙龙却似沙龙的文章内容。我没有提我关注的上海现代文学兴起的那个地方——北四川路一带,中国左翼作家联盟(以下简称"左联")成立的中华艺术大楼。这座艺术大楼,对中国现代文学的意义可以说是非凡的。从阿英的《夜航集》、茅盾的《子夜》,再到鲁迅作序的《丰收》,左联在1930年到1936年间,有480多位盟员和上百部作品,在中国文学史和革命史上产生过举足轻重的作用。

我说到了一篇令我印象深刻的文章。这篇文章是现在初中语文教材里的课文,题目叫《福楼拜的星期天》,作者是莫泊桑。这篇文章描写了每个人物的肖像、语言、行动,人物之间的交流,都表现出作者乐观、积极、向上的生活态度和创作热情。这是一篇极有趣的文章。作者抓住了四位作家——屠格涅夫、都德、左拉、福楼拜在形像和性格上的特点,很有意思。文章还各有侧重地描写了他们四人的行动和语言所展现出来的文学功力,值得写作者好好地揣摩与学习。我念了开头描写屠格涅夫、福楼拜等相关的段落,想借此传递我内心诗意的向往与对宁海作协文学沙龙的美好期望。

那时福楼拜住在六层楼的一个单身宿舍里,屋子很简陋,墙上空空的,家具也很少。他很讨厌用一些没有实用价值的古董来装饰屋子。他的办公桌上总是散乱地铺着写满密密麻麻的字的稿纸。

每到星期天,从中午一点到七点,他家一直都有客人来。门铃一响,他就立刻把一块很薄的红纱毯盖到办公桌上,把桌上的稿纸、书、笔、字典所有工作用的东西都遮了起来。他总是亲自去开门,因为用人几乎每个星期日都要回家。

第一个来到的往往是伊万·屠格涅夫。他像亲兄弟一样地拥抱着这位比他略高的俄国小说家。屠格涅夫对他有一种很强烈并且很深厚的爱。他们相同的思想、哲学观点和才能;共同的趣味、生活和梦想;相同的文学主张和狂热的理想,共同的鉴赏能力与博学多识使他们两人常常是一拍即合,一见面,两人都不约而同地感到一种与其说是相互理解的愉快,倒不如说是心灵内在的欢乐。

屠格涅夫仰坐在一个沙发上,用一种轻轻并有点犹豫的声调慢慢地讲着;但是不管什么事情一经他的嘴讲出,就都带上非凡的魅力和极大的趣味。福楼拜转动着蓝色的大眼睛盯着朋友这张白皙的脸,十分钦佩地听着。当他回答时,他的嗓音特别洪亮,仿佛在他那古高卢斗士式的大胡须下面吹响一把军号。他们的谈话很少涉及日常琐事,总是围绕着文学史方面的事件。屠格涅夫也常常带来一些外文书籍,并非常流利地翻译一些歌德和普希金的诗句。

……

渐渐地,人越来越多,挤满了小客厅。新来的人只好到餐厅里去。这时只见福楼拜做着大幅度的动作(就像他要飞起来似的),从这个人面前一步跨到那个人面前,带动得他的衣裤鼓起来,像一艘渔船上的风帆。他时而激情满怀,时而义愤填膺,有时热烈激动,有时雄辩过人。他激动起来未免逗人发笑,但激动后和蔼可亲的样子又使人心情愉快,尤其是他那惊人的记忆力和超人的博学多识往往使人惊叹不已。他可以用一句很明了很深刻的话结束一场辩论。思想一下子飞跃过纵观几个世纪,并从中找出两个类同的事实或两段类似的格言，再加以比较。于是，就像两块同样的石块碰到一起一样，一束启蒙的火花从他的话语里迸发出来。

最后，他的朋友们一个个地陆续走了。他分别送到前厅，最后再单独和每个人讲一小会儿，紧紧握握对方的手，再热情地大笑着用手拍打几下对方的肩头……

我念着的时候，就有作家朋友应声而动，做出相应的姿势。我念着，也有人插着话，学着说话，逗着我们发笑。后面，我们放开了聊，聊了许多，也喝了不少的茶。沙龙，是我们的文学沙龙，我们成功地开启了一段新的旅程。我做沙龙主持人，是一件让我很高兴的事，因为我把做主持人当作一次极好的学习机会。虽然我不是"贵妇""名媛"，但我的准备是认真的，也是用心的。因为我要感恩，感恩阿门的用心，感恩景文百货的大力支持，感恩理事、会员的热情参与。

在第一次的沙龙活动上，我给大家传递了一些有用的信息，尤其是"沙龙"的信息及我们诗意的向往与期待。

（2014年1月18日）

我在沙龙聊文学

今天晚上的沙龙,由我主持。

沙发区,人刚好坐满。一边的茶桌区,就比前几次显得宽阔、敞亮起来。

墙上的挂画,也像特别舒心了一般。墙角的绿植,也显得特别油亮和精神。

来沙龙的人有阿门、赵安炉、黄海清、周晓绒、蔡能平、林华烨、王露婧等人。会长笛、会古琴的,今天都没来。人来得相对少些,我们聊得就更随意,更放松。

景文百货的工作人员早早为我们准备好了茶水。我们要续水,旁边就放了三四个热水瓶。沙龙已经做过好多次了,本次我仍做了一些准备,主题是认识世界级大作家,顺便聊聊散文的写作。

阿门,是诗人,对诗的钻研孜孜不倦,推敲打磨,不遗余力,精益求精。赵安炉对摄影、书法、散文写作等都有研究,是有名的作家里的书法家,书法家里的摄影家、作家。周晓绒散文写得好,且有心追求长篇小说的创作,并有了创作计划。黄海清书看得特别多,对写作有自己独特的思考,且思考角度与深度都带有自己"走南闯北"的经历与风格。蔡能平关注普通生活,情感丰富,散文笔致细腻。林华烨与学生一起成长,既指导着学生,又引领着学生的写作,也是散文写作的好手。王露婧做过好几年的《早春》编辑,笔下的散文也楚楚动人。其他几位也多擅长散文的写作。

世界文学方面,我特别喜欢罗曼·罗兰与雨果。我觉得他俩都是世界顶级的大作家。罗曼·罗兰的《约翰·克利斯朵夫》曾深刻地影响过我。雨果的《悲惨世界》让我久久放不下,那种心灵的救赎不断地震撼激荡我心。我与大家一起回顾了两位世界级大师的生平与创作情况。我说了自己在大学期间曾在春天一片绿油油的麦田里阅读这些名著的情景,并与大家一起回顾了以下的一些内容。

罗曼·罗兰,法国作家,音乐学家,社会活动家,教授,担任过艺术史、音乐史教授。他的创作分前后期,前期主要代表作有多取材于法国大革命的剧作,包括《群狼》《丹东》《七月十四日》等8部;人物传记《名人传》(直译为《英雄传》,包括《贝多芬传》《米开朗琪罗传》和《托尔斯泰传》三传,我对《英雄传》的"英雄"更有深深的感情);长篇小说《约翰·克利斯朵夫》,以及中篇小说《哥拉·布勒尼翁》等。后期主要作品,包括《阿耐蒂和西勒维》《夏天》《母与子》《女预言家》和一系列散文、回忆录、论文等。

对于罗曼·罗兰以上的作品,我更喜欢他的前期作品,特别是《名人传》和《约翰·克利斯朵夫》。我特别喜欢出自《米开朗琪罗传》中的那句话:"世上只有一种英雄主义,就是认清生活的真相之后依然热爱生活。"同时,我也钦佩罗曼·罗兰积极参加反对帝国主义战争、保卫和平的活动，成为反帝反法西斯的文学斗士的那种无畏、勇敢的精神。

雨果，是法国19世纪前期积极浪漫主义文学的代表作家，人道主义的代表人物，被人们称为"法兰西的莎士比亚"。雨果一生创作很多部诗歌、小说、剧本与各种散文、文艺评论及政论文章，在法国及世界有着广泛的影响力。雨果的《悲惨世界》讲人类灵魂的救赎。

除了《悲惨世界》，我还提到了他的一封有关中国的信：《就英法联军远征中国致巴特勒上尉的信》。雨果在文中强烈地谴责了英法联军火烧圆明园的罪行。雨果对圆明园极尽赞美，把圆明园比作人间奇迹，他写道："过去的艺术家、诗人、哲学家，都知道圆明园；伏尔泰就谈起过圆明园。人们常说：希腊有帕特农神庙，埃及有金字塔，罗马有斗兽场，巴黎有圣母院，而东方有圆明园。没有亲眼看见过它的人，那就尽管在想象中去想象它好了。"

雨果虽然是法国人，但是他对自己国家犯下的罪行毫不讳言，仅凭这一点，我觉得，我们就应该好好尊重他，尤其是我们的写作者。

我们的话题由此聊开。我们的聊天就像散文，又有诗意。我们在文学的散文世界里海阔天空。大师级别的作家特别有故事，他们的故事就是最好的散文。

聊天中，作家们说到了雨果那个著名的标点故事：雨果写完《悲惨世界》后就把稿子寄给出版社。过了一段时间，雨果没见到回应，就给出版社写去一封信，信上只有一个问号。很快，他收到了出版社的回信，上面对应的只有一个惊叹号。不久，这部轰动世界的名著便面世了。人家的理解是准确而精彩的。"？"：能否出版？何时出版？"！"：写得太棒了！立刻出版！

作家们说到了雨果是早熟的诗人，说到了雨果的《巴黎圣母院》是被逼出来的。因为雨果出名后，继续不停地写诗、写剧本、写小说，忙得不可开交。有一次，似乎怠慢了一位名叫戈斯兰的书店老板。老板感觉遭到了侮辱，回去后写信给雨果，要求履行已经卖给他的《巴黎圣母院》合同。雨果太忙，当时还没有开始这部小说的写作，现在却要马上交稿，雨果急得是"焦头烂额"。他只好托人去和老板商量，最后总算达成协议，又给了雨果几个月时间。条件相当苛刻。晚一周就要罚款1000法郎。作品是可以被逼出来的啊。我们都笑了，也回应着说，是的，我们的一些作品也真是老虎追到脚后跟才逼出来的。

我说到了我印象极为深刻的罗曼·罗兰那道"灵光"，那道在罗曼·罗兰《回忆录》中记载的，出现在1890年3月那天大罗马郊外霞尼古勒丘陵上的"灵光"：

我正在做着梦。夕阳的红光笼罩着罗马城，四乡像大海一般，浮托着它。天上的眼睛吸引着我的灵魂，我觉得自己荡漾起来，超出时间的界限。忽然间，我的眼睛睁开了。远远地，我望见了祖国。平生第一遭，我意识到我的自由的、赤裸裸的存在，那是一道"灵光"。当然，他尚未成形，可是他的生命核已经在孕育中，那么，他是怎样的呢？——目光纯洁、自由……一个独创者，他用贝多芬的眼睛观看，并且批判当今的欧洲。在霞尼古勒的一瞬间，我就是一个创造者。从那时起，我用了二十年光阴，来表现他。

作家们还说到了两位大师的其他趣事。说雨果是"诗歌迷"，说雨果还把头发与胡须剃半边,说罗曼·罗兰靠心灵而伟大,说《约翰·克利斯朵夫》是贝多芬式的辉煌壮丽的交响乐,说罗曼·罗兰的英雄气息给人印象深刻,大家似乎感受到了英雄的气息……

大家说着说着,也都说出激情来了。我事前准备了两位大师的经典短篇散文。这是以前几期沙龙中积累起来的"经验"——朗诵作品是很好的交流,同时,也是引发深聊的"炸弹"。朗诵,也是我们的诗人阿门竭力主张与推崇的。本次沙龙,我准备了雨果的散文《致阿黛尔》《向毁灭古迹的人宣战》与《莱茵河》中的几段文字,打印了罗曼·罗兰的《忆》《自由》《论创造》等。我先念了雨果《莱茵河》中的几段。我让喜爱朗诵、擅长朗诵的女作家林华烨选择罗曼·罗兰三篇中的一两篇朗诵。林华烨准备了一下,朗诵了《论创造》中的如下内容:

生存何足道!要生活,就必须行动。您在何处?我在向您呼吁,箭手!生命之弓在您脚下横着。俯下身来,捡起我吧!把箭搭在弓弦上,射吧!

我的箭如飘忽的羽翼,嗖地飞去了;那箭手把手挪回来,搁在肩头,一面注视着向远方消失的飞矢;而渐渐地,已经射过的弓弦也由震颤而归于凝止。

神秘地发泄!谁能解释呢?一切生命的意义就在于此——在于创造的刺激。

万物都在期待着这刺激的状态中生活着。我常观察我们那些小同胞,那些兽类与植物奇异的睡眠——那些禁锢在茎衣中的树木、做梦的反刍动物、梦游的马、终生懵懵懂懂的生物。而我在它们身上却感到一种不自觉的智慧,其中不无一些抑郁的微光,显出思想快形成了：

"究竟什么时候才行动呢？"

微光隐没。它们又入睡了，疲倦而听天由命……

"还没到时候呐。"

我们必须等待。

我们一直等待着，我们这些人类。时候毕竟到了。

可是对于某些人，创造的使者只站在门口。对于另一些人，他却进去了。他用脚碰碰他们：

"醒来了，前进了。"

我们一跃而起。咱们走！

我创造，所以我生存。生命的第一个行动是创造的行动。一个新生的男孩刚从母亲子宫里冒出来时，就立刻洒下了几滴精液。一切都是种子；身体和心灵均如此。每一种健全的思想是一颗植物种子的包壳，传播着输送生命的花粉。造物主不是一个劳作了六天而在安息日上休憩的有组织的工人。安息日就是主日，那伟大的创造日。造物主不知道还有什么别的日子。如果他停止创造，即使是一刹那，他也会死去。因为"空虚"会张开腭骨等着他……腭骨，吞下吧，别作声！巨大的播种者散布着种子，仿佛流泻的阳光；而每一颗洒下来的渺小种子就像另一个太阳。倾泻吧，未来的收获，无论肉体或精神的！精神或肉体，反正都是同样的生命之源泉，"我的不朽的女儿，刘克屈拉和曼蒂尼亚……"我产生我的思想和行动，作为我身体的果实……永远把血肉赋予文字……这是我的葡萄汁，正如收获葡萄的工人在大桶中用脚踩出的一样。

因此，我一直创造着……

创造，是个很好的触发点，散文如何创造？小说大家们写的精致散文，如何做到别有韵味？散文创作成功的作家有哪些精美作品？作家在散文写作中是不是灵感来了，一下佳作就出来了？灵感是不是可以被逼着闪爆出来的？贾平凹曾被逼在墙角落里用香烟壳纸写出来的一篇短文，让人拍案叫绝。我们也说到了余秋雨的"文化散文"，说余秋雨到宁海参加活动，发言一小时，到一小时的时间点上戛然而止的精准……

作家们也聊到了他们自己的散文创作，说到了县文联为我们出的一套丛书，我也说到了我的获奖散文《以平凡之名》《水的蓝图》的写作，说到了我的散文集《记得香花山》等。

这一夜，我们聊得非常开心，心情很好。我积极"主动"——平时我是很少让人为我拍照片的，今天则是主动地让摄影师赵安炉为我拍照。这一晚，我夫人与我一起参加。安炉摄影师一定要我俩也拍张合照。安炉说，我拍的照片肯定让你们俩满意，让你们以后看了念念不忘。我们真的被"诱惑"着拍了好几张，还摆姿势拍了。这一晚，我们留了美照，记下了美好。

我们走出贵宾室时，商场已经熄灯关门了。我们由边门悄悄然走出，怕惊扰安静的商场。我们走在回家的街上，街灯明亮，空荡荡的，相当安静，我的心却仍然沉浸在沙龙聊天热烈"创造"的气氛中。我与夫人回到家，已经过11点钟了。

（2014年5月18日）

今天，我们聊网络文学

时间：2015 年 5 月 18 日
地点：景文百货贵宾室
沙龙主题：网络文学

我们宁海藏龙卧虎，在网络文学这一块也有高手"潜伏"。所以，阿门特意在这个沙龙日，请来在网络文学写作领域有影响、有成绩的陈晓燕与大家聊聊网络文学。他希望我们这些作家也能关注一下网络文学。他说，如果有年轻的作者有意要朝这方向发展，我们也可努力协助，以形成共同推动前进的氛围。今天的沙龙，我们就有重点地聊网络文学。

沙龙室，仍在景文百货一楼的贵宾室，边上就是对外营业的茶座。茶座外面就是大商场，灯光明亮。我们经商场，过茶座，进入贵宾室，总是很兴奋。贵宾室门一关，就闹中取静。大家碰面，话题特别多，聊东聊西，聊个不停。晓燕早早就到了，对网络技术很熟悉的"柳条非飞"也早到了。见座位差不多被坐满了，常来沙龙的作协会员也差不多都来了，我就让大家静静，说："让'网络大咖'为我们大家说说热门的网络文学与创作。"

当我说到陈晓燕的名字,大家没什么特别反应,但当我说到"曲十一郎",大部分人还是有点惊讶。我说:"曲十一郎就是陈晓燕,陈晓燕就是曲十一郎。"大家互相探寻一番后,陈晓燕说:"网络文学也没什么难的。大家需要了解哪方面的内容,随便问,我一时也不知道说哪方面好。宁波市的所有网络作家群为大家开放,如果你对网络文学感兴趣,只要你写出一点东西,你也可以加入的。"

"网络文学除了曲十一郎陈晓燕在创作,我们县里现在好像还没有人吧?"有人问。阿门说前段时间有几位宁海的在校大学生也热心于网络文学创作,曾与他接触过。阿门给予他们热情的鼓励,并向他们推荐了曲十一郎。这也是今晚请陈晓燕和大家聊网络文学的动因之一。

知道陈晓燕,并知道她的网名时,我很难把这两者联系起来。当时,我还特意问了陈晓燕,为什么要取这样的网名。晓燕很简洁地回答:"网络文学需要一个有趣的名字,名字要好记,好玩,要有吸引力。当时在网站的建议下,就取了这个网名。就像'唐家三少''蝴蝶蓝''梦入神机''天蚕土豆'等。"我那时还不太关注网络文学,那些作家中除了唐家三少有所耳闻,其他几位都非常陌生。晓燕告诉我,他们的小说在网络上都非常走红,或者说"火爆"。

陈晓燕,曲十一郎,著名文学网站VIP作者,勉强"80后",多部长篇VIP连载,点击量破百万。文字细腻,情感丰富,文笔华丽。都市言情小说《锦瑟流年错》、古典悬疑言情长篇《古墓小新娘》由广西人民出版社出版。

这是网络上对陈晓燕的介绍。我看着,心里就想:我们宁海作协也有出名的网络作家啦。听说,她每天能更新七八千字,相当于两三个月就可以写一两部几十万字的小说。有一次与文联主席提起这个情况,文联主席也很高兴,就让我联系晓燕,说要去找她聊聊天。他跟我说,作协有这样的作家,要鼓励、要支持,他想了解晓燕的创作,同时也想在某些方面给予助力,以发现与激励宁海的网络文学人才,推进宁海网络文学队伍建设。

以下,是我存录的这天晚上活动的部分聊天内容。

周晓绒:网络文学是个很大的天地,与以往的传统文学有什么区别呢?

陈晓燕:网络文学与传统文学确有区别,区别点也蛮多的。怎么说呢?比如网络小说要求快速更新;比如网络小说可以跟着读者的需要及时跟进,以迎合读者的口味;比如网络小说情节可以突变,可以在读者的启发下突变,也可能是作者写着写着,突然灵感爆发。

冯雪静:陈老师,你说说现在网络文学流行趋势。

陈晓燕:说到流行趋势,每个网站都各有自己的选择。现在网站男频和女频是分开的。男频,玄幻、推理类的比较多。女频,言情类的为多。其实里面又分好多种,如玄幻、武侠、仙侠、奇幻、科幻、都市、军事、历史,又有穿越等,现在大多归在腾讯等网站里面。

冯雪静:网文,是不是需要每天更新呀?

赵安炉:每天都要更新的,要变换新的东西,要吸引人啊。每天要更新多少就不晓得了。

陈晓燕:每天都必须更新,不更新,就没人看了。更新了才能让读者有新鲜感。写得好的,人家是紧盯着呢。每个网站后台也有规定的,有些必须2000字才能发,有些必须达到3000字、5000字才能发。网络写作的内容也要随着改变的。现在的"90

后",不像以前的人,在言情小说中女主角要温柔善良的,现在……(有人接话:现在是要无厘头的那种吧?)是,有这种现象,他们要求的是那种人死去又活过来的。否则没人看的。你要懂得那种语境、那种需求。如果要写网络小说,也容易,你多看看人家写的,你就也会写了,会写好的。读者会推着你更新。我也是见佛杀佛,见鬼杀鬼,见招拆招。

周晓绒:我也去培训过的,写,也是有方法的。

冯雪静:语言的氛围。

陈晓燕:对,写,也是有套路的。

赵安炉:对,写作是有套路的。网络小说更是,套路用得好,见效更快。

冯雪静:网络小说一般关注哪些东西?比如,抒情也好,角度也好。

陈晓燕:我自己要发网络小说时,会去网站上搜寻,看最高最热的,点击率高的,说明读者关注重点就在那一点上。对,你说得对,网络写作是有风向标一样的东西。(是的,网络写作也有培训。北京有一"海归",也组织网络小说写作培训。他们有一整套方案,包括网站操作、培训写作、发表出版等。)

"写作有个人,有团队,是吗?"有人插话,"每天更新,听说你每天坚持发七八千字,是真的吗?""有人就保持一天七八千字的写作状态。"

一直听着没说话的黄海清接过话题,谈了谈自己相对熟悉的网文作者——唐家三少,提到他写小说擅用悬念。

周晓绒:真的啊,好像悬念啊这种用得比较好嘛。

黄海清:实际上,网络小说真正写得好的都是那些原创。一个人花几年工夫成就一部作品,写得非常好。早期原创更多些,像《紫川》《幽冥仙途》,那些都是经典。诸葛年少创作的网络小说,出了几十本了,一直卖得很好。他们多是原创的。但独立创作比较困难,写文的速度跟不上催更的速度。

陈晓燕:写得好,它不仅仅是原创。

接下来,各人就抢着谈想法,似乎都有了一些见解。

黄海清:写得好的,比所谓的"经典作品"还要好,好读,好看,非常有吸引力。有些网络作者,更新到最后因为体力跟不上,就抛给读者一个框架,结尾也很匆忙,他不写了。早期写作没有什么回报,现在已经非常商业化了,但是也有几个高手,几年不写,一写出来就非常好的。例如《庆余年》,几年前我看的他(猫腻)的一部。网络小说,最重要的是更新快,最可恨的是你东挖一个坑,西挖一个坑,同时写五六篇。有的作家就是这里挖一个坑他就不写了,那里有思路了,写个五六万字又不写了。那些坑,就让你自己去跳,自己去填。

冯雪静:他这样写有什么目的?

"啊哟喂,让你期待着那个坑怎么填,怎么再挖个坑吸引人,让人家来填。"

……

最后,阿门与几位年轻的作者聊了聊写作的方向。陈晓燕与黄海清一起,向大家提供了可以阅读的"白金"版的"经典"。如猫腻的《间客》、痞子蔡的《第一次亲密接触》、阿耐的《大江东去》、辛夷坞的《致我们终将逝去的青春》、桐华的《步步惊心》、当年明月的《明朝那些事儿》、酒徒的《家园》、金宇澄的《繁花》、月关的《回到明朝当王爷》等。

赵福莲到我们沙龙

景文百货为我们县作家协会提供了很好的活动场所,我们的文学沙龙活动开展得很顺利。回头一望,我们的沙龙活动已举办二十期啦。想一想,过往的沙龙活动,很有趣,很充实,还很有收获。那就让我来说说那次临时通知的沙龙活动吧。

因为赵福莲女士在宁海,阿门就约请她到我们的沙龙来。赵女士非常忙,近期正在做抢救性的口述史的采访写作。这次到宁海来,是要完成一本有关宁海平调的书,要采访数十人,时间很紧张,一天时间就安排采访四到六个人,紧张得掐着时间点,一个接着一个采访,晚上还要赶着把采访录音一字一句地整理成文字。可以想象这工作有多么熬人。她在那么紧张的时间安排里能答应来沙龙,我们都非常高兴与期待,也非常感谢,并相互转告着:赵福莲老师要来沙龙啦!让人高兴的是,赵福莲女士没因工作忙爽约,不仅来了,还带来了她写宁海的两本书《宁海泥金彩漆口述史》与《品读深甽》,我们人人有份。而《品读深甽》一书,当时县里还没举行首发式,我们是先睹为快,特别开心。赵福莲女士的这份真情与细心,让我们感动。接下来的小高潮,我们都能猜到,当然是请作家签名。看着"小姑娘""小伙子"们争着签名,我笑笑坐着等空闲。

赵福莲出版《坐拥一窗缘》已经是二十多年前的事了。当时我还在知恩中学,她来学校进行文学讲座,介绍她的散文创作,我知道了她的笔名叫莲子。此后,不断有她的消息,我知道她出版了《法融大师传》《十里红妆初探》《三门湾历史与文化探源》《生命里最后一盏灯》等作品。我知道她信佛了,也知道她进入了省社科院任研究员,她关注的重点已经在地方文化的研究与写作上了。

或许是空间小,人围得多,我看到赵福莲女士额头上渗出了汗珠子,她顾不得擦一下,继续一本一本地签名。有一位签了名的朋友兴奋地对我说:"袁老师,你看,赵老师给我签宝贝啦!"我一看是"弦月宝贝"。我说:"赵老师看你就像是宝贝。她佛眼里都是宝贝啊。"也许是我在宁海中学待过,赵福莲女士毕业于宁海中学,她给我签名的落款是"莲子",称我为"先生"。后来我才知道,这"先生"两字还另有一层意思。不知是什么原因,赵福莲女士原来印象中的我是个七八十岁的"老先生",就像一些不认识我的人认定我是个早就退休的"老先生"一样,这是不是一件很有趣的事?我想,也许是我几十年来当老师当得太严肃的缘故吧,我自己也觉得怪有趣的。这次换个角度,从作家的角度重温一下,倒让我有了一份清醒:我是个不太容易让人亲近的"师道尊严"的"老先生"!这里我要声明一下:其实,我是个暖心肠的人,就像热水瓶,有时心里还滚烫滚烫的!

签名暂告一段落,进入正题,我们的作家特别好学,特别想从宁海籍著名作家身上获得一些写作的"真经"。

天健从赵福莲女士写"高僧大德传"聊起,提到人物传记的写作。赵福莲很深情地回忆起了十多年前写高僧大德传的体会与感受,她的用心让她一步步走进佛学殿堂,以至于用情佛学皈依佛门。赵福莲这一路走来的心路历程,给我以很深刻的启示:作家的自我成长与快乐收获,在学习与创作过程当中!

沙龙里,我们随便聊着,有作家朋友提到了赵福莲的《坐拥一窗缘》,有作家提到了她的《生命里最后一盏灯》。我特别有感触的是赵福莲提到写《约会荷花》及之后的"趣"事。

赵福莲说:2002年8月初,她听说在国际上享有盛誉的霍金要来杭州参加国际性数学大会,她的心一动。因为她此前读过霍金的《时间简史》,对霍金创造的那个物理世界非常感兴趣。当她在网上、报刊上再次看到霍金那张经典照片时,她心疼难忍,她觉得这位"宇宙之王"脆弱得就像一张纸,一阵风就会把他吹走。她本想去会场,但她不忍心看到真实的霍金坐在轮椅上难受的样子。赵福莲告诉我们,霍金到杭州来,掀起了她内心的波澜。就在霍金到杭州的那天下午,她抑制不住汹涌的情感波涛,眼角挂着泪花,在电脑前,花了不到半个小时写下了《约会荷花》,抒发了自己浓得化不开的情感。这一感动人的写作故事感染了我们全体在场人员,我们深深感受到,散文创作,需要的是从作家心底自然流淌出来的真情,散文真的要直击心灵!这或许就是赵福莲想告诉我们大家的散文创作真经吧。

赵福莲接着说,文章写好后,她就把这一篇《约会荷花》放到网络文集上,时间一长,也就淡忘了。过了好久,大概到了2011年的秋天,她的一位朋友突然领着孩子来到她家,说要她辅导孩子的作文阅读题。赵福莲对朋友说:"我这人对作文阅读题向来很害怕,凡经过我辅导的作文阅读题,得分都是相当低的,你可千万别让我再害人了。"而她的朋友说:"别的阅读题不会做可以理解,但这道题你是一定会做的。"她的朋友把试卷摊开来让她看。赵福莲对我们说:"我读下去,只觉得眼熟,直到读完看到'作者赵福莲,有删改',才知道朋友说那句话的意思。读完题目,我的脑子一片空白。我写这篇文字的时候,压根儿就没有那么多的想法与象征意味。我看了好几遍都回答不出题目,就老实地跟朋友说:'对不起,我做不来这题目。'朋友的眼睛一下子瞪大了,说:'什么啊,是你自己写的都回答不出?'我说是真的,面对这样的题目,一万个考生就有一万种答案,我的答案即使出来了,也不一定合老师的意。她说不行,你非得给我回答,否则我们就不走。小孩也来拉我的胳膊,说阿姨你一定要帮我,我真的一条都答不出来。"

此时沙龙里的赵福莲,双手合十,对身边的阿门说:"阿弟,你听得懂伐?那时的我,特别特别的难受。我这是干吗呢,吃了饭没事干写篇文字让孩子们难受。"她转向我们继续说:"心静了一下,我总算急中生智。我对朋友说,你不是说这是中考试题吗?那我帮你上网查查看,看有没有什么标准答案。上网一查,居然查到了,有标准答案。"赵福莲停顿一下:"讲老实话,对照过标准答案,我的冷汗都出来了。但总算帮了朋友的忙,朋友的小孩子看到答案,也开心满意了。送走朋友,我又想了很多。这个作文阅读题,哎,我原来写文章时感受到的荷花的一份清凉都让它给冲淡消失了。"

在听赵福莲讲这个故事的时候,我想起了自己工作中接触的类似故事,非常感慨。我们当老师的,真要好好研究试题命制,不要再让学生为难,不要再让作家们尴尬。虽然我知道语文阅读教学有自己的规律，但也真的要关心关心如何有效引导学生对作家文本"探幽发微"，如何让学生"方便"得体地阐释"微言大义"等深层次的问题。我真的要好好感谢赵福莲，是她给了我这个专业研究语文试题的语文老师一份特殊的"夏日荷花"般的清凉追求！

沙龙聊天继续着。当我们从阿门口中获知赵福莲出书26本，写过数十篇专业论文，编写过《馆藏杭州地方文献目录》《历代杭州府志目录提要》等书目与书目提要，还做过许多地方、历史文化专业课题等情况时，我们非常感慨，对赵福莲的勤奋与不懈努力的专业精神，极为敬佩！我们用热烈的掌声表达真诚的感谢，感谢赵福莲来到我们的沙龙传经送宝。赵福莲说，与家乡的作家一起"随便聊"，她也感觉特别亲切，特别自在。其实，更感亲切的应该是我们这些在家乡的人。

时间过得飞快，我们都不知道景文百货已经打烊了。商场管理人员特别善解人意，没过来催促我们，直到快关门了才过来提醒一下我们，我们心怀歉意地匆匆结束沙龙活动。回家路上，大家还依依不舍，一边走着，一边聊着。

附：赵福莲，女，1962年7月生，笔名莲子、柏树子，浙江宁海人，大学本科学历，1985年后在杭州图书馆工作，副研究员；2002年加入中国作家协会；著有散文集《坐拥一窗绿》《都市稻草人》《一路上有你》，随笔集《1929年的西湖博览会》《读史札记》，长篇小说《安世高大师传》《希运大师传》《法融大师传》，发表诗歌、小说、散文1500余篇。其出版的《坐拥一窗绿》获1993—1996年浙江省优秀文学奖。

诗人严力

诗人阿门说旅美诗人、星星画会的画家严力回宁海寻根,他邀请了诗人画家来我们沙龙。我听着有一份亲切,就想去见见"祖籍宁海"的诗人画家。阿门还说诗人严力跟北岛、芒克有联系,是朦胧诗代表诗人之一,我就更想去见一见了。

严力会以怎样的形象出现呢?我还在想象着,诗人严力就来了。他短发,没有我网上看到的长发诗人、画家、艺术家形象,上身穿黑色轻便羽绒服,下着蓝色牛仔裤,随意中显精神,就像我的邻家大哥。

"什么问题都可以问。"严力老师对我们说。我们就诗歌的创作及我们关注的作家问了很多问题,严力老师都给了我们满意的解答。他举例说到自己的诗《发现》,他说创作这首诗只用了几分钟,但又说,他为这首诗整整酝酿了四十多年,最初的构思可以说是从他祖父自杀开始的。说着,他还朗诵了《发现》:"一觉醒来/发现这个早晨比平时美好/还发现/手上有血迹/这才想起来/昨晚我杀掉了/杀人的绳索。"他说,"手上有血迹""杀人的绳索"意蕴无限丰富,可充分发挥想象(我看到一个版本,诗最后一句是"一群雾霾"也可证明)。当我们问到著名诗人木心时，他说到了木心的生活与创作，还进一步说："木心如果对我有什么影响的话，那就是他的沉着创作，享受自己掌控的沉浸在文学艺术中的生活。"我感受到严力老师"沉着""享受自己掌控""沉浸在文学艺术中的生活"的话语力量、理性与乐观。我更愿意用"沉浸在文学艺术中的生命"来形容严力老师。

我非常喜欢一句话："黑色熔炉的中央，送出无数太阳的地方，无穷的魔力在蕴藏。"读严力老师的诗，就有这种"深空"般的感觉。他的诗平易、深刻、理性，直入生活的本质。"从大多数文学评论中／我读到的两极形象是／他们都得了全国最好或最坏的感冒""关于和平／每次世界性的集会上／鹰与麻雀都说要用自己的蛋孵出鸽子""除了凡·高与卡夫卡／如此不幸的还有许多人／世界在他们不需要床的时候／才给他们铺床单"，这些诗句从某种角度来说，可以代表严力老师的风格。严力老师说，写诗有时是需要一些勇气的。我从严力老师的诗里，读到了他直面生活的勇气。我感受到了我们宁海正气精神在他的血液里、在他的诗里流淌——虽然他没出生在宁海，没在宁海长大，但他在诗歌里所表现出来的精神特质，总有一种宁海人不折的正气蕴藏其中。严力老师告诉我们，他的祖父给鲁迅把过脉、看过病。我想，这可能是某种精神渊源在这里的昭示。严力老师说诗的创作，说到了诗与画，说到了顾城、于坚、西川，说到了芒克的绘画，说到多多与北岛的绘画。他还说到了他组织举办过的诗人摄影展，说到了诗与绘画、诗与摄影的关系。他还说到了我们宁海人非常熟悉的画家陈逸飞，说到了重要的作家莫言、余华、苏童等。严力老师的视野之开阔，让我们敬佩不已。他在纽约、他在上海、他在北京，不论在哪里，他心中始终有个中国的家。最让我深有感触的是严力老师对诗的创作、对诗歌价值的认识。这对于从事语文教学与研究的我来说，更有"现代诗"的启蒙意义。严力老师说，文明存在于个人，文明的个人多了，人类文明就真正地发生并进步了。诗歌创作是个人的，个人的诗歌创作与时代、国家命运、审美体验、个人行为，都是息息相关的。诗不改变诗人的行为，诗不能让人文明，诗人何为？我觉得这认识有振聋发聩的作用。

为见一见诗人严力，我曾用一天时间，上网查阅诗人严力的消息、相关的访谈与诗歌作品，还特别打印了诗人精品诗作26首，其中就有一首《诗人何为》。这首诗写于2015年11月14日，是巴黎恐袭后的第二天。诗人写道："2015年11月13日/巴黎出事了/警察和军人在搜捕恐怖分子/有人问/这时候诗人何为//诗人是自己的警察/每天搜捕体内的恐怖分子/更不会把他们释放出来//如果这种功能的软件/能流行人体世界/那么出事的不会是巴黎/也不会是地球"。严力老师说："写诗是在建造写诗者自我的文明。"他关注这个鲜活而不完美的世界，他关注到了每一个个体的内在文明。这是我听过的最具诗人气质的话。严力老师确实如此"一行"而奉行——我问严力老师"一行"的意思，他笑着说"一行"可多读，释义当然更可多义。由此，我更感觉到严力老师身上独具的一种精神品质。在一个多元、开放、平等、自由的世界里，他没有成为国民之敌，也没有成为某种孤峰，他也没有"道不行，乘桴浮于海"，而是数十年沉静地沉浸于自己的诗画艺术世界里，风云变幻的世界没有改变他，他却以诗画的形式改变着自己，让自己的内心始终有一个诗画的完美世界。阿门说诗人来寻根，我想诗人的根早已深深地扎在他的内心世界里。

人特立独行最难，但我感觉到严力老师具有特立独行的品质。他说，诗在就好，其他的荣誉等都是因诗而产生的副产品，他对副产品不感兴趣。严力老师对自己的定位非常明晰。他是朦胧诗的代表诗人之一，是先锋诗人；他多才多艺，爱画画；他写小说，写散文；他举办展览；他编辑刊物，涉及文学艺术多个领域。但今天，他以诗说诗，说明诗歌创作对人生的意义，他把传统的诗歌融合在他的生活中，对我有极大的启发。他说，诗是多元的，一个人成就再大，也不可能将诗中所有的维他命都囊括殆尽，"我做了我的就是最好的。""创作要有素质，素质养成需要教育，重视教育的创新非常非常重要。"2011年严力老师在获得"长安诗歌节首届现代诗成就大奖"及"《新世纪诗典》首届年度大奖成就奖"后，他说他能保证他"写诗的姿势，会更加诚实和坚定"。诚实与坚定，这是一种坚持的"沉着"，这是一种非凡的定力。的确，我们太需要诗人这份定心与"定力"了。

"什么都可以问，什么我都会回答。"诗人的坦诚，不是一般的坦诚。诗人是不是把诗看作圣火，把诗歌创作看作是抵抗灾难与黑暗的圣火了呢？诗人是不是不自觉地又把文明圣火传承当成自己的责任了呢？诗人这次来家乡的文学沙龙，播下了诗的文明种子的。今年是新诗100周年纪念活动年，相信诗的种子会有强大生命力，诗芽会慢慢成长为枝繁叶茂的参天大树。

附：严力（1954—），祖籍浙江宁海，出生于北京，旅美画家、纽约"一行"诗社社长、朦胧诗人代表之一。1973年开始诗歌创作，1979年开始绘画创作。1978年参与民刊《今天》的诗歌发表及活动，1979年为民间艺术团体"星星画会"的成员，参加两届"星星画展"的展出。1984年在上海人民公园展室首次举办个人画展，是最早在国内举办的前卫个人画展。1985年夏留学美国纽约，1987年在纽约创办"一行"诗歌艺术团体，并出版《一行》诗歌艺术季刊，任主编。1985—2006年，曾在法国、英国、美国、日本、瑞典等地举办过个人展或参与集体展。画作曾被日本福冈现代博物馆、上海美术馆以及世界许多地方的个人收藏家收藏。出版过小说集和诗集10种以上，作品被翻译成多种文字。

让幻梦照亮现实

——浦子来沙龙分享交流

2017 年 5 月 18 日,晚上。

四季画廊。三楼书画活动室。

我早到。活动室长桌上,画廊主人已为我们准备好水果、瓜子、茶水。

我是第一次上到画廊三楼,见三楼四壁挂着对联作品,就独自先欣赏起来。

对联蛮有意味的,如"临事无疑知道力,读书有味觉心清""偶呼明月问千古,曾共梅花住一山""孤云欲起仍依岫,寒月微明始傍楼""林亭以外初无事,山水之间大有人"。

"得好友来如对月,有好书读胜看花"——这一联特别亮我的眼睛。

作家们陆续到来,我与他们打着招呼坐了下来。

浦子也来了:"作家朋友们好。"我们鼓掌欢迎。

阿门介绍起了浦子,说到了浦子的三部曲中最后一部《大中》,趁浦子长篇小说创作的间隙,就特意邀请浦子到我们沙龙来聊聊天。

浦子说:"三部曲完成,我也是很开心的。我本来就是作协会员，今天阿门约我来，就随便聊。沙龙嘛，就是聊天，就是有心人在一起聊，是吧？我们都是作者，有共同话题。"

天健是诗人，也擅长评论，他总是有自己的想法，也一直很用心地关注着文坛里的一些动态。他既热情地写着温暖的诗，也冷静客观地写着评论文章。他说，看过浦子老师的《龙窑》，《龙窑》给他一种带点儿魔幻的感觉。他请浦子老师给我们大家说说他的这种感觉对不对。他还问浦子老师刚出版的《大中》是否继续了这样的一种写作方式，或者继续在作品里营造这样一种独具浦子特色的氛围。

话题被天健挑起来了，浦子就有话说了。浦子说到了冠庄，说到了冠庄村旁的独山。独山也正是他"王庄三部曲"第二部的书名。独山这座小山，许多人不知道，冠庄谁不知道呢？冠庄可是国画大师潘天寿出生的地方。现在还有大师的故居在对外开放，展览着大师的生平与创作呢。有些年轻的作者就惊呼：浦子老师与大师潘天寿是同村人啊。

浦子说到他写过冠庄系列散文《冠庄与潘天寿》《冠庄日出》《冠庄月夜》，他说他写的好多散文都是写家乡风物的，有人还称浦子为"回浦的儿子"，这其实也是浦子的自称。浦子散文与小说写到的家乡风物，更多是带上了想象的成分。浦子说，家乡的风物是触发他想象的媒介，他感念家乡的山水。他说，他的小说基点就是家乡，宁海的，他只是在其中虚拟了一个王庄。王庄里有丰富的生活，有鲜活的人物，有奇幻的故事，人说的"魔幻"，大多都在他小说的想象中。《龙窑》故事发生在清末年间，主题是社会创新变革与人道的抗争与沦落。小说描写一个十分封闭的古村落，突然来了一个失忆又强悍的外来男人。他带来的制陶技术造就了商品经济的雏形，他的新思想更是在村里引起轩然大波，这位主人公不惜以血肉之躯来唤醒村民的变革意识。

浦子说，有评论家说《龙窑》书中充满了浓厚的浙东地域文化氛围，用两个词表达就是诡谲、神秘。评论家李敬泽更是评此书为"对时光深处的乡村和大地充满诗意的怀想"。浦子说，诡谲、神秘，不是他的追求，但他塑造的人物生活在那样的场景，必然会有诡谲、神秘。神秘也延续到了小说《大中》中。营造那样的一种氛围，浦子觉得是他成功地区别于别的作家的主要特色。他感谢家乡的山水孕育了他，他说，是家乡的山水给了他创作的灵感。

"王庄"有冠庄的影子，但好像又是一个脱离了现实而遗世独立的桃源：那里群山苍茫，院落古老，河水汤汤，风雨飘摇；那里风水奇特，风景奇瑰，风物奇崛，风情奇异；那里文化灿烂，戏剧热烈，人情动荡，人事摇摆；那里更有卓异的人物、迷离的故事、动荡的人心、离奇的爱恨。大中也是家乡的一座不出名的山，就像独山。

确实就是这样的。浦子说，穿行在这样的山水中，徜徉在这样的风情中，穿越在这样的故事中，《龙窑》里的人物会是怎样的人物呢？故事会是怎样的故事呢？浦子说，他在写这些人物，说这里面的故事的时候，好像就出离了真，出离了善，也出离了美；好像把自己也融化到一个虚无、遥远的未知世界里面去了。浦子说，卑鄙是卑鄙者的通行证，这个世界需要一些浪漫。能给这个世界创造浪漫也是一种幸福。德国作家诺瓦利斯说过，"当我给卑贱物一种崇高的意义，给寻常物一副神秘的模样，给已知物以未知物的庄重，给有限物一种无限的表象，我就将它们浪漫化了"。浦子说,他三部曲的创作,也有这样的一种想法在里头。

听着浦子的叙说,我好像感觉到浦子沉浸在孤独创作中的幸福与快乐。浦子的清静时光是快乐的,是充满故事的,是充满创造与浪漫的。浦子说,写《龙窑》的那段时间也正是他在宣传部工作特别繁忙的时候,但他没有耽误工作,同时,他在创作中找到了独特的快乐源泉。浦子说,他后来写《独山》,写《大中》,感觉到更多长篇创作的快乐,后来写起来也似乎更加顺手,那种创作长篇《龙窑》过程中营造出来的一种气场,好像有了一种力量,推着他在小说创作的道路上继续勇猛地向前走。

阿门说,浦子的《龙窑》《独山》《大中》"王庄三部曲",以虚拟的浙东山海县王庄为聚焦点,实现了"以百年历史,百位人物,百万文字,尽揽浙东人民的生存状态与风土民情"的构想。我们听着,为浦子的勇猛与三部曲的成功鼓掌。

《龙窑》中的男主人公王世民是个神秘的奇人,正像陆龟蒙咏《秘色越器》所写"九秋风露越窑开,夺得千峰翠色来",让人感受"秘色越器"般的"千峰翠色"。《大中》中的婴婴更是个奇女子中的奇女子,婴婴她在奇崛之外,有了更多的野性的浪漫生命气息。她强劲的野性与生命力,让人惊奇。真的,浦子小说的想象力,也让我惊奇。

浦子是怎么想出这么奇崛、奇异世界来的?浦子笑笑,没有多说。对于浦子的小说,有人喜欢,也有人不太喜欢。因为浦子小说里有太多的奇异与沉重。这在浦子的话语里,我也大致听了出来。浦子希望我们生活的世界——多一些光明,少一些黑暗;多一些生机,少一些衰败;多一些健朗,少一些畏葸;多一些人心,少一些贪欲;多一些希望,少一些失望;多一些清新,少一些污浊……可是，现实却常常不是这样，或这样让人希望着的。浦子在希望中失望，在失望中流泪，正像艾青所写："为什么我的眼里常含泪水，因为我对这片土地爱得深沉。"浦子在他的小说世界里，创造那样的奇梦般的"桃源"，他是希望借用幻梦来照亮我们的现实。浦子说，文学总是得始终关照着真善美的，否则，文学将失去意义。

  文联刚出的《早春》，主编把它带到了画廊里，我们人人有份。有人开始让浦子签名。签完名，有人拉着浦子合影。我也与浦子合了影，站在对联"何处非乐国"与"曾共梅花住一山"之间，我不"偶呼明月问千古"，但我始终记着千禧年元旦节，浦子作为当时的作协主席带着我们到白溪水库采风，在山村白溪度过的那个热闹有意义的千禧新年。那年，我还真没有感受到浦子这般勇猛的想象力。

你要懂戏

——杨东标先生作协沙龙漫谈

杨东标先生受阿门邀请,特意抽时间到沙龙来漫谈创作,给我们以文学的启迪。时间在 2017 年 6 月 12 日晚上,地点在四季画廊。这里摘录的是杨东标沙龙漫谈的一部分内容。

我是用心的

宁海人讲做人做事绕(嬲)劲要足。阿门有这种精神。作协借助文联《早春》这个平台,做了这样一期专辑,把新老作家们聚在一起集中展示,非常好。我从文章里知道,我们的沙龙做得非常成功。今天在座的,我一半认识,一半不认识。我感动的是什么呢?在宁海的土地上,一批又一批,特别是当代,由你们为代表的一批年轻作家群体,坚持着文学的追求,坚持不懈。昨天,宁波下大雨,晚上我又有应酬,阿门有些担心地说,您一定要来的吧?我说,我肯定来的。今天一早到了如意公司,就一直与储吉旺商量着工作,我对储总说,晚上我一定要到作协沙龙去坐坐的,大家知道储总对文学是很重视的。我们这一辈人做任何事都是非常用心的。储总对办企业的事用心,我对文学的事也是用心在意。答应的事,哪有不落实呢?

我一直没离开过"文"

文宣队,文化馆,文联,文化局……我这辈子反正都跟"文"搭界,文学也是。所有的工作岗位,都没有离开"文"字。我自己追求文学这个心愿是强烈的,也是坚持不懈的。我在退休之前写了几本戏,几本散文集,但真正拥有自由写作时间,是进入21世纪以后。退休后的那十年时间里,我大概写了十个戏。除了一个戏之外,其他戏都成功上演。(冯雪静问:是话剧吗?)话剧没有,有越剧、甬剧、姚剧等,姚剧有《王阳明》这部戏。宁海主要搞了《十里红妆·风雨情》(2014年10月28日,该剧荣获第三届中国越剧艺术节·参演剧目奖)这个戏,你们这里有几个人看过?(有人说:我看过,我也看过。冯雪静说:我在中央台看到过。)我对《十里红妆·风雨情》还是比较满意的。这是我对家乡的一点贡献。这个戏最大好处,就是好看!在这么多的文学门类里,还是戏最难写。戏,不只是考验你的语言,还有其他。戏是综合艺术。就是说,你要懂戏。

你要懂戏

你要懂戏,你要知道这个戏里是有戏的。这就涉及什么是戏,戏的核心是什么的问题。写戏,除了要关注戏剧本身的四大要素:演员、舞台、观众、表演之外(因为戏是综合性艺术),还涉及文学、美术、音乐、舞蹈等。最核心的是关注老百姓关注什么,老百姓要看什么。虽然不同时代的老百姓关注的热点会有不同,但有一些基本的不变的东西,你要有自己的判断,要把握重点、热点。你既要把老百姓的眼泪哄下来,又要让他们笑——

捧腹大笑。这是非常考验一个编剧的基本功的。好多人喜欢散文，这里也有好多人在写散文。散文是一种非常好的、反应最灵敏的文学体裁。过去，写诗的人相对少一点，写散文的人多一些。我们这代人却多是从诗歌写起来的，我与潘志光等很大一批人一道写诗词。后来，潘志光继续写诗，我接下来去写散文。对于我现在这部书《王阳明传》，宁波有一位作家朋友对我说：你那么一个枯燥乏味的题材，为什么写得那么好看？第一，你是搞戏的。第二，你是写散文的。你把写戏与写散文搞（结合）在一起，散文解决了语言问题，对伐？写戏呢，有一个故事核心，有矛盾冲突，引人入胜，你写《王阳明传》解决了好看的问题。所以，你的书好看。写戏，这个很重要。你要把一个故事演绎下来，你不能平分力量。写散文也是这个道理，不能平分秋色的。不论写戏写散文，你要逮住一个点，尤其是戏，一定是有那个点的。写戏是非常讲究这一个点的。你逮住这个点以后呢，不要轻易地三言两语就让它过去，你要紧紧地逮牢，很重要的核心就是要花大力气，丰富它，还要学会一层一层地剥笋。我们宁海人都知道，剥笋，要慢慢来。这样子的话，戏好，散文也好，它就不存在一忽而过、平分力量的情况，戏就好看，文章也好看。所以呢，我很感谢宁波市这些文友们，给我总结出这么一个经验来。创作不可能是面面俱到的，写戏要有重点，要有突破，这是说得很好的。总之，写戏，你要懂戏；写作，你要懂写作。

我也是有点情绪的

我对大家选择文学是非常赞赏的。我也不鼓励每一个人一定要在文学上有所成就。四十多年前，我做文学讲座时，黄柯、黄敏他们都是非常实在的，文章写得也很好，后来他们也都有发展，不仅仅在文学上。如果你们有心在这条道路上有自己的追求，在当前这么喧嚣这么热闹的社会，这是很难得的，也是我所赞赏的。对文学创作，我也是有点情绪的，这个情绪反映在我那本书的序言中。我对当代社会的观察，对文学的观察，不论怎样说，还是有一点自己的看法的。因此，借这个机会，希望大家能有自己的辨别，把真正的文学做得更好，让自己的人生更丰富更多彩，且对社会有积极的贡献。阿门，你们把作协沙龙办起来，希望办得越来越精彩。我是宁海人，我希望宁海出更多的作家，出更多的作品，出更多的精品佳作。

附：杨东标，1944年6月出生于浙江宁海，当代作家、剧作家。历任宁海县文广局局长，宁波市文联副主席、党组书记，浙江省作协副主席，中国文联第六届全委会委员，中国作协第八届全委会委员等职。其文学作品有长篇传记文学《此心光明·王阳明传》《柔石二十章》《如意之灯》等，散文集《天地行走》《说戏与戏说》《一线文缘》《看企鹅回家》十余部，戏剧作品16部结集《杨东标剧作选》《杨东标戏剧新作选》。获"浙江省当代作家五十杰""宁波市突出贡献知识分子"等称号，其作品获全国、浙江省多个奖项。

迎春茶话会纪实与随想

2019年1月18日晚上,在县图书馆报告厅,我们举办了"宁海县作家协会迎新春茶话会"。

今晚,文人雅集,以茶当酒,共话文学;今晚,文朋多才,诗友多艺,精彩不容错过!在主持人"尊敬的""亲爱的"暖场之后,随着"有请"之声,阿门跳跃着走上台,我们掌声响起。阿门致《冬去春来,诗意盎然》新年献词:"图书馆是你们的家",感动了阿门,也感动了大家;还有现场新添置的移动投影、专业调试好的音响,首先请大家用热烈的掌声对县图书馆表示感谢:"亲爱的会员朋友们,让我们不忘初心,在新的一年,相亲相爱,创作出更多更美的文学作品。"新一年的我们,相亲相爱,都"身体好,作品好"!我也随着阿门的祝福,在心里为我们的作家朋友们祝福新年。

图书馆馆长胡伟华在台上表达了欢迎之意,并向我们介绍了2019年图书馆将开展的"以文会友""以书传情""朗读分享"等活动,她希望作家朋友们热情参与图书馆举办的各项活动,她期望通过文旅融合开设图书分馆、建设城市书屋,并运用新媒体传播等新举措与众多诸如"沙龙有约"等活动,让全县人民爱上读书。

我们的茶话会，在品茶中，在欢聊中，在多才多艺的舞台表演中，继续。我的思绪随之浮想联翩。

一曲《莫斯科郊外的晚上》，引发了我的深情回忆。年轻时，我曾深情迷恋这首歌的歌词。伴着当年真诚激动的心声与萌动的甜蜜爱情，歌词中唱出的那份依依惜别的深情与无限美好，让我一直没有停止喜爱俄罗斯文学与俄罗斯大自然的内在纯朴美。今晚，我听到这熟悉的旋律，那熟悉的歌词跃然心底："深夜花园里四处静悄悄，只有风儿在轻轻唱，夜色多么好，心儿多爽朗，在这迷人的晚上。"我环看全场，感慨今晚就是最迷人的晚上！今晚的才子雪歌，似乎特懂我们的心思，在台上，他再撩一波回忆的思绪。"大家喜欢不？喜欢。好。我再演奏一曲，是我12岁学口琴学的第一首曲子。"他转转身，抬头说出曲名：《火车向着韶山跑》。听着，看着雪歌的演奏，台下的我们都在欢呼："激情飞扬！""雪歌，激情飞扬！"

徐丽母女深情演唱《我的南方与北方》，伴着月光，大家专注倾听，思绪飞翔。

"自从认识了那条奔腾不息的大江，我就认识了我的南方和北方。"

听着，回味着，我也在心里问着：你可曾走过黄山、庐山、衡山、峨眉山、雁荡山，寻找着属于你的南方？你可曾走过天山、昆仑山、长白山、祁连山、喜马拉雅山，寻找着属于你的北方？

"在秦淮河的灯影里，我凝视着我的南方。在寒山寺的钟声里，我倾听着我的南方。在富春江的柔波里，我拥抱着我的南方。我的南方啊！草长莺飞，小桥流水，杏花春雨。"

"在雁门关、山海关、嘉峪关，我与我的北方相对无言。在大平原、大草原、戈壁滩，我与我的北方倾心交谈。在骆驼和牦牛的背景里,我陪伴着我的北方走向遥远的地平线。我的北方啊!大漠孤烟,长河落日,唢呐万里。"

"啊!我的南方和北方,我的永远的故乡和天堂!"

作家们到底是有想法的,选择作品好,表演用心思。"文朋多才,诗友多艺",不是说说的。娄美琴的《谁不说俺家乡好》,高华芳的《你的眼神》,林华烨的《女驸马》,一曲比一曲精彩。擅长网络小说创作的曲十一郎,表演舞韵瑜伽《一袖云》,让我们大开眼界:原来曲十一郎还会这么舒柔曼妙的瑜伽。研究乡音颇有成就的新会员薛静雅,以乡音朗诵自己的散文《我的母亲》,那声声"姆妈",深情让人落泪,人们在亲切的乡音中感动不已。

诗赋书法全能的王海明,在雪歌二胡伴奏下朗诵了《寻李白》,大有濮存昕的舞台朗诵风采。"二十四万里的归程,也不必惊动大鹏了,也无须招鹤,只消把酒杯向半空一扔,便旋成一只霍霍的飞碟。"在台下"再来一首"的呼喊中,王海明来个"外一首"——朗诵他自己的诗作《子夜书》,表达出中年人的复杂心绪,抒发着他对生活的真切感悟。王小飞表演箫独奏《楚歌》,缠绵中平添千古愁绪,悠悠的远古气息,让我们浸入悠远的思绪中而沉静。赵爱娥、叶雅琴与林海燕三人精彩朗读了《傅雷家书》,把家庭教育与对人性与美好的思考,展现在我们面前。最后,阿门、娄雯霞与海人的诗朗诵《辉煌的"四十"》,把茶话会活动推向高潮。

真是人才济济一堂春啊。宁海县作家协会 2019 迎新春茶话会,暖意融融,让欢聚一堂的我们春心满满,意绪纷飞。作协主席最后说,迎新春茶话会,将作为我们宁海作协每年的保留节目,不断丰富创新。

(2019 年 1 月 20 日大寒)

诗人阿门

正月初八,宁海县图书馆贵宾室。素净,典雅,明亮。阿门《半生史》分享会在此举办。

今晚聚焦阿门,《半生史》叠放在书桌上,阿门,静静坐着,笑着为大家签名赠书。贵宾室里的绿植益显绿意春色,主持人是海明南先生。

诗集《半生史》,收录120首诗,朗诵者各有所选,深情的,怀念的,浪漫的,温柔的,悲悯的,有一点点激情的……诗被朗诵着,诗被解读着,诗的深情被共鸣着。阿门偶尔与主持人海明南先生聊上两句,适时地给朗诵者、提问者送上安炉先生为分享会特制的书签作为礼品。我知道阿门是认真的人,他是用心回答着粉丝们的提问的。阿门是低调的,他出版了六本诗集,但是办这样的分享会,与粉丝们面对面,还是第一次。但今晚阿门却是"高调"的,他高调地讲着他的诗路历程、他的诗心、他的真诚且美好的愿望。

"阿主席,请说说你为何取笔名为阿门";"阿主席,您是怎么走上诗歌之路的,有何特别的记忆可分享给我们";"阿主席,诗人是敏感的,您怎么看"……

我看着，听着，想着。我看朗诵者，看阿门，也看主持人；我听朗诵，听解读，也听评诗；我想诗，也想诗人阿门。

诗人阿门是善良的。我认识阿门始自他的诗。他总有为他人着想的善良。他的人，他的诗，都如此。"留守，一个受伤的词，只一念我的心就暗下来"，我被阿门的这"一念"，想着"善良"的另外意义。

诗人阿门是真诚的。阿门待人待这个世界是捧出一颗赤诚之心的。阿门写诗，总有份情意致达，致达妻女，致达同窗，致达朋友，致达他所关切的一切。其实，阿门这半生，是把他最大的真诚寄达给了最纯粹的诗神。

诗人阿门是有情的。诗人的情寄在诗上，也托寄在他另一半的生命里。阿门虽然失聪，却能听出世界的"弦外之音"，他赞自己的另一半是"缘分派她为我的耳朵，听弦外之音""看火焰起舞，逼死灰复燃，让孤独后退三尺"。阿门感恩着，将深情融入诗句"暗香浮动，雨水洗过的路上""搀着另一半，走向后半生"。阿门用诗思索了他的前半生，也为他的前半生定了一个调。

诗人阿门是有心的。家事、大家的事、大事、小事，他都思索着记下了；清明、立夏、小满、大暑、白露……自然的节奏韵律，他想象丰富地记下了；孤独、脆弱、恐惧、忧郁、悲喜……人的七情六欲，他有情味地记下了……他的诗世界里该记下的，他都记下了："世界就是这样的：有瞬间的痛/有长长的，火车运不完的爱/有瞬间的闪电，有风雨后/长长的彩虹，和蓝得要命的天……"诗人阿门，对这个世界是怀有温暖与希望的念想的。

诗人阿门是浪漫的。浪漫在他的《旗袍记》里，在旗袍里，他看到"很民国，很礼仪，很养心，很养眼"，他"看到的不是旗袍，是江南"。当然，诗人阿门的浪漫，也在他偶尔在生活中展演的"柔舞"里，在他编辑的作品里。诗人阿门也是敏感的。他的敏感，在他的全部诗歌里。

  我听着，想着，沉浸在阿门的诗歌里。

  阿门因诗歌而幸福，我祝福诗人阿门幸福多多。

（2019年2月16日）

内敛地闪耀

——读阿门《半生史》

阿门的《半生史》内蕴丰厚。我读一次,有一次的感受。就像阿门所说会有"一段柔美的时光,珍藏在心的扉页"。今天重读,诗句"内敛地闪耀",吸引了我的目光。阿门在《窑洞者》里这样写:

内敛的闪耀,小到窑洞里的老照片
大到窑洞的精神高度,透过72年
……
在山坳变成圣地的途中、在延安
通往北京的途中,窑洞获得了
比生命更丰富的秘籍,出产
伟人、历史和信仰,也诞生了
一个图腾、旋律和传奇

延安的窑洞,在诗人阿门的眼里,不仅是伟人、历史和信仰出产的地方,更是一个图腾、旋律和传奇诞生之地。延安窑洞有圣地的光荣与光芒,我们是有感受的,但我们没能说得出,更没有诗意的表达,而诗人阿门,他以诗人的智慧,掩抑不住将其光芒诗意地表达了出来。读阿门诗句"在山坳变成圣地的途中",

我想到阿门的 120 首诗组成的《半生史》,我想到了个体的阿门"在聋者变成诗人的路途中",我想到了阿门六本诗集的出产与诞生的生命过程。

《半生史》中 80 首"记"与 40 首"者",虽不是阿门前半生的全部生活内容,但细读细品,却也是阿门半生史——半生"事"与"情"的诗性概括与诗意呈现。方牧教授是这样评说《半生史》的:"阿门的《半生史》以事为经,以情为纬,言为心声,展示了当代一部分人复杂的'中年心迹'。"言为心声,阿门的事与情的"经纬"都在,阿门的心声也都在,阿门的诗唤起了中年人的共鸣,阿门的《中年心迹》被不断转载,那份"复杂"让人"怦然心动",感慨系之。谁能说自己没有"出生"?《半生史》开篇就是《出生记》,这一首《出生记》,把阿门从黑发到白发,从忙到亡的思绪都展现了,那诗句中动情的"一小横",连接了阿门的出生之日、前半生与未来。我们谁能像阿门一样去诗性地思考自己这样的出生与一生?人生谁没有厌倦之时?但阿门说他半百人生的"续集如果还有三十年",他"仍将享用过气的活法和写法",直至厌世。其实阿门一点也不厌世,无论生活中碰到怎样的事,遇到怎样的情,他都会像所有的人一样,在苦过、痛过、烦过、脆弱过之后,终在自我宽解中寻得心中的彩虹,"开门见喜,闭门无忧""忙完人间事,抬头看大雁南飞";住院了,阿门"把病赶出门外,把世间事看淡",他还把他的组诗《中年心迹》投给《人民文学》;"悲欣交集",他看到的却是"无声的大雪,是明亮的……方向","半斤八两的命,半生不熟的运",他说的却是"原谅这世界的错吧,阿门";"在俗世,死是早晚的事",诗人阿门"让我们只许一个愿:慢——不要像流星，一闪就消失"，他劝勉，他相信"若庙堂，若天堂，余生甚美"。"车祸、猝死、地震、枪战……这瞬间的痛，没有尽头"，但阿门说："这瞬间的痛，时间会带走。世界就是这样的：有瞬间的痛，有长长的、火车运不完的爱。有瞬间的闪电，有风雨后，长长的彩虹，和蓝得要命的天。"抑郁的，脆弱的，丑的，美的……生活的种种疼痛，身体上的，心灵上的，社会上的，阿门眼里看到的，最后表达的却是怜悯的：作为个体的人，"活着，就好。"

生活似一盘磨，磨压，压磨，却也能把人磨压得"内敛地闪耀"。面对生活的磨难，阿门看似弱弱地抗争，实则坚韧，始终抱有希望，望向前方，他始终相信人间的暖"多于寒"。他甚至能低微地退守到"活着，就好"。痛定而定，他心中却始终有自己的"轻重"度量。他明白"一滴泪水是轻的，但把它放在娘眼里，就是重的"。他知道"一声'阿门'是轻的，但把它放在新旧约圣经里，就是重的"。他更明镜似说"一把镰刀是轻的，但把它放在党徽里，就是重的"。他把自己整个地放在了"社会"上。无论生活如何变化，别人如何发表意见，他"庆幸活在中国，活在一个安全的国度"。他"感谢祖国热爱和平"。他说"除了北京"他爱的地方不多，但他爱过的，他愿意表白，就像他写延安《窑洞者》，他说他会写一部诗集《宁海记》，他会"颂歌再起"！现在，我知道，阿门已进入"颂歌再起"的第七本诗集的创作。

我还年轻

——赵挺《外婆的英雄世界》分享会记

我说我还年轻,说明我已不再年轻。但今天,我感觉到了我的年轻。这是我昨晚在沙龙上的大收获。

此次沙龙,轮到我主持。阿门与我商量想邀请青年小说家赵挺过来。这是好事啊,因为赵挺的新书《外婆的英雄世界》我已读过,写得很好,轻松诙谐,很好读。能与作家见见面,聊一聊创作,当然是好事!阿门与我分别联系了赵挺,促成了这次"赵挺《外婆的英雄世界》分享会"及新书签名活动。

为了此次的沙龙,我搜读了赵挺的资料,侧面了解了赵挺10多年的真实生活。我翻读赵挺《外婆的英雄世界》,想象他与他外婆的真实世界,也想他的外婆到底英雄在哪里。我准备了8页A4纸的问题。我们的聊天就从五四青年节,立夏吃蛋,"夏天,赵挺来了"聊起。

"夏天,赵挺来了!"是赵挺2011年7月9日说过的话,这话,是赵挺爱阅读、爱写作、爱旅行,追求写作走向"成熟"时说过的话。我说,今年这个初夏,赵挺来宁海,对我们是有意义的,有意义在聊温暖的外婆,促使我们去关注生活,促使我们去思考写作。我又说:"夏天,赵挺来了!"就像当年赵挺说这句话一样,对赵挺自己也是有特殊意义的。赵挺笑着看我,我说:"赵挺真人就坐这,胖,瘦,高,矮,年纪轻轻就成为作家,大家眼见为实了。"另一个真实的赵挺,现在,也出现在我们眼前。我读《外婆的英雄世界》中的介绍:一个年轻的"卡丁车手""滑板者"的作家赵挺,一个"喜欢旅行和写作""对世界充满好奇""喜欢平淡的自由"的青年作家赵挺。赵挺已有《南方,慢速公路》《寻找绿日乐队》《最后吉他手》等作品面世。赵挺说:"大家别叫我卡车司机就好,有人曾叫我卡车手了。"小鹿说:"是卡丁车,卡丁车手。"我在网上见过赵挺一张侧脸长发头像照,他的确像极了周杰伦。我说:"看见眼前的另一个周杰伦了吗?"大家把目光投向了赵挺。赵挺却把目光投向我。我笑着,用调皮而轻松的目光迎着赵挺。

与赵挺同龄且与他相熟的小鹿,此时笑着说:"是像的,像极了。"我待赵挺与大家聊过这个话题后又说,眼前这个"周杰伦",设想一想,他"光头"的时候,会是个什么样子?我说:"作为男人,在社会上能光头一次,是极需要勇气的。我这一辈子,有过想光头的时候,却就是没做到过一次光头。你有过光头的时候吗?"赵挺说:"好像吧。光头,有过一次。"我说:"那时,你说过'素色万岁'。"赵挺说:"我说过吗?我不记得了。"我说:"那时,你一下胖了30斤,告别了长发日子,展现了男人最真实最帅气的一面。"赵挺似乎被我惊着了。"有吗?"小鹿说,"又是哪年哪月的事?""是2011年10月23日。"我回道。我准备着这个材料:"有时候觉得,男人最真实最帅的一面就是毫无遮掩,或许光头才可以最直接地反映出一个男人。于是,昨天我正式加入光头一族,并且胖了30斤,所以脸圆润了许多。告别了曾经的长发日子,让青春和梦想来得更猛烈更美好些。素色万岁。特此留念。"这段话,在沙龙当场我倒没念出来,我是留给了有心人自己去做念想了。

  我继续追问着赵挺。我让小鹿念一段话。小鹿念:"我这个人啦是比较笨,比较懒,比较拽,比较狂,比较白痴,比较阴险,比较木讷,比较喜欢瞎说,比较喜欢装高尚,又比较下流,比较喜欢装清高,又比较卑鄙,比较保守,又比较随便,比较落后,又比较愚蠢,比较喜欢吹牛,比较喜欢炫耀,比较土得掉渣,比较盲目追崇,比较自以为是,比较骄傲自大,比较自恋,比较好色,比较喜欢说别人坏话,比较喜欢阿谀奉承,比较没头脑,比较没知识,比较没文化,比较没素质,比较喜欢幸灾乐祸,比较喜欢看见你死我活,比较懦弱,比较怕死,又比较喜欢卖狂,比较喜欢招风,比较喜欢贪小便宜,比较小心眼,比较虚伪,比较假惺惺,比较爱慕虚荣,比较没上进心,比较没良心,比较喜欢装疯卖傻……"换着气,翻过页,小鹿说:"还有啊?"小鹿把稿子递给我。我说:"这'比较比较'的人就是赵挺,内心世界极为丰富的作家赵挺。赵挺真这样吗?我不知。阿门说了,丰富的简单。书把'外婆'写得那么好看,普普通通、简简单单生活中的一个外婆,被写成这样一本好读的书!让人们有心去关注外婆,这真是不容易。"我看出阿门一脸的赞叹。

  话题聊开了,我说:"外婆是不是每个人心中一个温暖的存在?"赵挺有话说了,他说了他的外婆,说了他写《外婆的英雄世界》,他还说了那年五四青年节给七十四岁外婆送礼物的事……赵挺说到了《外婆的英雄世界》这本书的写作过程,说了出版这本书的一些波折,也说了他写作时慢慢清晰起来的写作目的。他说,他就是想给读他书的人送去外婆的温暖。不论外婆在的或不在的,尤其给那些外婆不在的朋友。他说,他现在有了这本书,外婆的记忆与温暖就永存了。我在他的前言中读到过,印象深刻而清晰。我给大家念了这一段:"我希望这本书能出现在每一个城市,无论是中国的东南沿海还是西北、西南、东北甚至我说不出名字的小城。我希望以文字的方式在每一个地方遇见你们,且以后的每一个日子里:热闹喧嚣,静世独处,它能伴你左右。暮春严寒,烈日星光,它能陪你度过。愿此刻开始,你们每个人永远快乐自由。"我祝青年作家赵挺"永远快乐自由",永远有温暖陪伴,祝他的这本书真正走到他所希望的每一座"说不出名字的小城"。

我提到书页上"中国版《外婆的道歉信》"。赵挺说,写作《外婆的英雄世界》时,他还不知道世上有这本《外婆的道歉信》。他说,他现在还没读《外婆的道歉信》。但当我提到,外婆说"要大笑,要做梦,要与众不同,人生是一场伟大的梦想"时,赵挺说,这句话是《外婆的道歉信》里的话。赵挺挺智慧的。我知道《外婆的英雄世界》里智慧对话的源头了。当我说书中的外婆妙语连珠,可谓处处精彩,赵挺却告诉大家,书中都是他25岁以前与外婆的故事。书中的外婆与他是有代沟的。外婆到后来,是越来越寂寞的。有些事,外婆忘记了,还是他帮助外婆记起来的。赵挺要大家读出他与外婆对话、他与外婆故事后面的东西。"也许,我还没有遇到过什么重要的事情,也许,这个世界上根本就没有什么重要的事情。曾几何时,我想,现在狐朋狗友帮,最后百年孤独终伤。现在想来不觉得,因为人生来年的N次方,其实都逃不开,身边鸡零狗碎满腔,远方雄心壮志未央,而我们该做的,也许就是,陪着外婆吃吃饭。"聊着聊着,我们就真聊进了外婆的"英雄世界"里去了。

　　沙龙里,我们还随意聊了赵挺的阅读,聊了赵挺喜欢的著名作家王小波、东野圭吾、东山魁夷等。赵挺与我们聊了他的阅读取向,聊了他感受到的作家的语言风格。有人还要让"周杰伦"唱唱周杰伦的歌,说说作家赵挺的新创作。我们还聊了一些其他想聊的话题,聊得很开心。最后,赵挺为每一位到场、没到场却让人带了书来的读者们签了名。我们分别合了影,加了微信。

　　这一晚,我们很开心很快乐。只是,让我没想到的是,这开心快乐的沙龙,对我这个有点老的老头,却是个年轻态的表现场。这,我没想到。我得感谢青年作家赵挺。是的,是他与他的外婆激发了我,让在沙龙上的我,表现得年轻,还有点点活泼。更没想到的是,赵挺还在朋友圈里说我有"少年感",还是他很真诚的"小伙伴"。

　　我是1988年的年轻作家赵挺很真诚很朴素的小伙伴。你说,我不年轻吗?不少年吗?我不年轻不行。所以我说,我还年轻!

诗酒趁年华

——杨小棣沙龙专题讲座

2019年7月18日,晚上。

宁海县图书馆,一楼沙龙室。

馆外,公园,有些热;室内,清凉,有人气。

长条桌上摆放了水果,有本地当令胡陈水蜜桃,有外地的李子,有矿泉水,有甜品,这些都是主持人精心准备的。主持人还带了两瓶红酒,放在桌上。

今年我们的沙龙是由作协主席与副主席们轮值的,今天刚好轮到美丽的小乔。小乔特别有心,着意营造出了自由随意的"沙龙"聊天、讲座氛围。图书馆特意安放上了移动投影仪,便于展示讲座内容。

今天我们的主讲,是会员杨小棣。杨小棣,中国民间文艺家协会(以下简称"民协")会员,浙江省作协会员,又是省诗词楹联学会会员。杨小棣更是我们身边一个特别勤奋的作家,作品一部一部地出版,既能写文,又能写诗,还爱好徐霞客文化研究,民协这一块的成绩尤其突出。今天她为我们主讲"诗酒趁年华"。想来主持人那两瓶红酒,也是事前看了讲题特别安排来应景的。

我们在聊天中,渐入小棣的讲座主题。小棣精心准备,展示出来的PPT干货满满,更别说,她对着PPT上的内容展开讲述。

"诗酒趁年华"出自苏轼的《望江南·超然台作》,杨小棣紧扣"诗酒趁年华"展开的"漫谈",讲的是我们非常关切的"阅读与写作"。

我们来看小棣展示的PPT。

回望历史、追溯来处

五四精神,思想的力量、活跃的文风、白话文运动

诗意、风情又有风骨的民国(人性最纯粹最舒展的时代)

《文化的转轨》 鲁迅、郭沫若、茅盾、巴金、老舍、曹禺这样六位"大师"左翼文学

《转折的时代》 萧乾、沈从文、冯至、丁玲这样在大时代转折的十字路口与当代文学理念的冲突与融合,延安,文艺为大众服务等

"五四运动"至新中国成立初的流派(现代):新月派、荷花淀、山药蛋派等

·二十世纪六七十年代,样板文学、红色文学

·二十世纪七八十年代,伤痕、寻根、反思文学

·诗歌的黄金时代(朦胧诗、意识流)

……

这些内容的每一项都能展开呈现。

譬如,"民国的诗意",小棣讲到了创造社、湖畔诗、新月派、鸳鸯蝴蝶派、荷花淀、山药蛋派等,她还谈到了"白马湖畔的文学现象""兼容并包的北大",她特别列举了《你是人间四月

天》中的林徽因,她的"一身诗意千寻瀑"。当然,她也没忘记徐志摩,她除了念"我说你是人间的四月天,笑音点亮了四面风,轻灵在春的光艳中交舞着变……",还念了徐志摩的《再别康桥》:"轻轻的我走了,正如我轻轻的来;我轻轻的招手,作别西天的云彩……"

再譬如,讲完了"反思文学",小棣还用"反思文学补充"来作补充深化。她说:"从王蒙写作《蝴蝶》开始,作家们在反思历史的同时又给自己提出了新的课题,那就是个人对历史应负的责任。""个人对历史应负的责任",是一个很触动我心灵的点,我喜欢这样的点。这点是有温度的,是能温暖人心的。

诗人小棣呈现的方式是简洁的,用的是"名词解释",像是下定义般,既准确,又明晰。这还只是"回顾历史",是铺垫,是引路。更重要的还是在后面的"追溯来处"。

作家小棣结合自身的阅读与写作的实践经验,为我们"重磅"讲述了"阅读与写作"以下三方面的内容:

(1)读书,是自己与灵魂的遇见。

(2)读书,写作,都是一种成长与积淀。

(3)基于行万里、读万卷书的写作。

这些内容同样干货满满,却更加生动与有趣。

对于每一点,她都先来个有趣的诗意的解释。譬如"读书,是自己与灵魂的遇见",她是这样"解释"的:有人说,人生是一场身体与灵魂的旅行。身体与灵魂,总有一个在路上。读书,是诗意旅行中自己与灵魂的遇见……王小波说过,"一个人只拥有现在是不够的,他需要一个诗意的世界。"

接着小棣给我们讲了一个上帝给赐予翅膀的动物们开会的故

事。故事讲完，她像抛绣球一样"抛给"我们一个有趣却又真值得我们去深思的"新"问题：人具有最崇高的翅膀——灵魂的飞翔，人该怎样运用这双翅膀呢？她还提到了她一直很关注的"明朝一哥"王阳明。我知道小棣是宁波市阳明学会的会员，平常也在研究王阳明。

"读书与写作都是一种成长与积淀"，小棣又从三个方向展开给我们讲。这三个方向的内容是：读书，使人更有悟性与灵性，也更具魅力；一个人心灵的成熟、思想的深度等，都离不开阅读与写作；阅读与写作，能给予生命坚持的力量，让人走得更远。她提到了"壮阔的格局与境界"，说到了宁海的"天下读书种子方孝孺"，说到了同样是宁海的"江南书布袋王俊华"，说到了"科举探花卢原质"。这三位都是宁海人。小棣她还提到了祖籍宁海的"为中华之崛起而读书"的周恩来总理。这一点也是我所关切的，小棣关注着这重要的地方文脉的传承。

开卷有益，那如何读才是真正的"开卷有益"呢？小棣引着我们进一步去思考：读好功利之书，赏读无用之书。这关系得处理好。小棣说，滋润心灵的书可"得其意忘其形"地读。开卷的方式方法也得有所讲究。精读，细读，略读，批注，评点；等等，方法多了去了。她还说到了徐霞客，说到了"诗与远方"，说到了外交官刘治琳的《百国旅行记》。

阅读讲了，写作呢？如何更好地写作呢？小棣给大家列出了有启发的七条。

（1）生命的热情。

（2）持久的练习。

（3）从细节切入。

（4）往深处挖掘。

（5）拓宽文化视野。

（6）丰富生活内容。

（7）胸藏家国情怀。

接着,她继续概括指出"视野不够宽广""文化内涵不够厚重"等问题,并着重有针对性地提出"要有格局",要"脚踏实地",要"仰望星空"。具体的内容,则以我们熟悉的陈峰、陆春祥、大河奔流三人为例,分别说到"脚步慢一点,多放一会,改它三四遍";说到"床头放些别人的作品,睡前早起,多读读,多品品,多揣摩";说到"在模仿中融入地域性特色、个性化的语言与体验"。小棣说的都是最真切的话,我好像看到了三位作家的品读、揣摩、修改的样子。

活动快结束时,小棣真情告白式地说:"第一,人脉有用,但须旗鼓相当,有实力底气,那才会有彼此的尊重。第二,不忘初心,专注选定的道路,十年磨一剑地坚持。第三,排除杂念,有所选择,给心灵留白,坚信有舍必有得。"最后,她总结说:"听从自己内心的声音,一条道路走到黑,黑透了就能看见黎明的曙光。"我感觉,小棣真心行走在读书与写作的路上!小棣有那份决绝的追求,我似乎也感觉到了。

小棣是个有追求的读书人、有坚韧品质的写作者。小棣今天为我带来的启发很大。她说:"听从自己内心的声音。一条道路走到黑,黑透了就能看见黎明的曙光。"她或许真见过"黑",或者见过"最黑"的,她才会在阅读与写作之路上有那么一份"走到黑""走到黑透"的毅然、决然的认知与态度。

我想,小棣在今天沙龙"漫谈"中确实是真心又实意的。我一直信奉"作为一个作家,让头脑丰富是第一重要的事情。"我感谢小棣的善意。小棣说"诗酒趁年华"。我想,这是她真性情的表达。她是真心地希望我们热爱阅读,热爱写作,真心地希望我们在文学之路上,长出灵魂的翅膀,高高的,自由的,在文学甚或人生的蓝天之上飞翔、飞翔。

城市书房：肖米新书分享会

美好时光，让我们相约城市书房。这沙龙广告做得好。

2020年7月18日，宁海作协定期的沙龙活动，特意安排到了城市书房：谢豹桥文化礼堂。这里是宁海县图书馆的一个分馆，它的定位很温馨：我的图书，我的馆。我们本期的沙龙也特别有意思：儿童文学作家肖米新书分享会。

肖米，原名陈肖敏，宁海人；宁海西店小学英语、语文老师；"90后"，近二三年，她的创作如井喷一般，一下就创作出版了6本儿童小说，且还是系列的文学作品。她的创作潜能，我们可以继续信心满满地期待，她的两本翻译小说也快要出版了。肖米真不是一般的"90后"，她是典型的推动前浪前进的后浪啊，她的写作习惯很好，写作速度也很快，她的小说幽默风趣，她现在还有了很多粉丝。

晚上，图书馆分馆的氛围很好，我们的身后是排排书架，书韵飘香；我们的面前是清新可人的肖米，报纸报道的太有才的"仙女老师"。"仙气飘飘"的肖米，太有趣了。她轻轻地说着，那可人的模样也特别让大家注意。我们的专业摄影师濯清涟为肖米做了特写，后来发在群里，肖米说，这照片她喜欢。当时在分享会上，我们的美女作家们还深究了一下，原来，肖米的模样还真有别样的渊源。她说，她妈妈的妈妈的妈妈——我们说太太外婆——有俄罗斯人的血统。难怪，肖米那大大的眼睛、长长的睫毛，甜甜的声音，学生不喜欢才怪呢。她有本事，书读得多，书香浸润过的灵魂，真就不一样，她能把班里学生的故事，变魔法一般变成可读的小说，我们看着小说主人公熊本的原型人物戴同学的照片，那头上的熊帽，那可爱的脸——冰得红红的可爱模样，不禁笑了：真是个熊孩子。肖米太可爱了，她发现这个熊孩子上知天文下知地理，发现了这个熊孩子的天真有趣，也发现了这个熊孩子的天马行空、"成熟小大人"的时代特征。更可贵的是，她还发现这熊孩子爸爸的有趣。她说，熊孩子的爸爸也真有本事，身上带着个腰包，包里装着各种修理工具，只要熊孩子搞破坏，熊爸爸就随时准备掏出包里的修理工具奔赴战场。哈，肖米写出了可爱的学校生活，写出了小学生的真性情。想想，我们的熊孩子真就不一般。那天，熊孩子挨了爸爸的打，身上有了瘀青。他就耍无赖抱着妈妈的大腿，一定要他妈妈带他去医院检查，说他得了白血病了，不带他去医院，他就不久于人世，他最最亲爱的妈妈爸爸就再也见不到他了。他妈妈问他怎么知道自己得了白血病，他说他身上有瘀青，说瘀青是白血病的表征。弄得他妈妈爸爸哭笑不得。问他怎么知道瘀青就是得了白血病。他说他百度的。我们听了肖米的分享，一下也分不清是戴同学的真事，还是小说《熊本日记》里的故事。肖米也真是有趣的儿童文学作家、讲说家。

肖米，年纪轻轻，是怎样成长为儿童文学作家的呢？肖米以她与《熊本日记》系列小说的创作为例，给我们分享了她的成长历程。她说,她从小就喜欢文字,喜欢文字的奇妙。她说文字的奇妙之处就在于随时可以切换生活场景:在徜徉于卡夫卡的《变形记》时,下一秒就可以跟着刘姥姥进到大观园游玩。肖米说她爱无用的杂书,爱得不忍心放手,她常与大人们"百般狡辩"抗争:有用的书不过有用一时,杂书可让她受益一生。肖米的这种说法,很切合我们语文老师的心意,我为肖米点赞,肖米是优秀的语文老师。肖米也真勇敢,她敢为自己的阅读权利做出坚决的"捍卫"行动。我更要点赞!肖米从小学三年级办了第一张借书卡开始,她的阅读成长史便见证了宁海图书馆的搬迁史:从跃龙山,一搬再搬,一直搬到现在的柔石公园。这一过程中,肖米阅读了宁海图书馆里的各种小说。同时,她每个假期,还非常"自觉"地流连于各个书店。她的阅读百无禁忌,从漫画《名侦探柯南》到艾米莉·勃朗特的《呼啸山庄》。

大量的阅读让她知道阅读里没有"傲慢与偏见"。她喜欢文字,在阅读之余,她拿起笔赞美山河,感谢友谊,歌颂祖国,她用文字尽情地叩响文学的大门。初高中时,她虽有偏科,但作文几乎是不扣分的,她虽然暂时向有用的书低了头,但在大学里,她又"偷偷"地用功于"无用"的课堂,她到外国名著翻译课堂上去偷师学艺,整整四年!四年间,她"偷听"了那些美妙的文字是如何沟通和传递中西文化精粹的。她说,她喜欢古典诗词中祖国山河的壮丽,她也爱慕纯粹——"我怎能把你和夏天相比,你比夏天更加娇艳温婉"这种莎士比亚十四行诗的纯粹。

毕业后当了老师,肖米在孩子们朗朗的读书声中,想起了那些奇妙的文字曾经给过她的无比快乐。闲暇时,她又重新拾起了笔。2018年,她拜访自己的小学班主任老师胡文杰,胡文杰现在是著名儿童文学作家,他与肖米聊到了儿童文学的创作。肖米深情地回忆说:"我的话匣子便再也关不住了,同样关不住的还有那个一直在心底蠢蠢欲动的文学梦。"她在老师的鼓励下尝试儿童小说创作。她以班里一个"最受瞩目"的男孩儿为原型,将学校里发生的种种趣事变成幽默风趣的故事写进书里。她也把想对孩子们说的话通过熊本日记的方式讲述给他们听。童年的趣事儿实在是太多了,故事一个接一个,肖米写了一本又一本。到2018年底,经过反复修改,三本《熊本日记》书稿新鲜出炉。很快胡文杰老师为她联系到了云南晨光出版社,并对她说,出版社对她的小说很感兴趣。当天,出版社的编辑就电话联系到肖米,问她有没有兴趣创作《熊本日记》的系列小说。幸福来得猝不及防。肖米说,她真的就由此叩开了文学的大门。没过几天,出版社的合同就寄到了,且是以版税方式付酬,出版社是有诚意的,肖米很是高兴,她就与出版社签订了《熊本日记》的出版合同。2019年8月,图书还未出版,《熊本日记》系列作品《我们这一家》《你好,流浪狗》就入选云南省中小学推荐阅读书目和各大报刊的推荐书目。2020年,《熊本日记》正式出版。其系列中的《爸爸的秘密》入选2020年最值得家长阅读的好书(中国出版传媒集团)。2020年寒假,肖米又静心完成了《熊本日记》第二系列的三本小说。肖米说,从此以后,她会带着《熊本日记》,带着她的笔,就像她书里塑造的女侠一样,在文学的道路上勇往直前。肖米真的在勇往直前,她又用业余时间翻译了《格尔达》系列外国儿童小说。

  肖米真不简单。我们都为肖米高兴,我们祝贺肖米,也表示要向她学习。这次的沙龙活动,由肖米的同事,我们作协的年轻会员章麒主持。章麒是美术老师，文字优美动人，极富画面感，其近期发表的文章很引人注目。作为主持人，章麒详细地介绍了肖米在学校的工作：公开课，导读课，学校的播音等。我们被称为"前浪""后浪"的作家们，听了肖米的分享，激情飞扬地发表了各自的感想，真诚地交流了想法。

  2020年7月18日晚，在宁海谢豹桥文化礼堂内的城市书房，我们作协又存留了一个美好文学活动的温馨记忆。美好时光，让我们相约城市书房。阿门总结说，我们这样的坚持与坚守，沙龙只是一种坚持的形式，我们努力着，真诚地希望宁海的文脉绵延不断，各门类的创作能像肖米，更像小说家浦子、张忌，诗人潘志光、陈剑飞一样，走向全国。

我们的沙龙精彩了

真没想到这次沙龙活动,来的人这么多,气氛会这么好。活动过后,照片、视频交流分享还在群里继续发酵。我们的沙龙精彩了。

因为要主持,我早早就到了。雨天,也没能阻止大家参与的热情。在活动地点,图书馆工作人员已帮我们把场地布置整齐,桌上放上了水果。舞台背景投射着一片蓝,"木子叶寒新书分享会"凸现在屏幕上。作家协会文学沙龙,就该有这样文学氛围的营造。木子叶寒出版的诗集《黑土地的花朵》与情感故事集《梦里牵不到你的手》两本新书摆放在桌上。摆出造型的书,就像两只飞翔的海燕,工作人员真是用心了,感谢!音响控制台旁还放着一捧鲜花,这是今晚神秘节目要用到的。这样的活动气场,足够精彩了。

我请今晚的主角海燕上场,掌声响起。我说今天(2020年9月19日)对海燕的一生,是极重要极有纪念意义的日子。五天前,我接到了一个神秘人的神秘电话,我才知道这个重要的日子与秘密。这个秘密自然会在活动最后揭晓。

我先让大家一起分享两本新书的内容:花朵的诗是飞翔的心;情感故事的散文是求真扬善颂美,让人动情落泪的情。引出当晚沙龙的主题:一颗飞翔的心。

海燕说，刚才袁老师说确定一个主题，说到了"一颗飞翔的心"。我的诗《路》说到了我的心，我的心路历程。我的心在飞，我的路在走。心是轻盈的，路是沉重的。我的人生有很多很多的坎坷，说到路，我是有感触、感慨的。海燕说到动情处、朗诵了她的诗《路》。

路，就算逆着人生的方向

行走，我也绝不能堕落

时间走得越快

梦流得越急，即使没有远方

悲伤也不是我的人生

今天，海燕的新书，让我们有机会一起来了解海燕作为一个作家的心，"说出自己的表达，写出自己的想法"，她是怎样飞翔的。沙龙活动的精彩是大家共同创造的。我与海燕互动过，我代表大家向她提了五个方面的问题，下面，把我的问题与海燕当晚的回答实录分享如下。

问题一：海燕你的创作是怎样飞起来的？你已经出版五本书了，马上又能出两本书？怎么做到的？

海燕答：其实，我从来都没有想过，自己写的作品会像小鸟一样飞起来。以前，我总是责怪父母把我取名为"海燕"，听上去很老土，我甚至想着要改名。现在想想，这名字多好，像海燕一样自由自在地在大海上飞翔，沐浴着阳光，追求一种无忧无虑的生活。这样的想法随着岁月，越发成为心目中所向往的梦想。所以，我的梦想就是能够像鸟儿一样活着，无论飞得多高，飞得多远，都不重要，只要不是成为囚禁在鸟笼里的小鸟，本身就是一件很幸福的事情了。

出版五本书,可以说,我几乎把所有的业余时间都花在写作上了。今年出两本书,其实情感故事篇 2018 年底就已经整理好文字了,因各种问题,包括受到今年新冠疫情影响,拖延到下半年才发布,其间,我整理了一下,发现诗集也可以出一本书了。于是,索性两本一起集结面世。话说回来,其实我不在乎能否飞起来,也不指望有一天会飞起来。在我看来,能够享受飞的过程,就是相当幸福的事了。

问题二:新书的创作有哪些印象深刻的故事可与我们分享?

海燕答:回顾 2018 年出版《燕来墨香》这本书时,因为篇幅有限,没有收入情感故事。那时,我就想要单独出一本关于情感故事的书。对于那些风花雪月的爱情故事,总会有人欢喜看的,这份心愿,今日终于如愿。我的这本情感故事篇新作,无论是虚构的,还是非虚构的,在每一篇故事中,总会寻找到来自现实生活的情节和元素。这些都是在日常生活中捕捉到的灵感和闪光点,甚至以亲历者的身份来描述,大多是从第二人称或者第三人称的角度,把身边听到的、看到的、想到的一些情感故事,通过文字的描摹与再造,表达出一种对现实生活的思考。比如写《有一种爱情不合乎逻辑》时,这个故事是在医院里看望病人时听到的,当时听了以后,我的内心便涌出一种冲动,当即就回家写下了这篇文章,尽管部分细节是虚构出来的,但我只想记录下这个美好的爱情故事。还有《爱情的列车永远到不了站》这个故事也源于现实生活,细节同样是虚构的。为了便于创作,我采用第一人称叙述,最后一句,"我抚摸着肚子里那个无辜的小生命,不知道该何去何从……"据说,在现实生活中,这位女孩最终还是没有把肚子里的小生命留下来。又比如在《无言的爱》中描写跳舞时的那种场景，确实是亲历过，才会写出来。年轻时，我爱好唱歌跳舞，有时候，遇到一位不会跳舞的人，要怎么样去教他跳舞，这就是自己经历过才会懂得。由此，正是因为有了这些生活瞬间加入，才使得普通的情感故事，读来生机盎然。

当然，有些不是虚构的故事，来自真实的感受。比如，《你又不是我，怎么知道我过得幸福不幸福》《一切的错不在于命运，而在于自己》等，这些文字，我统统称为是一种自我疗愈的方式。为何要这样说，因为每个人或多或少都会遇到不开心的事。每次，当我的情绪跌入低谷时，我就会安静地坐在电脑前，用文字来疗伤，把身边发生过的一些人、一些事，用平淡的视角来叙述，寻找到一种情绪的出口，通过文字表达出来，从而达到疗愈的目的。所以，我的情感故事基本上都是真实的人和事，只是故事细节是虚构，毕竟，故事需要文学性。

问题三：触网开公众号或海燕文化工作室有故事吗？能指导我们当中想开设公众号的，怎么去开设与经营好公众号？

海燕答：申请公众号很简单，不用指导。2016年2月，我申请了一个"木子叶寒"的公众号微信平台，注册公众号申请成功时，半年时间，没有发布过文章，也不知道怎么发布文章，当时，也只是很简单地想把"木子叶寒"这个网名给注册下来。直到同年8月份，在朋友的指导下对微信平台的编辑才开始有所了解。为了发布公众号，我把创作时间挤出来，打理公众号。有句话说，开店容易守店难。公众号其实也是一样的，你要每天写文章，而且写的文章不但要好，还得有人转发，这样，公众号才能生存下去。

至于公众号怎么去经营，也只能说各人有各人的经营方式。比如，你经营了一家商店，这家店有没有顾客，那就全凭你的实力和能力。许多事情,都是一种经验的积累,经验就是最好的老师。

问题四:你自己最满意或者说最成功的作品有哪些?它们成功的密码是什么?

海燕答:对于成功两个字,我从来都不觉得自己是成功的人,无论在哪个方面,生活也好,事业也罢,我都没有感觉到自己是成功的。至于满意这种说法,我是能够感受到的,每一次写出一首诗,或者是一篇文章,我就感觉自己很开心很满意,就算是一种自恋吧。其实,我知道,自己有一个最致命的个性,那就是做任何事都非常认真,极度追求完美。一旦被我认定的事情,绝对不会更改,哪怕是头撞南墙也不后悔。就像写作,不管是凌晨几点,只要醒来有创作灵感,我一定不会强迫自己睡觉,而是宁愿起床创作。就像创作《二十四节气》,刚开始时,写得非常流畅,写到一半,再怎么挤都挤不出来了。于是,我把自己关在房间里,不吃不喝,足足睡了两天两夜,醒来以后,硬生生地把这组《二十四节气》诗给逼出来了。由此,也成了我最满意的一组诗歌。

问题五:你希望谁来朗诵你的哪些作品?或换个角度,你希望,你的哪些作品会被哪一位在座的作家选来朗诵?

海燕答:我认为,所有作品中,诗歌也好,散文也罢,其实最喜欢朗诵的还是情感小语篇。感悟生活,体验人生,娓娓道来,细细诉说。这时候,像是自己与自己在聊天,那是一种来自灵魂深处的独白,如梦如诉,还有那一道通向心灵之境界。阿门的诗,张忌的小说,这些我只能说是欣赏或仰慕。我觉得,自己再怎么努力,也达不到他们的高度。所以,我从来不跟任何人去比,我只想做自己喜欢的事,能让自己开心,就是莫大的幸福。

如今我只想说，感谢身边每一位鼓励和支持我的老师们，在他们身上学到的谦和、朴实的个人作风，深渊的博学知识，谦虚的心灵教诲，更是引领我走向文学的殿堂。同时，也感谢每一位关注微信平台的读者朋友们，一路有你们相伴，才会让我一个人在意志最薄弱的时候，试着捧起书，写写文字，诉说心里话，感觉不再孤独，让心变得更加明亮。最后，感谢老师们，感谢文友们，感谢读者们！感谢生命中有你们的存在，才会在我的世界里，永远都会有一缕灿烂的亮光，携手同行，引领向前。

海燕的故事分享了，有让人欢笑的，也有让人感慨落泪的，海燕真心分享，没有丝毫保留。

接下来，林华烨、王悄然、雯雯、薛静雅、章麒配乐朗诵了海燕的作品。"最后的精彩，是打神秘电话的人。大家猜猜，会是哪一位？她又会给我们的沙龙活动带来怎样的精彩美妙的回忆呢？"

我的话音刚落，灯光就暗下来，有人急切地把门打开了，蛋糕、鲜花伴着欢笑进来了。我看到海燕笑了，去扶眼镜框了，她激动了，流泪了，有人拥抱了海燕。5支蜡烛点亮着，有人给海燕戴上红花冠，有人喊着"许愿，许愿""不要说出来，悄悄地许下"。海燕像是许了愿，她吹灭了蜡烛。欢声、掌声响起来了，热烈的。海燕幸福地切着蛋糕，说："每个人有份，每个人都有份。"两个同名"静雅"的帮着分送蛋糕，这幸福的蛋糕，流动起来了。

在热闹中，我适时揭了秘：今天是9月19日，既是海燕的生日，又是海燕光荣退休的日子。打那个神秘电话的就是刚才朗诵的——我们的美女作家——推蛋糕进门的林华烨。

我们期待作家们的创作热情持续着，出书的热情持续着，我们沙龙的精彩也持续着……

我爱秋天

——李郁葱、胡人诗歌茶话会

9月,正是秋日。秋日多思,诗人多情,秋思日子多情诗人举办茶话会,主题设为"我爱秋天",既应秋景,又表达诗人情谊。

茶话会由宁海作协与现代诗社共同举办。县作协主席阿门向大家介绍了李郁葱、胡人两位出席茶话会的诗人。阿门说,天下诗人是一家,两位诗人都是他的朋友。诗人李郁葱,余姚人,中国作家协会会员,现居杭州,1971年出生,1991年发表诗歌作品。阿门举举手中的《山水相对论》说:"这是李郁葱的诗集。"李郁葱刚刚在《十月》杂志又发表了一组新诗。诗人胡人,本名肖向云,湖南衡阳人,浙江大学中文系毕业,著有诗集《上升的火焰》《欢喜地》等;他还办了一本高质量的民刊《野外》,以在杭州生活、工作、学习的青年诗人为主,编辑出版野外诗人诗选多种。阿门说,他曾住在诗人李郁葱家里,与李郁葱深夜长聊诗歌,是非常好的朋友。此次两位诗人因疗养来宁海,就特意被邀请过来与大家见见面,聊聊大家关心的诗歌和诗歌创作,以促进作协和现代诗社诗歌的创作。这样一说,诗人与诗人之间的陌生感打破了,茶话会气氛立马融洽活跃起来。阿门说,今天的主持人是陈剑飞。

主持人陈剑飞顺势说了茶话会的目的：让来自杭城、活跃在当下诗坛上的知名诗人李郁葱、胡人说说当下的诗歌，给生活在小城里的诗人们开开眼界，并请诗人指点我们现代诗歌的创作。

在诗人们热烈欢迎的掌声中，李郁葱先"聊"起来。李郁葱说，他与宁海是有渊源的，除了诗人阿门，还有宁海的《早春》，宁海的诗人陈剑飞。李郁葱以诗为桥，还认识了宁海的著名诗人潘志光与如意公司总经理储吉旺。他说，他了解宁海现代诗歌创作达到的水平。宁海的潘志光、陈剑飞、阿门很早就是中国作家协会的会员，他们的诗歌早就发表在《诗刊》《人民文学》等大刊物上，他们还都有自己的诗集出版，他很羡慕宁海有这么好的诗歌创作环境与成绩。李郁葱说，过去作品发表很难，不像现在网络发达，随时可以发表。李郁葱热爱诗歌，最早开始创作时，还有些狂热，一边拼命写诗，一边到处搜寻能发表诗歌的地方。宁海的《早春》就在那时进入了他的视野。当年陈剑飞正主编《早春》，《早春》不仅发表了他的诗歌，还支付了他2至3元的稿费。李郁葱笑着说："《早春》那时就是有稿费的，那时，稿费对我也是相当重要的。发表又得稿费，这种激励是多重与多方面的。"

李郁葱谈了诗歌创作与发表等诸多诗人们关切的问题。他说，他的诗后来在坚持中走了出去，最早刊发在《花城》上，后来发到《人民文学》上。当初全是手写稿，一首首坚持写作、坚持投稿。有了这些大刊物的发表鼓励，他写诗的热情更加高涨，作品越写越多，发表的也就越来越多。他要大家相信，刊物的编辑大部分都是以质论稿的，写出真性情的作品，是完全有可能发表的。虽然有人情稿、有关系稿,发表难的问题存在,但要这么想,有些时候作品不能发表,可能是审美趣味的不同,或者真还没有写出诗人独特的心灵感悟,是真入不了所投刊物编辑的法眼,这时就可另投其他刊物。

《北岛诗选》里那些诗,可以学习,可以体悟。李郁葱说他写诗有大量阅读的积淀,受国内外诗人的影响,他觉得自己的诗有很传统的一面,但有人就认为他是属先锋派的。他很喜欢俄罗斯的诗人,那些诗人与诗歌滋养了他,让他的诗有了时代性,也展现着很传统的一面。他强调诗歌是"一直在的",对诗歌要有持续的热爱,就像诗人潘志光的创作,那么大年纪了,诗心、诗情却永远不老,诗歌就永远在他那里"存在"。诗歌要写出诗人自己对世界的独特观照,不随众,这个非常重要。"好的诗歌保留了对这个世界最初的热爱,这份热爱对写诗非常有趣、有意义。"

当有人问起爱情诗,李郁葱说:"爱情诗,我没写过。"他接着说,所有诗歌的感情都是要有所收敛的。诗歌可以这样写,也可以那样写,诗歌是朴素的,诗歌要回到心灵,要表达人类共同的关切与情感。爱尔兰诗人叶芝,是20世纪爱尔兰文艺复兴运动的领导人,对英国诗歌的发展产生过重要影响。叶芝的诗是智慧之诗。叶芝后期诗歌的风格更加朴实与精确,口语色彩也更为浓厚。诗歌即便是俚语入诗,也是完全可以的。叶芝后期诗歌创作,更多取材于个人生活与当时社会生活中的细节,以表达某种明确的情感和思索,譬如叶芝的《钟楼》《盘旋的楼梯》等。诗歌是"自我与灵魂的对话",诗歌写作的目的是打动人。

写出作品有发表的欲望,这很正常,但要学会等待,有些稿子投出去后，等个半年一年也很正常，尤其是一些大刊物。李郁葱说，他的一些作品有时发得很快，这个月投出去了，下个月就发表了；有些作品也是要等很长时间，有些还等到自己都忘记什么时候投的稿，后来却被发表了。阿门插话说："是的，我的好多作品，都是后来在网上搜索才知道发出来了。"李郁葱说，对文学，对诗歌，都要讲究"热爱"，热爱也可说是诗歌的灵魂。诗歌创作可以有偏好，但也要有一些底线要求。情感在积淀与沉淀，诗歌作品也要有沉淀的过程。诗人，写出真正好的诗歌作品才是最最重要的。

主持人陈剑飞对李郁葱表示了感谢之后，就直接请诗人胡人开聊。

胡人聊诗歌相对简短。他说，在这个难得的秋夜，时间留给大家相互交流。胡人年轻的时候，对诗歌可以称得上爱得"狂热"。在浙江大学读书的时候，他是学生群体中诗歌协会的主席，组织诗社活动不遗余力，几乎为了诗歌不眠不休，有些时候一天会写出好几首诗。胡人主要向我们深情回忆了"野外诗社"的创办情况。他说到了"野外诗社"的六位创办者名字，除胡人外，还有江离、炭马、飞廉、古荡、楼河。

胡人说到了2001年9月的那个电话。我记录下他的原话：

9月的那一天，刚大学毕业参加工作不久的我，突然接到江离的电话。他问我还在不在写诗，什么时候有空聚一下一起做点事。江离的来电让我惊讶，也让我欢喜。他说的"一起做点事"，就是办民间诗刊，这和我的想法不谋而合。我是高一时开始写诗的，到了大学时，我就对自己说，毕业后要继续坚持写诗，有机会的话，要办一本诗刊（我在大学创办过《行走诗刊》），但我没有想过办刊物的时间表。因为办一本刊物，靠个人的力量是很难的。而江离的这个电话，使得《野外》诗刊提前在杭州诞生。我们经过精心准备，向我们认为的"优秀诗人"们约稿，在2002年12月，推出了40多位"70后"诗人的诗刊《野外》。《野外》是自费印刷的，第一期印刷了1000本，大16开本，封面彩色印刷，共168页。诗歌完全按照我们自己的审美标准选稿，即便是约稿，不符合我们审美标准的也不选用。我们追求诗歌与印刷的高质量。《野外》推出后引起了反响。我们坚持每月聚一次，坚持了70多次。10周年时，我们搞了个活动，出了诗集。我们坚持唯作品论，坚持"在种种喧嚣中保持内心的宁静和精神的自省，剔除与诗歌本身无关的因素，潜心修为，不事张扬，促进诗艺的发展，复活诗歌精神"。

胡人说到了坚守原则、办中国一流刊物，他强调诗歌要抒发情感，要凭情怀去抒写。《野外》的高质量，也引起了杭州市文联与浙江省作协的关注，引起了全国青年诗人的关注，后来有了"野外"诗群，2016年有了自己的活动基地，挂牌在运河边的拱宸书院，举办了纪念诗会。胡人说，他现在集中精力编刊物，不断地推出年轻的"优秀诗人"。自己仍写诗，诗只要自己喜欢就好，诗发表与否，对他来说，已经没有什么关系。胡人说，宁海有良好的文学艺术传统，有方孝孺、潘天寿、潘志光、陈剑飞、阿门，现在又成立了现代诗社，有这么一批热爱现代诗歌的诗人，现代诗歌的传统一定会很好地得到发扬。

诗心相通，诗人感应。诗人李郁葱与胡人"聊"后，主持人陈剑飞拿出自己写的《致李郁葱》朗诵起来。或许是主持人开了个好头，参加茶话会的诗人们按捺不住自己的学习热情与追求进步的强烈愿望,各自拿出自己的作品(多在手机里头),分别请两位诗人点评指点。这场面,是难得见到的"热烈"。争着听诗人对诗作的点评,频频点头的;围着要与诗人合影,留下微信以待以后联系的……我看着这场面很是开心。宁海诗人的诗心,此刻是真正被李郁葱与胡人的诗情"激荡"起来了。

《春到晴隆》分享会的收获

逢单月的 18 日，宁海作家协会沙龙活动都会准时开展。2021 年 11 月 18 日，宁海县图书馆报告厅，我与海燕的长篇纪实报告文学《春到晴隆——宁海晴隆结对帮扶纪实》分享会在签名"仪式"中开始。

分享会主持人是宁海作协主席阿门，图书馆胡伟华馆长作了热情洋溢的欢迎词。我与海燕分别谈了采访过程中的感动，以及写作过程中的纠结与遗憾，特别传递了一份感激之情。

今天的分享会非常特别，除了作协会员之外，《春到晴隆》书中的"主人公们"——参与帮扶的老师、医生、金融、企业等有心人的代表们一起参与了我们的分享活动。他们的分享，真实，朴实，却又有深情与美好的情怀，特别感动人。在这样的场合，再次听到他们的故事，感到特别亲切。报告厅济济一堂，在这热烈的氛围中，有一份情怀也在交流分享中流淌。

今天的收获是满满的。分享会前，我与海燕收到了《春到晴隆》责任编辑孙秀秀的结婚喜糖，我把快递直接带到了分享会上，分享"喜糖"的喜悦为分享会增添了一份喜庆。我读到孙秀秀贺卡上写的"宇宙是人类的最终浪漫"，感觉这句话非常契合大家在帮扶过程中所体现出的"浪漫"情怀。

分享会上,我与海燕收到了孔林根老师贺赠的墨宝。孔老师有心了,感谢,感谢这份无价之宝。我们握着手在台上合影。海燕收到的是"笔墨人生",我收到的是"笔耕不辍"。我要记得,"笔耕不辍",像阿门所说的宁海精神,我要为宁海人的那份大爱精神再写一本书。

分享会上老诗人胡积飞为我们的新书写了词。他的词由跃龙诗社秘书长叶雅琴在台上深情朗诵。我感谢诗人带给我们的鼓励。

参与帮扶的刘世科、李邦夫、张静辉、童富远、王小飞、章麒等人,都做了对我来说很有意义的故事交流与分享。说到分享会的收获,到最后,我就想留下"课桌圆梦人"童富远老师的发言以作纪念,纪念他提到的那些动人故事与感人精神。

晴隆挂职支教教师童富远说:"非常感谢主办方的邀请,让我们这些老朋友、老战友们借此机会齐聚一堂,见个面,握个手,聊个天。我也非常荣幸作为晴隆支教代表在《春到晴隆》新书分享会上发言。首先祝贺《春到晴隆》在作者、编辑们的共同努力下历时近两年成功出版。对于支教,我非常感谢组织给我这次机会,能够到晴隆参与这场轰轰烈烈的脱贫攻坚战;我也非常感谢大家对我工作的支持,得以圆满完成东西部协作教育扶贫考核工作。"

青春无问西东,奋斗自成芳华。两年支教行,一生援贵情。回首往事,历历在目,既回味无穷,又感慨万千。我们翻山越岭扛着大包小包去课桌圆梦、去结对帮扶、去物资捐赠、去送教下乡。我们以身作则、勇往直前,使浙江人的勇立潮头、吃苦耐劳的精神在晴隆传播。

支教教师们八仙过海、各显神通，都为脱贫攻坚教育扶贫画上了自己浓墨重彩的一笔。比如王小飞老师组织的晴隆第一支鼓号队；王鑫根老师带领晴隆学子"一起去看海"；葛群杰老师联合新联会发起的"健康圆梦　净水工程"为晴隆32所学校送去了价值50万元的净水器；叶密台老师带领、张萍老师协助的教研团队所撰写的课题论文在贵州省获奖、在兴义市获奖；伍婷婷老师捐赠的10多万元的幼儿园活动设备；王建友老师的"暖冬行动"；林建英老师的"经典国学"校园文化长廊；童富远老师发起的"课桌圆梦"在宁海县政府和人民的大力支持下为晴隆54所学校共送去1万张价值200万元的课桌等。还有一大批优秀人物和优秀事迹数不胜数，大家都在脱贫攻坚的道路上留下了一串串厚实的脚印，就不一一列举了。

晴隆贫穷生活枯乏，但是我们苦中有乐，始终保持高昂的斗志。我们在晴隆吃到了徐海东老师做的面皮、陈雪洁老师做的麦饼，浓浓的家乡味，满满的幸福感。我们感受并学习了晴隆独特的酒文化。我们认识了雷厉风行的王嫦娥老师、才华横溢的章麒老师、豪爽痛快的王辉老师、积极进取的王尚销老师、独当一面的林霄霄老师、温文尔雅的伍伟松老师、轻伤不下火线的葛潇潇老师、幽默风趣的刘平静老师。还有很多支教老师，今天不在场，我就不一一说了。

援黔就是援自己。世界向未来无限延伸，而生命在时间流中只是一瞬间、一刹那。《春到晴隆》的出版，让我们的足迹在历史的长河中留下了精彩的一笔。援贵工作已经收官，但是人类共同进步的脚步不会停止。

晴隆支教带给我对生命和人生意义的思考。生命不在于金钱、地位、权力，生命在于健康、快乐、奉献。但行善事，莫问前程。最后，祝大家身体健康、生活快乐、工作开心。

储建国先生的故事太精彩

2021年10月16日下午，在宁海县图书馆举办了《少年潘天寿》新书首发式暨新书签赠活动。储建国先生坐在大屏幕前深情地讲说着。我坐在大厅一角，面前放着《少年潘天寿》的新书，与参加活动的人们一起认真聆听。

潘天寿，宁海人，是集书画、篆刻、诗文及美术理论于一体的当代美术大师。储建国先生说："究其成长和成功之路，离不开少年时期的学养和铺垫。我在《少年潘天寿》中写了潘天寿少年时期的150个故事，这些故事都是我在二十世纪七八十年代的大量采访、搜寻中得来的，是许多人当面讲，我记下来的，都是真切的……"我听着，顿生感慨：储建国先生原来是那么深情地一直关注着潘天寿先生，他真是下了大功夫才积累了那么多潘天寿的少年故事，也真是用了心思。他的精神感人，动人！

储建国先生很会讲故事。他从"潘天寿出身于读书世家"说起。这话题，点出了宁海是读书种子故乡的精神特质。他说的故事把我引向更为深远的记忆深处。他让我注意到了潘天寿祖上那一辈辈人的读书故事；他让我联想到了潘天寿生活的"又新居"，想到了冠庄（官庄）的大中、独山、雷婆头峰，想到了那次为寻找潘天寿，我与冠庄的老猎人登上牌位山对望雷婆头峰的事……潘天寿出身于"读书世家"，有"宗谱"为证：潘天寿是在潘氏家族和姻亲儒生林立、名头纷繁的光环下成长起来的，是在有"义田"的家族世风熏染中成长起来的。

储建国先生讲得太精彩了。尤其是"义田"故事之后的"慕荆堂"故事。储建国先生引用南朝梁吴均《续齐谐记·碙玉集十二感应》里的故事：汉京兆有田真兄弟三人分家。财产均分后，剩屋前一株紫荆树未分，他们约定次日将树分斫为三，各得其一。但次日早晨树已枯萎。田真曰："树本同株，闻将分斫，所以憔悴，是人不如木也。"说罢兄弟相拥而泣，遂不再分，从此三人相互团结兴家立业，紫荆树也就重新繁茂。

潘家祖上为传扬"荆树流芳"、兄弟和睦、家贵团结的孝义精神，特在屋边栽了一棵荆树，并刻下"慕荆堂"匾，以警示、教化后人。储建国先生说，潘家"慕荆堂"勤劳、宽容与和谐的家风，从小在潘天寿心中打下深深烙印。他说了一个故事。1948年，潘天寿因父亲病逝，回冠庄奔丧，仰望院里高大的荆树，触景生情，写下了《回缑山故里》一诗："已认村前路，老眼未昏花。屋角古荆树，高倚夕阳斜。"道出了对祖上栽种荆树，感恩教诲后代磊落做人的心声。这是不是也是储建国先生在新书首发式上最想传递的心声呢？储建国先生原来是想用书名《潘天寿青少年时代的故事》的，后来听从冰心老师建议，改成《少年潘天寿》。冰心曾说，"书名宜短不宜长"。

关于少年潘天寿的求学故事：书塾求学时期的"率真处世"，缑中小学时期"子桐"事件、创刻"吴寅"名章赠校长等，储建国先生跳过去许多没有说，他让我们自己翻书阅读。他重点讲到了他的"50年来资料的寻访和汇集"，这部分内容极为丰富。他说到潘天寿书"五叶流芳"匾额的故事，提到了姜岱对潘天寿先生指墨画的影响，还说到了柴时道与潘天寿交往的故事，以及姜熊及潘天寿妻子姜吉花的故事。他列举了从当时走访、采访中获得的极为难得而珍贵的有关潘天寿的资料。他心存感恩，没有忘记那些提供资料的人。他说到了走访以及通过各种方式为他提供资料的人，如楼明月、姜辉盈、柴时道、吴文欣、吴秀芝、陈受谦、严子咪、潘望霖、陈水生、金昌炽、陈邦芝、施明德、杨象宪等。他还讲了从《宁海教育志》《城关镇志》《申报》等书籍报刊中搜集潘天寿相关资料的故事与经历。

　　储建国先生的这一段经历，感动了乡土宁海的李恒迁，让李恒迁说出了一番感动人的话；感动了诗人陈剑飞，让陈剑飞说出更有信心把《潘天寿诗传》写好的心声；感动了文史专家滕延振，让滕延振说出了不为人知的储建国发现状元碑的故事；感动了画家雪晓红，让雪晓红侃侃而谈她的绘画创作……

　　在签赠活动中我也让储建国先生为我签了名，还特别请他为我写下"少年潘天寿"五个字。现在我翻读着《细读潘天寿》，回味10月16日那天的活动，心里最想说的话是：储建国先生的故事太精彩了，他讲少年潘天寿的故事很精彩，他本人的故事也很精彩！

（2021年10月21日晨）

诗人要有一颗入世的心

——鲁迅文学奖诗人荣荣新书分享会

鲁迅文学奖诗人荣荣新书分享会，在县图书馆举行，由我主持。

活动前我一直思考怎样展示诗人荣荣？怎样展现荣荣诗歌创作艺术的精髓？我将荣荣是"鲁奖诗人"突出在PPT上，荣荣的简介也在PPT上呈现。荣荣的新散文集《醉里吴音》我已拿到，并认真阅读写了一篇读书笔记，她的新诗集《一个人的奔跑》我还没拿到手，但荣荣已把诗集里的几首新诗发给了我，分别是《正午的阳光牧场》《这一天她还在人间走着》《遇见》《樱花》《承德围场的向日葵》《误入》《银杏黄》等。

本次沙龙活动由县文广旅游局与文联联合主办，县作协与图书馆承办，且纳入图书馆的"正学讲堂"活动。

活动开始，在表达欢迎、感谢与领导致辞之后，我从德国哲学家康德"在一切艺术里，诗的艺术占着最高的等级"引入，进入"献花诵诗传喜悦"环节。

我说："生活与诗相伴的美好，愈显文学艺术与人文的至真至美至善。今天诗人、作家荣荣——诗歌的耕者、纯净的艺术'吟唱人'来到我们的沙龙。"我停顿下来，话锋一转："鲁奖诗人的到来让我们的诗人、作家们激情洋溢,可谓是大家风范,照亮了缑城风景,激动了人心,外面阳光灿烂而明媚。这是一道美丽的诗性文学的光芒。"我转向荣荣老师,郑重地说:"我们在跃龙山文峰塔下成长着的宁海诗人、作家们想对您的到来表示欢迎,以表达他们对您与最高等级诗歌的崇高敬意。"

荣荣没有想到,大家也没有想到,我们美丽的林华烨老师此时从会场后面捧着鲜花走了上来,我看到荣荣老师站了起来,一脸惊讶之后,是满脸灿烂的笑容,她走出座位,接受林华烨的献花。大家都禁不住鼓掌,掌声渲染了气氛,摄影师请荣荣老师与林华烨回到台上拍照,把诗人与鲜花相伴的美丽瞬间留下,把诗人像鲜花一样灿烂的笑容记录下来。

我按照预先商定设计的"聆听诗歌飞翔精灵",请上诗歌朗诵者登台,再次表达对荣荣老师的欢迎与敬意,表达对诗歌的崇敬之情。

朗诵配了音乐,荣荣老师的三首诗《正午的阳光牧场》《遇见》《银杏黄》被三位诗人、作家、朗诵爱好者用声音呈现出来。每一首诗朗诵结束,荣荣老师就站起身来鞠躬致谢。

朗诵结束,待我请荣荣老师上台坐定,准备进入对话环节时,荣荣老师却先打住了我的话头:"袁老师,我有点激动,先让我说几句。"

荣荣老师说:"今天没想到会有这样的形式,看到台下满脸笑容,我们都是真心爱文学、爱诗歌的。我感受到宁海文学的浓浓气息,非常感动,感动于宁海县文广旅游局、文联的重视,感动于宁海作协的热情邀请,感动于宁海图书馆的精心安排。"

待荣荣老师表达激动之情后,我转入访谈。我说,荣荣老师是《文学港》杂志社主编，出版过多部著作，凭借诗集《看见》获全国第四届鲁迅文学奖，以《声声慢》组诗获得2013年度人民文学奖"优秀诗歌奖"。我把一连串的问题抛给荣荣，我还念了PPT上荣荣的介绍，荣荣，女，本名褚佩荣，生于1964年2月，出版过多部诗集及散文随笔集，参加过《诗刊》社第十届青春诗会，曾获《诗刊》《诗歌月刊》《人民文学》《北京文学》等刊物年度诗歌奖、中国作家出版集团优秀作家贡献奖、首届徐志摩青年诗人奖、第二届中国女性文学奖、刘章诗歌奖、十月文学奖、全国第四届鲁迅文学奖等。

我与荣荣老师就这样以对话的形式进入了新书分享的重要环节。

对于我的所有问题，荣荣老师都给了热情的回答。之后，我提到，在《甬籍作家荣荣：诗歌的耕者 纯净的艺术"吟唱人"》文章中，作者用了三个大标题突出了荣荣的诗歌艺术：

大道无痕，随心所欲；

《时间之伤》隽永绵长；

洞彻通达，诗歌耕者。

作者说荣荣的诗歌创作达到了东方不败运剑的最高境界：出神入化，随心所欲，不滞于物，草木竹石均可为剑，修炼到无剑胜有剑的境界。我问道："您对此有什么评论？"

荣荣老师说："那是别人说的，吹，袁老师哪里看到的？我还没有看到过这篇文章，我连自己是诗人都不太肯定。诗歌是我所爱，是真的，从初二开始就爱，写诗写了几十年了，我对诗是有感情的。"

我说："有感情有爱，诗就灵了。您说到吹，我再帮着吹一吹,您听,不要回答,我是想让大家更好地了解作为诗人的荣荣。

"荣荣不是复杂的人,诗也不复杂,她诗歌的表达就像说话,轻松随意却直奔心脏,不刻意用比喻,直接、真实、自然、简单。荣荣是个有情趣的人,诗也充满情趣。区别于炫耀生命意识神秘感觉的诗歌,荣荣的诗歌就是写正常人的情感,爱与被爱,情与欲。

"直接、真实、自然、简单,我喜欢。我喜欢您的《心舍利》,有评论说,那是一首当时诗坛上'可遇不可求'的精品。"

荣荣老师就接着《心舍利》展开了动情的解说:宽厚、柔情、信任、眷恋……我的诗是对世俗生活的写照,我欣赏佛教智慧中的了然与放下,我希望生活是一种提纯后的干净。看到文学场上、电视上的那些让人惊心的血腥,甚至有一次,我忍不住对小说家说,你们为什么要把世界写得那么残酷,种种阴险毒辣,那样的凶暴、血腥、残忍……让世界充满爱心不好吗?

荣荣停顿一会说:"我的《心舍利》没有与现实平行的失意、沮丧或心气难平,我想要我的诗歌达到一种纯净喜乐的状态,《心舍利》大概就传达了我的这份思绪心意。"

说到具体的一首首诗,我说:"有一首您写于2004年3月1日的诗。诗题是《有一阵子,我厌倦了诗歌》,这也是您真实思想情绪的传递吗?就像《心舍利》?您如何看待生活、职业与诗歌写作的关系?"

荣荣老师说:"是的。生活与写作是有联系的,但诗与现实还是有区别的。虽说'厌倦',但那里面有我对诗歌的悲悯、辽阔、难以言说的美,纯粹和清新的赞美,有我百分之一百对诗歌的热爱。诗是心灵世界的东西，与现实是有一些距离的。我写下诗句：'细碎的日常繁杂的琐事，日子是蒜泥青菜加鱼头豆腐，我的付出看上去不再徒劳。但人们仍说我像个诗人，当秋天又一次在树上摇摇欲坠，只有我在细究落叶的意义'。我像个诗人，'细究落叶的意义'，我会厌倦吗？我想对大家说，写诗也好，写散文、小说也好，大家不要为难自己，心中追求美好就好，不论写诗，还是进行其他的创作活动。"

我说："我收集了我们作家群里一些很具体的问题，借这个机会提出来，希望荣荣老师回应。作协主席阿门说过，荣荣老师什么问题都会回答，是多年的主编，文学功底深厚着呢。"

荣荣老师冲我笑笑，示意我可以提问。我也笑笑，按事先搜集准备的问题，代大家一个个抛给荣荣老师。

您是从哪一年开始诗歌写作的？最早激发您写诗灵感的是什么？您写诗是一挥而就，还是反复修改，或是有其他写作方式？您关注诗歌评论文章吗？您写诗歌评点、评论研究文章吗？您能给大家说说您认为的最重要的三个诗歌写作要素吗？

荣荣老师自然，直率，坦诚，妙语连珠，详尽回答了问题。台下没有人走动与退出，听得非常专注。荣荣老师的回答充满智慧，充满文学情趣，充满爱心，充满了信心，传递出了众多的信息。她说，从读《唐诗三百首》开始，爱不释手，感觉天下还有这么好的东西，就爱上了诗。她初二开始写诗，最早写的一首赠诗，是高一时为自己的班主任老师写的，那时年少，14岁的年纪还不懂暗恋什么的，只是觉得老师对我这个班长有"知遇之恩"，便想用一首诗来感谢，狠狠地夸夸那位男性老师，诗中将这位老师夸成了男神：英俊，伟岸，矫健，挺拔，智慧。

她说，她的写作多数都是很快写成的，没有"苦吟"。她说，写作要遵从初心，不要过分为难自己。她说，写作者、文学爱好者要多阅读当下的文学作品，在诗歌写作之余，也不妨多写一些文学评论，以助于在更宽阔的场域，以更宽广的视野，多维度观察和思考当下的文学创作。

尤其是最后一个问题，荣荣老师说到的诗歌写作三个要素：想象力、表达力与一颗入世的心。

荣荣老师说："想象力其实就是诗歌的创造力，因为诗歌创造力，大多来自想象的翅膀。诗歌有想象才有创造，这样的写作也才是有生命的。说到表达力，我觉得一个诗人拥有出色的表达力真是太重要了，诗人只有具备想象力与表达力这些要素，才能让诗人的所思、所想、所感、所悟，真正在语言中落地开花。再一个就是入世的心。创作时要把自己的感受放进去、把自己的心放进去，字里行间才能感动人、打动人、感染人。我们的诗人要做观世音菩萨。观世音，就是要观世间百态、体人间百味；菩萨，就是要有一颗慈悲之心。"

由于时间关系，我没再提其他问题，把时间交给诗人、作家与诗歌朗诵爱好者们。这是我们事前商量安排好的重要环节：提问互动展芳华。我只提了个要求，只有五个提问机会。

发言的人踊跃，有工作人员帮着递送话筒。这一环节提问接地气，同样精彩。阿门、陈剑飞、应满云、潘善飞、娄开宇五位宁海诗人就诗歌创作、用语、瓶颈突破、投稿经验等，与荣荣老师进行了互动交流。事后记者评价：分享会干货满满，充满了文学情趣。我则在诗人与诗人的交流中，静心记住了荣荣老师谈到的文学写作如何"出圈"与突破，走出宁波、走向全国的话题，记住了她对宁海浓郁的文学气息、活跃的创作氛围的赞赏,记住了她对文学前景的美好祝福。

提问结束,我引康德"有两样东西值得我们终身仰望,一是我们头上的星空,二是我们心中高尚的道德"以表达对荣荣老师"立心天地,立命生民,做心灵美丽的有使命感的人"的致敬。希望与大家一起,都做"喜欢仰望星空的人,做心灵美丽有使命感的人"。

为平凡而精彩的人生立传

——仇叶祥《足迹：自叙人生路》分享会

今天相聚，我们是借了仇叶祥老师新书出版分享的机缘。首先，祝贺仇叶祥老师《足迹：自叙人生路》出版，感谢他为我们带来丰富人生阅历的分享！也感谢各位能在炎热暑日的夜晚相聚于此！

仇叶祥，宁海岙胡仇家人，1950年11月4日出生，是我们在座很多人的老朋友。他也是当年"宁海文峰论坛"上有名的人物"金溪山人"；骑车、登山、写文章、搞摄影，极度活跃的人物。

仇叶祥老师讲故事，生动、有趣，让人印象深刻。我听他讲过卖缸甏的故事。当时仇家、杏树、岙胡陶器厂建立，他随他舅舅从白峤码头装缸甏上船去三门，后来又去长涂岛、梅墟等地，那些在船上、在农家、在岛上的种种独特的卖缸卖甏的经历，令我兴奋不已，终生难忘。仇叶祥老师是个很会讲故事的人。他的人生看似平凡，实则精彩。

这次分享会，我们以漫谈的形式进行。

以下内容是仇叶祥老师分享《足迹：自叙人生路》创作初心，以及他十年磨一剑的写作过程及新书出版的一些情况：

各位老师、各位文友大家晚上好！

在这炎热的晚上，大家怀着一颗火热的心，前来参加我《足迹：自叙人生路》新书分享会，本人表示衷心的感谢！同时衷心感谢县作协为我举办这样隆重的新书分享会！衷心感谢县图书馆为我们提供这样优美的会场！

一、自传创作初心

2005年下半年，中国银行改革上市，我提前内退。当时，我还只有56岁，从繁忙的领导工作岗位上退下来，总想找点事干干，于是就萌发了写自传的念头。我想写自传的理由，有以下五个方面：

一是我和祖国共同成长，见证了祖国从一穷二白到繁荣富强的全过程。本人经历了从山村进县城，实现了当农民到国家干部的华丽转身。在漫漫人生路上，我从事过工、农、兵、学、商、金融等诸多行业，饱尝了那个年代生活中的甜、酸、苦、辣，为写自传积累了大量的素材。

二是古语云：鸟过留声，人过留名，凡人写自传，用文字留下人生足迹，有它独特的意义。

三是本人虽小学毕业，但一辈子注重自学，又在办公室耍了十多年的笔杆子，自认为有一定的写作基础。

四是内退后不用上班了，有的是时间，选择做码字工，一定会丰富退休后的老年生活，让晚年生活充满无限乐趣。

五是活到老学到老，学会在电脑上写作，让大脑和手指动起来，有利于预防阿尔茨海默病，促进人身心健康。

二、自传分享亮点

在新书分享会上，一般都会大谈特谈新书的亮点，我自知我的作品没有多大亮点，但我自信我的自传，突出了时代背景，紧扣住平民百姓吃、住、行等生活主题,并抓住不同工作中的闪光点,用真情去书写。书中《父亲的肩膀》《母爱无边》等章节,我用真情,换来很多读者泪流满面。

书中写到苦涩的童年生活,养成了我吃苦耐劳的品德,让很多人感受到吃苦也是一笔财富。

书中告诉读者:坎坷的人生之路,练就我不屈不挠的顽强斗志。

书中写到我从事过工、农、商、学、兵、金融等诸多行业,懂得只要勤学苦干,行行都能出状元的真理。

书中描述在改革浪潮中,我感受到内退下岗的切肤之痛,又分享到改革开放带来的丰硕成果。

自传后半部分,我发自内心地感谢中国共产党,用重笔描写在优越的社会主义制度下,才老有所养,老有所乐,才有我那丰富多彩的晚年生活。

三、写自传的感悟

回顾本人写自传的过程,确实感到不容易。

一是自己写的自传,既不能虚构情节,也不能拔高自己,对自己的功过,必须准确给以定位。因为阅读你自传的人,都是熟悉了解你的人。为此,我特地请老领导张叶艺行长、老同事肖成华先生为自传作序,增加了可信度。

二是自己给自己写自传,容易写成平平淡淡的流水账,让人读来乏味。在人生旅途中,上下级之间、同事之间、亲人之间,都会发生各种矛盾,作为文学作品,描写矛盾越激烈、斗争越白热化,越能吸引读者的眼球。但自己给自己写自传,绝不能伤及矛盾产生的另一方。

三是我这本自传,修修改改,写写停停历时十多年,既充实了我退休后的生活,又打开了我记忆的闸门,近年来我能在《今日宁海》报上发表50多篇文章,约13万字,完全得益于写自传。

四是自传初稿形成后,我先把它放在网上让网友点评,收到意想不到的效果。网上点击率超过10万人次,收到数百条点评信息,我根据网友的意见和建议,对文稿进行一次次修改,还把40多条文友点评收入书中,大大提高了自传的质量和可读性。

由于本人写作水平有限等原因,《足迹:自叙人生路》一书还存在很多不足之处,敬请各位老师和文友不吝赐教。

再次感谢各位老师和文友冒着酷暑前来参加本次新书分享会!感谢县作协主席阿门、副主席袁伟望等作协领导的精心安排!感谢林海燕副秘书长对本书出版的大力支持!感谢县图书馆领导对新书分享会的大力支持!

恭祝大家健康快乐,万事如意!

肖成华为《足迹:自叙人生路》作序《金溪山泉清澈见底》,并在分享会上以充满激情、字正腔圆的朗诵艺术,朗诵了《金溪山泉清澈见底》部分段落。

这次分享会上,阿门、应敏明、娄开宇、葛兴林、陈剑飞、魏人彪、潘永华、娄美琴、林海燕、顾方强等文朋好友,都作了热情洋溢的发言,肯定了作者的创作精神,对该书的现实价值、文学价值作出了准确的评判,又都说出了各自独特的阅读感受。

分享会上,我与仇叶祥老师就"为自己立传"进行了交流。

我说:"也许有人会问,你不是伟人、名人,写什么自传?就你那点文化水平,著书有人看吗?"

仇叶祥答:"我认为,平民百姓著书,如同家庭酿酒,酒虽无牌、无名,但只要喜欢喝酒的人,一定会品尝出那种原汁原味的醇香。平头百姓写自传,不追求商业效应,只求一吐为快,不为扬名立万,但求留下自己人生的一点痕迹。自传写的是我个人的经历,但也反映出时代的变迁。百年后亲朋好友、子孙后代能了解那个时代、记住我那人生点滴,就十分满足了。"

听过仇叶祥老师的分享,大家进行了交流。有人表示,向仇叶祥老师学习,也有了写作冲动。我也把读《足迹:自叙人生路》的感受与大家分享交流了。我希望有更多的人写自传,写出历史的丰满丰富来,让我们的历史有更多的温情。我把《素心:极简至美的时光》里的一段话,分享给了大家。

走很多的路,去很多的地方,看很多的风景,而最珍贵、印象最深刻的还是旅途中遇见的人与他们身上生动的故事,他们不一样的人生态度。他们或潇洒豁达,或有趣幽默,或博学深刻,或从容自信,他们对生活的热情和劲头,在每一次相遇,以及之后的生活中触动我、感染我、影响我。因为遇见这些可爱的人们,旅途不再只是单纯的步履和风光,而是有了更丰富的颜色,有了温度,有了厚度。

我感觉仇叶祥老师的自传里有这样的人生启迪。仇叶祥老师的乐观,让我想到苏东坡。苏东坡经常自嘲"自笑平生为口忙,老来事业转荒唐",生活日常是"此中百般粗糙,江边弄水挑菜,便过一日"。却又常常有一份自豪,"吾上可陪玉皇大帝,下可陪卑田院乞儿"。

我要说,我与仇叶祥乐观人生相遇,是人生非常幸福的一段人生经历。我从他的自传中感受到了人生的丰盈、厚重与温情!虽为平凡人生,却有"奋力有当世志"的感慨。

(2022年7月15日于宁海县图书馆)

闲话安炉新书《第一场雪》

安炉出《第一场雪》，我早知，热切期待。二十多年的交往，熟悉的人。对于安炉的新书，我拿到欣喜，看着欢喜，读来可亲、有情亦有思。"高原的天，晚娘的脸，我换上长焦，拍下张《雪山下的村庄》，亦算不虚此行。"这是《青海散记》里的趣文。"支好三脚架，点一支烟，自拍一张照片，让自己的身心埋进大山那宽敞而温柔的怀抱，不知道是把王干山留存我心，抑或把自己的心留在王干山。瞬间的定格，便成悠远记忆。"这是《王干山怀旧》里的文字，那帧定格的照片呢，像天空上的朝霞晚霞，温暖在心。

古人有言："赐子千金，不如教子一艺；教子一艺，不如赐子好名。""赵安炉"这个名字有意思。《第一场雪》辑五《取名记》说其取名的道道："我的名字冷僻，百度上搜索，竟无同名。"安炉父亲与柔石同辈，为平字辈。安炉应为赵家的振字辈。但安炉从字面分析了西门杏树脚算命先生"乌人"给他起的名字，觉得如果取振炉，不是太妥，且与哥安荣名不一致，他说"还是安炉妥些"。"安能兴邦，炉也一样，安定的炉，火才能旺盛，才会炉火纯青。"他为女儿取名——在那个冬晨，见"晨曦微露，竹影婆娑"而取名"熹竹"，寓意其"未出土便有节，及凌云外尚虚心"，有节，凌云，虚心，偶然中却有特别的意味情怀。取名虽皆为"偶然"，父母之偶然，算命先生之"偶然"，安炉之偶然，名虽皆非朗朗上口可诵，却都寓意不凡。安炉取名有"道"乎？安炉本人文字有道乎？人生脚印踩在沙滩上、踏在雪地上，浪一刷便被抹平、阳光一照就融化了。这是得道之人才说着的话，安炉就这样说着他的名字。

《书家苍龙——学书，只是为了滋润日子》一文中，我特别喜欢副题中的"滋润日子"，这"滋润日子"里便写出了苍龙的书道、艺道兼及了人道。安炉道："'宽放自然'这方闲章是苍龙最欢喜的。"苍龙书房那个形象，安炉写得真让我印象深，"人书合一的境界"真跃然于我眼前："苍龙的书房里，最醒目的是悬在墙上的那一块老船木，清晰的纹理诉说着岁月的沧桑。木上刻'三槐堂'三字，为童晏方老师的漆书手迹。茶桌、书桌布置古雅，人一进，心便静。阳光剽悍、夜雨飘泼，都妨碍不了他那颗宽放的心……他原是语文教师，古文底子自然厚实，悟性亦高"。且"苍龙曾为一睹旧日风范，一抚前人古迹，肩背行囊远行，看展览，访碑林，渐渐笔下、刀下养出许多老意，挥洒之间，那些线条仿若千百年前滋生在秦砖汉瓦里的老苔，苍茫而鲜亮。"人道、艺道、书道由此而生，我由此想到了亚圣孟子的"吾善养吾浩然正气"的话来了。

山不在高，有龙则名，有龙则灵。悠远而鲜亮的古雅日子里，日子是有声有色的，安炉写日子的文字也是楚楚动人、有声有色的。这古雅动人的文字里听得见安炉的心声，且让人有"久久在怀"之感觉。《枫湖仙宗》那一段"菖蒲讲座"后的骚人雅集、雅声，我们且来看、且来听，且来展开去想象："一拨拨文人雅士集聚到纪念馆的茶室内，弹琴吹箫喝茶，聊葛洪养生；书画泼墨挥洒，显性情风雅。真是琴声、箫声、歌声，声声入耳；书意、画意、醉意，久久在怀。"安炉爱玩，书法是玩的，摄影是玩的，写作也是玩的，却玩得极雅，玩成了独具秀色的省级、国家级会员。玩出这样情趣的人，是高人，是性情中的真人。

　　我喜欢安炉的书法，有一年年末，安炉给我们作协理事每人书写了春联；我也喜欢安炉的摄影作品，近期他做的黑白艺术，我更喜欢，他在《第一场雪》里有许多这样精妙的创作，我尤其喜欢书中第344页的那一张照片，安炉笑着，是真笑，是自然的笑。

那一夜，诗的光芒在图书馆闪耀

2022年11月18日夜，宁海县图书馆，潘志光——新诗集《陡峭的春天和秋天》品鉴分享会。

潘志光，八十岁白发翁，诗却青春，连接着时代风尚，诗心不老，自带诗心、诗情、诗境光芒，诗人以诗品、人品双耀于诗坛，我称之为不老的"青春诗人"。主持人是作家、诗人王海明，他说："著名诗评家洪迪评潘志光'在当今的中国诗坛，潘志光仍不愧为一位有特色的实力诗人'。"

品鉴分享会上，青春诗人潘志光，以平和的语调，说着他坚定且执着地走着人生诗路的生动故事。虽语调平和，但故事有波有浪，精彩纷呈，让人动容，让人感慨。

向年轻人学习，保持旺盛的学习热情，这是青春诗人潘志光的创作行为与持续创新的动力。或许这也是他保持青春本色的精神密码。潘志光的诗闪耀在《解放军报》《人民日报》上；闪耀在《中国年度诗选》和《新华文摘》的光芒中；闪耀在"世界新古诗奖"与《诗刊》优秀诗集奖里面；闪耀在"中国红高粱诗歌奖"的光辉里。

嘉宾席上坐着众多八十岁的白发长者，他们中有我的师长，有著名企业家,有著名老中医,有老领导,有老报人,也有书法家。他们与诗人潘志光有半个多世纪的友情,他们志同道合,交情深厚。在现场,他们诗情勃勃,意趣盎然。他们中有手执手写稿字字清晰评说潘志光现代诗诗品、诗艺、诗味的;有妙谈潘志光入伍转业、新闻报道、沉浸诗海孜孜以求故事的;有畅叙潘志光用十年时间创作120万字长篇诗传《冬天与春天》历程的。潘志光的诗《肉骨头》被引入企业家的经营理念里,潘志光现代诗的光芒在白发老翁的侃侃而谈与娓娓道来中尽情展现。潘志光的诗品、人品,闪耀着熠熠光芒。我们都被那束诗光照耀到了。

主持人巧妙地穿插着潘志光新诗的精彩朗诵,他们把诗潮推进,一波一波掀起高潮。朗诵者,是宁海县朗诵协会的,他们既是现代诗歌的爱好者,又是专业的朗诵人才,他们青春,他们热情,他们纷纷登台亮相用优美的声音演绎着潘志光诗歌的精彩:《山村的夜》《江中绿洲上的一丛芦苇》《打枣》《十多棵果树》《今夜有只陶罐》《父母老了》《大儒方孝孺》等。

洪迪说,读潘志光的诗,就是读精彩的潘志光。老诗评家说得真好。青春诗人潘志光的骨子里是充盈着与大儒方孝孺一样不折不弯、浩然正气的品格!

我翻阅着潘志光的诗集《陡峭的春天和秋天》。潘志光的诗,有太多的奇妙与别致。诗里的这一切,青春诗人都是怎样发现的?潘志光的诗中说"他从十八岁的高处掉下来了",我却想不到十八岁是怎样从高处掉下的。

诗人陈剑飞说,潘志光六十年的诗路历程明晰着他"一直在路上前行",单刀直入,白描,象征,超现实,后现代,创新一直在路上。诗人应满云说,潘志光诗心不老,创作不息,好人品才有好诗品，诗品、人品为年轻一辈树立了学习的榜样。诗人阿门说，潘志光是富有爱心的人，是无畏的诗人，潘志光"诗有别才"，心态青春，诗歌青春，是我们学习的榜样。有人插着话说，潘志光的《渔家孩子》，令他印象深刻，几十年过去了，他仍忘不了。这样的诗才是接地气的，有生命的，不朽的。胡伟华馆长激动站起来，情不自禁地就要上台来朗诵潘老的诗歌以表达她此时此刻对潘老敬仰的心情。我也没忍住，拿起话筒说："致敬青春诗人，学习青春诗人。宁海的文坛上，将永远有一位不老的青春诗人潘志光。"主持人王海明说："越是卑微的姿态，越能显出高贵来。"

  2022年11月18日夜，外面的天空，飘洒着蒙蒙细雨，但宁海县图书馆内灯火通明，"诗歌之光，自在长明"，潘志光诗集《陡峭的春天和秋天》分享会正在进行。那一夜，潘志光现代诗的光芒在宁海县图书馆闪耀。

云在飞,诗在嗖嗖地长

——记应满云《闲云记》分享会

2022年12月3日,一个冬月有雨的日子,诗人应满云说,他要铭记。这一天,他的第一本诗集《闲云记》,在宁海县图书馆举行分享会,他着实感动。他捧着鲜花在舞台上高光亮相,他与墨宝一起站在舞台的中心,一起真情地展示"阑珊提纸笔,夙夜磨华章",展现宁海"中华诗词之乡"的诗韵芬芳。

浙江省作协副主席、鲁迅文学奖得主荣荣说:"宁海有这么多诗歌的朋友,让我感到非常亲切,非常开心。"荣荣用诗一般的语言描绘了一群在灯火明亮长街上涌来涌去热情奔向聚会的浪漫诗人群像。是啊,为什么要写诗呢?是初心,是初心的坚守。她拿起《闲云记》说:"满云退居二线,闲云一般,却捡回宝贵的初心,感生活而写诗,以自己的人生阅历,直悟有情人生,做着与诗一起老的事情,让人感动。满云的诗,就像省作协诗创委主任孙昌建所言:不宁的是山,宁的是海。他要说的是满云的诗,是诗的海。我更要大胆地说,满云的诗,是接着大地生活之气的诗。"

《浙江诗人》主编天界说:"满云的诗集是从众多的诗人选集里选出来出版的,这是因为他诗里的真诚和激情感染到了编辑。

满云是闲云,我们更希望他是自由的仙鹤。"荣荣插话道:"野鹤,闲云野鹤。是,是仙鹤,是野鹤,总之是鹤。"天界继续说道:"希望满云在诗的直率与隐喻中更大胆、更自由地展翅飞翔,飞出更有高度的诗情、诗歌、一本本的诗集。"

诗人林夕杰紧接着说,他喜欢,很喜欢宁海分享会这样的氛围。他回忆了与满云的真情交往,他感觉到满云这个人的温情,满云诗情的温暖。他说要用浑厚的男中音给大家朗诵。他朗诵了满云的《冬夜》,为在场的诗人诗歌爱好者们,描绘出了一幅冬夜寒潮来临时那温暖的诗意图景:

寒潮行色匆匆,占屏
萧条的背景。冬夜
无法拒绝,只有窗户
透出深邃的光
所有的归巢收敛起眼睑
泊在梦境里。乡愁
将生活的领口翻起
抵御,世间袭来的寒流
日与夜的苍凉里,闪着
那道风的刀光
寒夜已将月色融化成霜
染红相思的枫叶
千里之外,乡音和呓语
已被冬夜折叠起
此刻,给夜行的风尘
一盏温暖的灯

接着，满云的《开游节》《雷婆头峰》《潘天寿故居》被宁海朗诵协会的老师们演绎。开游节的场面重现，雷婆头峰耸立了起来，潘天寿故居，静静的，一代国画大师形象竖立在了雷婆头高高的山峰上。

"应书记工作的热情，待人的真诚，都展现着他的诗情。他们的十八仙群，诗仙加酒仙，那种气氛，那种诗性，那种诗情，说实话，确实诱惑到我了，很让人向往。我也蠢蠢欲动，想要加入这样的诗仙群，让自己的书法也带上诗仙的韵，带上诗仙的情，在宣纸上宣泄表达出来。"这是宁海县文联王苍龙主席的发言。

主持人插话："苍龙的书法了得，全国展览获奖，又师从童晏方，精通书法篆刻，书、刻有自己独特风格。"

"高朋满座，这是快乐的相聚，是以诗的名义相聚。应总给予我工作上的许多指点，他的诗也给我很多的启发。我惊讶，我感慨，写诗不到两年，就出诗集，不论题材、思路、诗艺、技巧的圆熟，一个人是怎么成为诗人的呢？我有三点感悟与启发与大家分享：一慧心，二慧眼，三慧根。应总的慧心一直在，由散文诗切入现代诗，切入与转换非常自如，且有'日行千里，夜行八百'的速度；慧眼，应总的洞察力，挖掘，赋予，总有发人所未见。《葡萄架》里有甜蜜的爱情，《稻草人》中生出喜欢壮胆的智商，《车载音响》里有老母亲的款款深情；慧根，是根基，是深度，是人生阅历，是生命体悟，是学习能力，是读万卷书行万里路的加持。应总的诗如井喷泉涌，大家有目共睹。"这是传媒集团王海明副总编在分享。

诗人阿门，感谢今天到场的所有人。他说，在作协温暖的团队里,他希望更多的人像应总一样越写越好。他说,我们的团队遵循让一群人走得更远的原则。青春诗人潘志光说,他当县作协主席时,是20世纪的80年代。当时,满云创办了《澜潮》文学社,诗心可贵、珍贵,尤其是满云的坚持,坚持的那份儿"韧劲",是我们诗人们要学习的。他希望满云放飞诗心,期待着第二本诗集尽早出版。宁海图书馆胡伟华馆长说,应总的诗圆满、圆熟、圆润,她朗诵了诗人陈剑飞创作的《读〈闲云记〉随想》,以表达她读诗的感悟与惊喜,传递陈剑飞的诗人之思:

> 这是首部诗集,伊甸园有点羞涩
> 在不长时间里捧出,含着鲜露
> 闲云下悠悠乡愁,时光没把它带走
> 一行行诗节里停留,植下的根
> 那些熟悉景致,家园中山水草木
> 向纸上开花,或许有份诧异和新奇
> ……
> 郁离子长廊,面对奇怪的图像
> 你在掠影中采风,在冷僻处温酒
> 一帮诗友,帮你找回失落密码
> 在小渔村看见了灯塔,诗的光芒

"含着鲜露""家园中山水草木""向纸上开花""在掠影中采风""诗的光芒",说得多好,写得多有才情!容不得人多想,文心朗诵社接着用声音展演了满云的深情诗作。这是满云深情悼念《济公》的作者——我们可敬的乡贤薛家柱先生的诗,这是满云那天送别袁隆平院士的诗《今天,送别袁隆平院士》,诗与诗情,深深地感染到了我。

十八仙们的社长，别有诗才的诗仙们，亲切地叫着应仙人，说着与应仙人的诗情与诗谊，说着应仙人的真诚，说着应仙人的幽默，说着应仙人的热情，说着应仙人的酒仙与诗仙的趣事。诗仙们说得开，却又说得含蓄节制。诗仙们说着宁海的前童古镇，说着宁海的石头古村许家山，说着宁海的柔石故居，赞美着宁海。诗仙们祝贺着满云诗集的出版，希望他把"酒仙""诗仙"的体验，都用诗的形式表达出来，去打动更多的读者，传递更多更美好的诗情。宁海跃龙诗社的叶雅琴，宁海现代诗群的枫林，也起来发言了，他们说，读应满云的诗，舒心、走心。他们说，大家一起走，携着团队的力量，一群人，在诗的新征程中，他们的诗一定会越写越好，诗路一定会越走越远，诗的前景一定会越来越开阔。

精彩在诗，精彩更在诗情的体悟与演绎。杨建国朗诵满云的《许家山》，将分享会推向高潮。

有一种石头，深邃得

像铜镜，许家山

……

千年古柏，打探着风声

古戏台是否有演出

一米的巷子，转角

是否遇到爱情

是啊，你是否会在浪漫的石头古村许家山遇到爱情呢？桥头胡的樱花节、胡陈的桃花节、大佳何的桂花节，还有桑洲的油菜花节。《力洋，杨梅节》适时地被推送到了舞台上配乐朗诵：

一串串、一簇簇

炭梅，像点点丹红的酒窝

嵌在节庆的笑靥上

古典水袖音韵杨梅，舞出

杨梅酒封坛的红绸节

苍山之麓，沥水之滨

不见苍鹰盘旋，却抖落

闪红烁紫的流苏

齿唇间，含一颗润红的心

流金岁月，熟透江南

诗在诵，诗情在汹涌，天上的祥云在飞，宁海的诗歌大地上，诗在嗖嗖地长，歌声在飞扬！

浙江省作协诗歌创委会主任孙昌建的寄语，被展示在大屏幕上，接着被优美的女声诵读：诗有别材，诗无达诂。举杯庆祝……文学创作，永无止境，祝贺祝福……

今夜，浙东的诗仙们，相聚交流，浙江诗坛的诗人们在祝贺中引领。

今夜，宁海县图书馆，诗歌的温情在温暖着诗心，催发着诗芽。

今夜，以诗歌的名义，诗人应满云，在这个温暖的诗会上，是当铭记，铭记这个特殊的日子。

今夜，《闲云记》分享会的主持人，是中国作协会员、诗人陈剑飞。

宁海这个有雨的冬夜，2022年12月3日夜，我们铭记。

华枝春满，天心月圆

——主持巧琼的新书分享会

春暖花开，高朋满座。

《总有一处风景打动你》新书分享会，2023年3月18日晚在县图书馆报告厅举行。

作协是作家的家。作协做好服务工作才有存在的意义。这是阿门说的。

阿门说，写作不易，出书更不易，给作家一个亮相的平台，可以带动和激励更多人写书、出书，繁荣当地文化事业，推动当地文化建设。这也是我们作协举办各项活动的初衷与本意。

巧琼的新书《总有一处风景打动你》，看似平常，却别有深意与寄托。这本书一出，我与阿门就想着早早举办沙龙活动进行分享，巧琼也第一时间邀请我当分享会的主持。因新冠疫情影响，这场分享会延迟到昨晚才举行。

我回忆着巧琼在作协以及徐霞客研究会中留给我的印象，读过新书中《群英塘壮歌》《故土》《总有一处风景打动你》这三部分内容后，决定借用巧琼给我的赠语"华枝春满，天心月圆"作为分享会的主题。

分享会上，我从巧琼的微信名"静观"切入，从弘一法师引

《庄子·山木》写下这首包含"华枝春满，天心月圆"诗句在内的偈语诗说起，我阐释了它的意蕴，谈了"静观"，也谈了东西方对"静观"的哲学思考。扣着"阅读与写作"并行自在而生的话题，让巧琼说说她是如何在新书中创作自己的"作者简介"的，引领着大家关注眼前的作者，还有书中的作者，在两个"作者"的比较中有所感悟与思考。

"左手文学，右手科学，在看似无关的两个领域摸索潜行，编枝结草搭建起一座沟通文学与自然科学的鹊桥，为中国古典文学赏析增开了一扇视窗。"是潘富俊在《草木缘情——中国古典文学中的植物世界》中的自我介绍。一个"简介"就是一个作家的自我形象塑造，我想"激励"更多的文学爱好者成为作者，成为"作家"。然后，我"水到渠成"地让巧琼说说她是如何走上"文学之路"的。巧琼说了以下的话：

各位来宾、各位朋友，大家晚上好。非常感谢大家抽出宝贵的时间，来参加我的新书分享会，同时也感谢宁海作协、宁海图书馆的精心组织。为了筹备这场分享会，作协、图书馆做了大量工作，真的非常辛苦。

这本书总共有七十来篇文章，主要集中在2012年到2022年。原先，我一度沉迷于网络，浪费了很多时间和精力。直到2009年，遇到我的恩师——吴晓灿先生。可以说，是他改变了我，把我从浮躁的网络，拉进文艺的殿堂。

2013年9月，我加入宁海作协，到今年刚好十年。在此期间，得到作协各位领导尤其是阿门、袁伟望老师的大力支持，在写作方面，也得到很多前辈特别是张忌、黄海清老师的指点，我今天之所以能出版这本小册子，他们功不可没。

离开网络后,我的主要爱好就是阅读,平时看的书也比较杂,文学、经济、政治类都有,写作方面也没有特定的方向,非虚构、散文、读后感,想到写什么就写什么,勉强凑成了十来万字。

出书的想法,也是心血来潮的。这几年的形势,并不是很乐观,再加上人到中年,越来越感觉到世事无常,就想着,把原先发表在各个平台上的文章,整理出来,归集成一个小册子,也算是给自己和朋友们,留个纪念吧。这事得到了单位领导的支持,几位老总热心地为我联系出版社,最后,终于有了这本书。

我很幸运,能在新冠疫情消退后的今天,举办这场分享会。冬风传信,春满人间,这是新冠疫情后的第一场分享会,也是抛砖引玉的那块"砖",相信不久的将来,宁海作协会迎来百花齐放的那一天。

巧琼的分享会之所以圆满成功,主要表现在参与者的热情上。参加本次分享会的,除了作协会员之外,有巧琼工作单位的老总,有她曾经的采访对象,还有她多年的朋友、父老乡亲等。当夜微雨,很多朋友都早早准备了发言稿,好几位朋友特意从异地赶过来。有位小兄弟还表示:巧琼姐的书出来以后,我就掰着手指一天一天地等待分享会的到来。

发言很热烈。他们说出了不同的话语,说出了与巧琼一起的动人故事,给新书的阅读带来一股股清流,就像巧琼家乡的西溪水一般清亮。西溪,是西溪人的西溪,西溪移民的情怀在巧琼的书里也有相当的分量,这一份情感,让分享带有浓浓的回忆与深情的依恋。分享会还因为现场的问题抢答,带着西溪,带着对西溪的依恋,而显出如西溪水般在青山间跳跃流动的欢快喜悦。巧琼带来的十几本藏书,就在这期间一一送出。

关于西溪文化的传递,在分享会中我是有意设计与准备的。譬如,光绪《宁海县志》载:"西溪庄胜景不一,有小坑男石佛,有大溪女石佛,有合凤,有石龙。有冷风洞。"其中"合凤"指山形,俗称"五凤落西溪"。请问:《总有一处风景打动你》里有写到西溪的这处自然风景了吗?你们翻读到其中的内容了吗?

《故土》:"慢着,倚马。"我三步并作两步,试图赶上他,"你说,咱们是真的到了西溪了吗?那你快告诉我,徐家在哪?瓦窑山在哪?还有,小松坑又是在哪个方向呢?"

《西溪记忆》:村里有桥,数量还不少,有五座。一条二十余米宽的溪坑,将整个村庄隔成两半,没桥,是万万不行的。站在桥上观风景,或站在岸边看桥,总让人百看不厌。西溪的水,很清:夏天,可游泳、摸蟹、抲鱼;冬天,我们都盼着河里结冰,这样,就可以踩着霜冰,滑来滑去了。

又譬如,西溪村人徐良臣(1887—1949),系辛亥革命志士,曾参加光复浙江之举,民国元年(1912)退伍回家。浙江省都督蒋尊簋赠匾额"有勇知方",发奖励证;陆军部核给勋章,军长赠凯旋纪念杯。西溪人是怎样的人呢?生活在西溪的人们生活又是怎样的呢?《灯光》里的松明柴,《爆竹声里又一年》的杀年猪、掏冬笋、打米胖糖、请新昌戏班;《师者》中如师如母的袁老师;八十岁走起路来依然带风,说起话来依然中气十足的王老师;大名叫"宇宙"的梁老师,下巴尖尖、头发偏长偏油、脸颊嘴角统统下垂⋯⋯

网名"钱塘"的任亚亚的交流,让我们更多地了解了巧琼。

我是钱塘。2006年7月,在本地著名网站"宁海在线",以网友的身份开启了我和巧琼姐17年的相识。彼时,巧琼姐网名

"寒衣",是宁海在线主论坛的管理员,文采斐然、语言犀利、刀法明快,被网友们称为"教母",当年在线论坛还有一位叫"风顺"的活跃网友,被称为"教主"。巧琼姐就是妥妥的在线论坛的意见领袖。至此,我们素未谋面,全部交流仅限于论坛上,给我的印象就两个字"犀利"。

后来,我从在线论坛转战文峰论坛,巧琼也来文峰论坛,记得网名改成"静观"。后来,文峰论坛火了,我就不玩了,兴趣转移到跟劳动保障队"驴走"了。

几年后,机缘巧合之下,她加我QQ,网络私聊中,让我惊诧,感觉到了不一样的她,和论坛里的犀利大相径庭,私聊中,如此温柔、谦和。

又过了几年,在微信朋友圈看到她在跟吴晓灿老师学古琴,又是一次惊诧。同年,又在朋友圈看到她参加千里走宁海的驴友活动,还参与后勤工作,就在这一次又一次的惊诧中,逐渐认识了她,2013年6月3日,前童宰相府古琴雅集,我第一次见到巧琼姐本人,她在屏风前弹古琴,形象端庄娴静。就这样匆匆见了一面,没有交流。

直到2014年县作协沙龙,我们才真正彼此见了面,谈了话。

此后的巧琼姐,大家都很熟悉了,从企业到公安,再到新华书店工作,始终没有放弃过写作,并且持续不断地出作品了,到今天,有这样一本书呈现在我们面前,一步一个脚印地走出来,多么了不起!

七年里,同一个人,从不同的角度去认识,在不同的人生阶段,以不同的方式去交往,网友、版主、驴友、琴友、文友、作家,这个过程是很有意思的。

在我看来，巧琼是特别会读书且富有爱心的女孩。她重视这次分享会，除了拿出自己的作品集，还准备了藏书，要分享给热情的读者。我感动于她的暖心，也临时安排了柔石故居讲解员小暖来朗诵巧琼《流水》中的部分内容。

良宵静坐，朗月垂辉，一丛幽兰，一缕琴香，一味禅茶，一片清心。香气无边熏欲醉，灵芬一点静还通——这样的夜，是适合听琴的。

一曲《流水》，就在此时响起。

为我一挥手，如听万壑松。

……

琴音乍起，或隐或现，翠谷幽幽，似乎就在眼前。眼前，有春木载荣，布叶垂阴，还有习习谷风，吹我素琴。那琴声，越过寂静的山谷，在林间溪畔，盘旋不去。玉兔坠金乌升，新的一天款款而来。听，是风。风拂过山冈，掠向碧林，绿叶在风中摇摆，叶尖，凝聚着昨夜的露珠，在阳光下闪烁着七彩光芒，一一滴落，一滴，两滴，三滴……

本次分享会上，巧琼还特别邀请了《今日宁海》编辑黄海清来参加，并安排他作主旨发言。巧琼表示，在非虚构写作上，黄海清是她的启蒙老师。她跟我说，黄海清曾用一本《南方周末》，为她打开非虚构写作的大门，在随后几年的写作中，巧琼也得到了海清的指点与诸多帮助。

海清是真正"走万里路，读万卷书"的人。在与巧琼的交谈中，我得知海清的眼界与视野，也更深入地了解海清这几年的所思、所想、所追求。海清的分享，我觉得也应该好好留住，并分享给大家。这里是海清的发言要点：

这几年来，徐巧琼无论在技法、深度还是选题上，都进步惊人，那主要是因为读了很多书、高价值的书。

最近，连续参加了 ChatGPT 和 Window 365 Copilot 的两场发布会，不得不思考一个问题——那就是当短视频成为传播主流，网络技术日新月异，阅读人群、阅读质量下降的当下，写作时代会不会终结？

我们之所以创作，在于享受创作的乐趣，关注社会问题，以及记录一些美好的时刻，一些不平凡的凡人。与此同时，有些人看似把写作当作消遣，其实也是为了保留一份审美，守护一些有价值的东西。

我认为，写作时代不会终结，那是因为：第一，短视频的核心是故事，叙事技巧非常重要，除了微视频。第二，ChatGPT 是一种人机交互技术，内容是基座，没有故事和细节的支撑，只是一种模仿或者抄袭。Generative Pre-trained Transformer 学习能力超强，有一个预训练过程，编码解码。第三，全世界的趋势，如《华盛顿邮报》和《经济学人》的增长势头很好。

那么，在短视频时代，我们应该写些什么？

当下，非虚构文学比较火热。其中杜鲁门·卡波特《冷血》被认为是里程碑式的创作，还有《蒂凡尼的早餐》；2015年，白俄罗斯作家阿列克谢耶维奇的《切尔诺贝利的回忆》获诺贝尔文学奖。

《南方周末》时代，国内写虚构的顶尖人物，是李海鹏、南香红等，有《系统》《举重冠军之死》《江城》《出梁庄记》等文章。《南方周末》没落后，较好的非虚构平台有《GQ》《时尚先生》《人物》、中青的《冰点周刊》、北青的"北青深一度"、腾讯的"谷雨实验室"、界面的"正午"。

国内最有影响力的一些作品：《无证青年孙志刚之死》，几个月后，国务院取消了《城市流浪乞讨人员收容遣送办法》；人物《外卖骑手，困在系统里》推动了中国所有外卖平台算法整改；杨潇《重走：在公路、河流和驿道上寻找西南联大》；师永刚的《无国界医生》。

接下来，谈谈我们该如何写作非虚构作品。

在题材选择上，注重凡人小事。宁海有太多可写的人，如刘伟元、农村诗人、爱打扮的马桶工。村庄的变迁史，青珠农场、薛岙村的商业时代、西溪水库移民的城市生活，真实记录历史。

写作姿态：与读者对话。新华社、浙江宣传、甬江潮的变化。

采访深入，聪丛《茞村岙的百年副业——削洋纱棍》采访达一年多时间，基本上把村里的老人都采访过了。

叙事技巧：小说化语言，梳理时间线，发现冲突、重构过程、多线叙事，让人看到一个精彩的故事。

视觉化写作。场景切换要快，如中青《冰点周刊》的一篇文章，花三句话切换。远景、中景、近景、特写要灵活切换，符合叙事和逻辑。

最后，写作没有固定模式。以王天挺的《北京零点后》为例，通过大数据写作，一镜到底，2500多字，串联起40个人物，影响了中青报的《武汉启封》。

用网上流行的话来说，海清半小时的主旨发言，干货十足。其间，现场鸦雀无声，好几位文友拿起手中的笔，将他的发言要点逐一记录下来，大家还用连续鼓掌三次的热情，表达了对海清此番发言的赞同。

细节中的江南

——《塔鱼浜自然史》分享会

2023年4月15日下午，宁海县图书馆报告厅，邹汉民《塔鱼浜自然史》新书分享会。分享会的主持人是宁海县新闻中心副总编钱晓茗女士。我把分享会上特别有感触的内容做了记录。

好题材在自己的家乡

钱晓茗：在阅读这本书之前，我相信很多人都没有听说过塔鱼浜这个地名，这是一个很小的自然村，在桐乡西北二十里左右的地方，靠近乌镇，也非常靠近丰子恺的故乡，但我们显然不熟悉塔鱼浜。它是邹汉明先生的家乡，我想大家都很好奇，塔鱼浜是一个什么样的地方，现在请邹先生介绍一下。

邹汉明：很高兴到宁海来参加我的新书的分享会，在这里讲自己的书，自己的童年。我出生在20世纪60年代，那个年代的美好往事，会随着讲解，呈现在我们眼前。

我说"塔鱼浜"很多人都不认识，但如果你说"乌镇"在什么地方，相信很多人都知道。塔鱼浜是一个很小的村庄。这个地方，有种讲法叫"南十三，北十四"——南距石门十三里，北距乌镇十四里，并且有河流连通。塔鱼浜不仅是一个村庄，还是一条河,一条流淌的河。这个地方,西边是姓施的人家,周边是姓周的。我出生在北边,是姓严的,也有条河,叫严家浜,后来我认清楚了,这条"浜",不是普通的浜,而是讲究风水的人家开挖的浜,是有风水的浜。

钱晓茗:几年前,我曾买过邹先生的《江南词典》,在这本书的后记里,他讲,自己不是个地域性特别强的人,曾有意无意地警惕过地域性词语进入自己的作品。我有点好奇,当你写《塔鱼浜自然史》时,你的写作对象,是名不见经传的小村庄,到底是什么原因,使你的眼光只在塔鱼浜这个地方移动,洋洋二十万字,只为家乡立传?

邹汉明:我可以讲一个故事。这个故事是《一千零一夜》里的,讲的是开罗附近有个财主,非常好客,但很快就把家财散完了。有次干活时睡着了,突然眼前出现一个神,对他说:你的好运在伊斯法罕。他醒来以后,马上去了伊斯法罕。他经过沙漠大海,最后终于来到伊斯法罕的清真寺。那天晚上,突然有一群强盗冲了进来,他们本来想抢富户,结果被警察抓住了,顺便还抓住了财主。警察问财主,为什么要过来,财主说了缘由后,警察哈哈大笑说,这个梦我也做过,我做的是,财宝在开罗附近的一棵树下面。财主听后,赶紧跑到自家附近,因为警察局长梦里说的地址,就在他家附近,结果果然找到了财宝。

你走南闯北,但财富还是在自己的家乡。这跟我们写东西一样,你历经艰辛,但真正好的题材,还是在自己的家乡。

我们这些人,从20世纪80年代开始写作,大量阅读西方的文学作品,但这么多年以后,我们发现,能够触动我们心灵的,还是自己的家乡。当你立足自己家乡的时候,家乡非常小,所以我们不需要很辽阔的地域。我觉得我们的写作，也可以通过一个非常小的圆圈，就这样挖挖挖，最后挖出一汪泉水，那就可以了。

用方言写作要掂量

钱晓茗：刚才邹先生用一个故事，回答了我的问题，为什么他的眼光，在塔鱼浜这个地方移动。出走多年，归来仍是少年，少年在哪里，看过这本书的朋友，也能看到，这个塔鱼浜是邹先生十五岁之前生活的地方。塔鱼浜是他所有创作灵感的源泉。我很感兴趣你对方言运用的看法。

邹汉明：对，塔鱼浜，确实是我创作灵感的重要源泉。我们写作都面临一个语言的问题。在古代，我们这地方属于吴越分界，吴国因为被灭掉，没有留下多少文化，很多语言是"有音而无字"，从这个角度，我写这本书的时候，运用了周作人的方法——用别的字，再用括号记音。还有一种，我们在写东西时，如果涉及方言，应该要仔细，可以适当用一些。我这里要明确的是：用方言写作时，应该尽量找到这个方言本来对应的字。

有一本小说叫《海上花》，全部用吴语写的，张爱玲非常喜欢，但没有流传开来，这就是用方言写作的局限性。但有些我们也是可以运用的，比如"平常日脚""全个"（整个），而且我后来发现，"全个"方言的范围非常广泛，我后来读《从文自传》时，至少发现三处"全个"。方言是地方文化的基因，适当用一些，是很好的，很有味道的，这能体现鲜明的地域特色。方言在写的时候，也不能随便写，有些字要仔细掂量，这些字怎么弄，也是一个大学问，这在古代，叫"小学"。

钱晓茗：其实我很认同邹汉明先生所说的"你在用方言写作时，应该尽量找到这个方言本来对应的字"。这不仅仅是语言纯粹的东西，还是"通过吴语越语，体会吴越文化的特色"，所以方言的意义，其实是很大的。我们这里还有研究方言的学者，如我们作协里的薛静雅老师。我们也有体会，方言与文学写作确是个值得细心关注的话题。

"自然史"，其实是一首挽歌

邹汉明：《塔鱼浜自然史》是散文。散文要写出文学性来，是非常难的，它不是一两篇文章的叠加，这里面的结构，很有讲究。我这本书，其实是参考了中国古代的地方志。

当时我在废墟上走呀走，觉得应该找些纪念物，后来找到了一个祭品，放在了书架上，我的这本书，就是从这个地方写的。然后我也写到了一些老人的哭泣，就像人临终时，晚辈们为他送终时的哭泣一样。引言里的《一只还魂的供碗》就表达了这种感觉，在有限的疆域无限地漫游，难道它想借这么一件独自完整的祭器，来还一个塔鱼浜的老灵魂？

但整本书在后面和前面引言部分，是不一样的。引言以后打开，一片平和的景象，全是我小时候的记忆，后面是《农事诗》，写水稻、菊花、烟叶简史，还写了农事诗补遗草木列传。这个结构是我后来想到的。其实写着写着就会想到的。你读到后面，这么安静的，这个村庄，其实已经不存在了。有读者说，不要被"自然史"骗了，这其实是一首挽歌。我觉得这确实是一首挽歌。

共情:记录细节里的江南

钱晓茗:在你这本书里,我看到了稻田简史、菊花简史等,其实我们对桐乡最初的了解,就是菊花茶、丝绸。你是参与者、见证者,只有你才能真正写出这种感觉。你刚才说,废墟给了你写这本书的灵感。你写的是一个村庄,顾方强写的是一个县城小镇,我想问问顾方强,你是怎么考虑这个结构的构成的?我想我们大家对这两者有个对比。

顾方强:这本书我看了以后,有两点令我非常惊讶,一是居然有人用文字的方式,复活故乡;二是居然有人用同样的方式,跟我一样记录家乡。我曾经像野狗一样,行走在街街巷巷,等城区街道开始拆迁后,我就意识到,对于我从小到大生活的这座城,我们就要失去它了。这种记忆是大家共通的,所以我要把它记下来。我是一条街巷一条街巷地记,这里面有太多的江南小镇的丰富文化了。

听着顾方强的讲话,我翻出顾方强《一个人的缑城》发在公众号平台上的文章。首先翻到的是《大米巷与小米巷》,这也是我从小就熟悉的地方,翻读着,感受到浓浓的江南文化味道——这是最真实,我从小经历而最有感受的江南县城小镇的风情。

分享会继续着,大家听着收藏家应明敏有关文学创作的细节与想象的讲说。我感觉到邹汉明与顾方强他们的文章,之所以引人关注,都得力于他们对生活"细节"的关注。顾方强通过《一个人的缑城》、邹汉明通过《塔鱼浜自然史》,把那种人人心中有的感觉,通过他们的精心写作,准确地传递并传递出来了。

大米巷不仅是粮食交易集散地,它的北侧还是各路神明的聚居地。西至水角凌路、北至蒲湖路、东至桃源路的四址范围，足有两个半足球场这么大的规模，最初是由建于南北朝时期的赤山寺，在唐代从西门迁徙过来时奠定下来的，到元代正式更名为妙相寺。几经战乱兴废，到民国时期，寺内已建成供奉有各路神明的祠、宫、殿多座，但这些建筑如今在人们的闲谈中还会说起的已不多。还存在的祠有长官祠，是为祭祀五代时期的小城县令陈长官，为民抗命送命而被奉为神明而立的祠。宫有东岳宫，供奉着掌管阴曹地府的阴界大帝东岳大帝。殿有赐福殿，这一类供奉境主老爷的殿，并不是通常意义上的大殿，一般情况下一殿即一庙、一庙只一主、一主顾一境，类似神界的村委，因此缑城里东有花楼殿、西有西山殿、中有霞楼殿与赐福殿等。人们在这里用心供奉着掌管众生浮梦的神明来祈福，自然也会恭敬地去礼拜普度苍生的佛祖来祈愿，神佛欢聚一堂，可多方祈福的人们，想必心头会宽慰不少。

邹汉民的《塔鱼浜自然史》中有江南生活的种种细节。钱晓茗说到那些个名词动词，就足够我回味的了：朴树、楝树、芝麻、薹葱、苋菜、南瓜、丝瓜、蜜蜂、萤火虫、秧田、拔秧、插秧、晒谷、还粮……这些都是最能引起共情与怀恋的。钱晓茗说着，我翻着，感觉就出来了。这就是共情共鸣吧？

分享会在继续，我在暇想

他们传递出来的是什么样的江南？杂花生树的江南吗？群莺乱飞的江南吗？其实，在普通百姓的生活中，他们传递出来的是带着浓浓情味的江南。

他们的江南是河浜的江南，是马兰头的江南，是蜜蜂的江南,是米香的江南,是菊花的江南,是雪里蕻的江南,是街巷吆喝里的江南,是处处有神明的江南。在他们的文字里,我感受到的是江南乡村与城镇刻入骨髓与心灵的美。邹汉明《塔鱼浜自然史》中的水稻简史、菊花简史、烟叶简史,我尤其喜欢。因为里面带着"史"的江南,有一份厚重,是我当下特别关注的。

分享会签名的时候,我让邹汉明先生在《塔鱼浜自然史》扉页为我签上"记录乡村之美"六个字。

漫谈"黄亚洲的漫谈"

黄亚洲在宁海县图书馆讲座上的漫谈,看似"漫"不经心,却是精心、自然、精彩。

他说"与宁海相连"的故事,一是云南的,一是湖北的。作为本地听众的我们就在想,那些地方与宁海有什么关联呢?

黄亚洲说,他从彩云之南洱源县"徐霞客在此系舟上岸",联想到了《徐霞客游记》"人意山光,俱有喜态"的宁海开篇。是的,重要的是"宁海"开篇!

黄亚洲说,湖北恩施宣恩县有"方汪"氏宗祠,关涉到明朝重大事件与人物——我们熟知的靖役之难与我们敬仰的读书种子方孝孺。方孝孺有千秋浩然正气,"宇宙之间,仅见此老"。

黄亚洲的开篇漫谈,给了我们在场的人亲切与自豪:宁海,读书种子之乡,文脉悠远,历史文化积淀深厚。是啊,我们身上就流淌、弥漫着大先生(鲁迅)概括起来的台州式的硬气。

一

"漫谈得有重心,"黄亚洲说,"那就跟大家漫谈纪实文学的创作吧。"

黄亚洲指着参加讲座的从宁海走出去的剧作家杨东标说："我跟杨东标先生一样，长期在文联、作协系统工作，都不仅参与具体的文学组织工作，也积极参与文学创作工作，他也是文体方面的全才啊。我也是各种文体都想尝试的人，小说、散文、诗歌、电影、电视，都想尝试创作。总是想，既然是做文学组织工作的嘛，多多涉猎，这也写，那也写，对熟悉文学创作情况有好处。当然，有好处，也有不好的方面。好的，是反映面广，门类多，哪种题材适合哪个门类就写哪个；不好的方面，就是不够深，不能深挖一口井。"

这确实是黄亚洲式的漫谈。漫谈不散漫，却坦诚，又突出着中心，引发着人的想象。"不能深挖一口井"，又见着了他谦逊的品质。

黄亚洲接着说："在纪实文学的创作方面，我投入了较多的精力。这跟我本人的成长经历也有关系。我是杭州人，小学与中学在杭州读的书。20岁上山下乡，离开杭州到嘉兴地区，40岁又回到杭州。这经历比较简单明了。调回杭州后，先后到省作协、省文联工作，省文联干了两年又调回省作协，直到退休。当年在嘉兴当"知青"的时候，种过水稻，种过茶叶，后来调到丝绸企业。再后来，因为写了第一个电影文学剧本，由当时的嘉兴地区文化局顾锡东副局长的提议，调嘉兴地区群众艺术馆。群艺馆办了个地区级文学刊物《南湖》，编辑部一共三个人，我在里面的分工是编辑散文和诗歌。1983年嘉兴地区分家，一分为二，西边湖州，东边嘉兴。我就调到了嘉兴，办公地点也从湖州搬到了嘉兴，我在嘉兴的工作任务是筹办市一级的文学双月刊，起名《烟雨楼》，同时也兼任首届嘉兴市作家协会主席、首届嘉兴市文联副主席。我在嘉兴工作,旁边的南湖里就静静地停泊着那艘红船。当时就想,为什么不能把红船载着的故事写成文学作品呢?中国共产党在船舱里成立,通过了党纲,选举了中央局,呼了口号,在嘉兴狮子汇码头上岸,这么大、这么生动的事情,怎么就不能用文学手段加以表达呢?我还兼任着市作协的主席,似乎有点义不容辞。"

这漫谈,掏心掏肺,贴了我们的心。是啊,重大的历史题材,为什么就不能用文学手段加以表达呢?黄亚洲引着我们思考那段光辉的峥嵘岁月。他的担当,他的使命感,让我们感慨。作家的责任、担当与使命感,对纪实文学的创作,起到的作用与意义又有多大呢?我们像听故事一样,听着黄亚洲的娓娓道来,感受着当作家的一份责任。

二

纪实文学,纪实,这是毫无疑问的,但纪实文学的文学性在哪里呢?又该怎么有效处理,不误导人呢?黄亚洲给了我们一个明确的原则:大事不虚,小事不拘。

他说:"那都是一些什么情况?那些卷在革命风云里的人物都是些什么人?我去当时的南湖革命纪念馆收集资料,去嘉兴图书馆的内部仓库里借阅图书,幸好我在嘉兴的文化系统工作,嘉兴的朋友都给我开绿灯。每天晚上下班以后,我都要将各种搜集来的资料加以辨析,做成资料卡片。总之,慢慢地把一些事情的来龙去脉大体上搞清楚了,有一些互相矛盾的说法、各种不一致的回忆、当时专家们对某些问题采取的不同立场,这些也都梳理清楚了。总之,我还是能用纪实的创作方法,大事不虚,小事不拘,把一件发生在中国的'开天辟地的大事变',写成了一个上下集电影文学剧本。感谢当时的上海电影制片厂,把这部纪实电影精心地拍了出来;感谢已经去世的导演李歇浦,他拍摄态度极其认真,给我很深印象;感谢已经去世的优秀演员邵宏来,把陈独秀演得如此有血有肉。我实现了我的初衷,以我当时的认识水准,把中国共产党成立的这个重大事件,第一次以文艺样式做了表达。这是我搞纪实文学创作的第一次重大尝试。"

大量地搜集,深入地研究,这些我在创作长篇报告文学《春到晴隆》的纪实报告中做到了,但文学却一直未能很好地处理成功。大事不虚,经得起考验,没问题,但小事不拘,在小事的文学创作上,我徘徊着,没有一些突破。黄亚洲用他创作电影剧本的实例,给了我一个答案。我有了一份欣喜在心头,如果再创作报告文学,我定会好好处理那些"空白",让报告文学文采飞扬。

"小事不拘,在历史的空白处,倒是可以适当地展开想象,但是这种想象和虚构,绝不能离开大环境的真实,不能离开人物的历史价值的真实。譬如说,我在小说《红船》中写到毛泽东与杨开慧的爱情生活,写到他们的婚姻大事。关于他们的婚姻,历史上有两点是明确的,第一,杨开慧成亲那天没有坐花轿,只是穿了一身新衣服,身上背了个花布包袱,就进男方家了,有人在回忆录里写到了这一点。杨开慧自己也说过,既然嫁给了润之,就要亦步亦趋。第二,毛泽东筹办婚宴,在青山祠请了一桌,用了六块大洋,这个细节也有人回忆到了。但除了这两个回忆,毛泽东与杨开慧成亲那天的种种情况,一概不知。这些历史的空白处,怎么处理?我认为可以酌情虚构。

"爱与死是人生的两大关节点，也是最折射人的人生观、价值观的地方，长篇小说不能不表现，所以必须虚构，但虚构要像，要符合历史背景的真实，要符合人物的典型性格。为了体现杨开慧的亦步亦趋，体现她的不坐花轿的历史事实，我反过来，偏偏写她坐了一阵子的花轿。我虚构是何叔衡提议毛泽东办喜事应要一顶花轿的。毛泽东当然不愿意，说我们是参加新民学会的，反对旧风俗，不能用花轿。何叔衡劝他说，还是要用花轿抬一抬的，说一个女人一辈子只有'两抬'，一是抬进来，二是抬出去，你今天不让抬进来，这两抬就缺了一抬了，那怎么成呢？后来何叔衡又对毛泽东说，我的一个表弟就是开花轿店的，我就让他给你安排一顶吧，当然这个细节也是虚构的。

"小事不拘，只要符合历史环境，符合当事人的性格特征，这是艺术的真实，符合文学创作规律。黄亚洲说，根据'大事不虚，小事不拘'的纪实文学创作原则，他的电影《红船》、30集电视剧《中流击水》，其中的叙述与描写，哪怕是细节上的虚构，基本上都是经得住推敲的。"

三

黄亚洲继续漫谈。他水到渠成地表达着这样一个观点：凡是真实的东西，生命力都很顽强。我信。黄亚洲用纪实小说《花门坊八号》的创作为我们做着生动的故事讲述。他外公家给子女取名就非常有意思。

黄亚洲说："我外公一腔豪气，结婚时就与我外婆商量要生八个儿女，分别取名'中、华、民、国、一、统、山、河'。外婆生了八个,最后两个面世不久就夭折了。六个子女中,除第五个儿子取名张定一外,其余五个女儿依次取名为:张定中、张定华、张定民、张定国、张定统;也就是'中、华、民、国、一、统',没有了后面的'山、河'。

"总之,《花门坊八号》是有故事的。而且,我外公家有一对门联,是丰子恺先生题的:琴韵花香隔邻增趣,家芬世德百忍垂规。丰子恺的字写得好,对联意思也好,有情有趣。横批是'天枢在望'。我外公说,丰子恺怎知道我是天枢星?我有那么厉害吗?《花门坊八号》是讲做人的。顺境做人,逆境也做人。这对别人是有启发的。宁海的方孝孺,与住在温岭花门坊八号的我外公,都是鲁迅所说的'台州式的硬气'的一个组成部分。他们都是不低头的人,他们有自己的局限性,也有自己的操守。这种硬气,是我们民族'钙质'的一部分。"

民族文化的"钙质",这是气度?这是格调?这是精神?这是民族的灵魂精魄?我说不好,但我记得黄亚洲谈自己的纪实文学创作时说:"我的纪实文学创作,有的记录中华民族的命运,有的记录一个小家庭的命运。我写纪实文学的时候总是兴趣盎然,因为我知道,许多力量,就埋伏在真实里面。"

黄亚洲怎一说就都说到我的心里头去了呢?原来他外公家就是台州温岭的。我们同根同气啊。我们宁海的精神就是大气、正气、硬气、和气。这个,黄亚洲他怎么都知道得那么清楚?黄亚洲在漫谈中还提到了"缑城",提到了"缑城与方孝孺",这是我们宁海正在研究的课题——"何以缑城""缑城何以"。他怎么会连这个课题的情况都了解到了?

黄亚洲的漫谈自然,行云流水,却又海阔天空,精彩纷呈。

黄亚洲的漫谈是有充沛的内在的,他心中激荡过多少宏大的历史!下了多大功夫!黄亚洲同时也是一位能自然地营造气场的高手。黄亚洲的漫谈,跨越着时空,有穿透力。

  黄亚洲,给我一种"漫谈何以,何以漫谈"的示范与启示!黄亚洲的漫谈,引发了我的思绪。今天,我也尝试着漫谈了,漫谈"黄亚洲的漫谈"。

贰 走亲会友

走在文学边边上
ZOU ZAI WENXUE BIANBIANSHANG

走在文学边边上

鄞州，亲亲一家人

作协走亲，在我们宁海是有传统的。以前我们走过新昌、黄岩等地，近来，我们仍在周边走亲。虽然平常参加会议或参与采风活动作家朋友们也时有接触，但作为团队活动，近来相对还是少的。

五月的天，天清气朗，又没有热浪，绿树花香，伴有果香，确是走亲的好时节。鄞州就在近旁，我们坐了一个多小时的车，来到了月湖边约定的地点。时间尚早，为不让主人焦急，我们没打电话，也没走到相约的地方，就随意到周边走走看看。

宁波向东发展了，月湖边的盛园地带，更显静谧，古色古香，古韵悠远。见着"月湖盛园"，就有古宁波的气息与时尚融合的风情袭来，撞我心灵。宁波求学的时光照进记忆的荧屏。想想，我也有好长时间没到这里来了。

郁家巷、盛园巷、白水巷，古雅清净。巷弄间，没有太多人走动，来往的人也是静静的，脚步悠闲。带着小朋友的，在路边甜品店前的秋千架上摇荡，笑声朗朗，暖煦的阳光照着，更是让我觉察到了无限的生机与活力，生活得悠闲自在，有母亲正为欢乐的孩子们拍照。我穿行着，看建筑，看招牌，享受古城的一份独特的清静。

金融史馆,星巴克,小城故事,善园宁波本帮菜,满庭诗景,格纳多餐厅,印巴文化,官邸,贴阁壁,汐源茶会馆,慢悦私家茶,卿家姆小馆·生腌熟醉·宁波小鲜,洪记点心……想着秦牧写过看市景招牌的文字,看着感到亲切。灵应庙,传统建筑模样,好。歇山顶,屋脊龙尾高翘,古色古香,有味道。我驻足阅读:灵应庙始建于唐朝,祭祀的神是鲍盖。鲍盖,汉代末年鄞县东钱湖人,生前为县衙的一名小吏,死后传说能显神灵,被乡里百姓尊称为神,唐朝圣历二年(699年),鲍盖庙迁建至鄞县城内。南宋崇宁二年(1103年),改名为"灵应庙",九百余年来沿称至今。宁波古城,延续至今,有历史。继续行走,便看到潮人会所。转转走走,到了美好饭店,里面有个小书屋,同行的王海明、周晓绒、小乔、王方等人都在这边浏览。许知远、木心、余英时、徐复观、唐德刚等作家的作品齐列在排排书架上。美好饭店里有书香啊。书藏古今的宁波,就是这样以它特有的方式静静地欢迎我们的到来。

阿门迎着赶来的热情的主人。相见欢。那笑,那声问候,那拉手的动作,自然,随意,亲切。阿门与主人是尽情而欢快的,他们是诗坛老友,相见欢中,主人介绍了随同的几位作家,我们握手问好。

主人们先后引我们走进一间幽静雅致的茶室。老熟的人了,就拉着手,坐在了一起。我们互让着落座。茶已烧起,热气升腾,桌上放着水果,放着书,还有爆玉米花。阿门把我们的一套文丛10本分开一一送上,并介绍到场的作者。主人又隆重地介绍了今天到场的副主席、秘书长、作家代表等。他们还拿出了刚出版的刊物，还有一套《鄞州作家文丛》。上个月我们刚刚为这套书开过研讨会，《人民文学》主编施战军，副主编邱华栋、徐坤及蓝野、胡殷红等文学名家来出席活动。施主编说，鄞州区重视文学创作，文学土壤丰厚，在鄞州写作是幸福的。

茶喝起来，话题在自然中引发。主人"大致"说了说今天一天的行程安排。话题沿着"行程"聊了起来。三句话不离本行。作协走亲，越走越亲，作品为媒，大家聊的自然是作品与创作。有主动探询的，有互相笑说的，也有只"聆听"不说话的，也有共看着一本书，说悄悄话的。我看着，听着，起来走动着，拍几张照片，感受这种自由交流中的那种气场，呼吸那种文学的气息。

鄞州把编选《鄞州作家文丛》视为一项制度化、常规化的工作，以此期待更多的精品佳作"纷至沓来"，带给鄞州"持续的惊讶"。"我们羡慕，鄞州做得好，我们宁海要学习。"阿门说。

鄞州这套文丛，除老剑的《大茗地》，还有芜静的《芙蓉笺》、成风的《编辑小语》、蒋文生的《抵达》、应坚的《琐窗闲记》、郑超的《幸福的草垛》、赵挺的《谜语的左边》。我说："每本书的书名里就藏着各位作家的个性与生活视角呢。《芙蓉笺》，笺，精美，有诗意。《抵达》，要抵达何处呢？草垛可幸福，有生活，有意思，肯定有情趣。赵挺很年轻，很厉害，写小说，像我们宁海的张忌。"

向东是大海。书藏古今，港通天下。我们海阔天空在小小的茶室里，话说着我们心仪着的文学与创作。餐后，主人带我们来到了东钱湖，来到鲍盖的家，进到了南宋石刻公园。

东钱湖，浙江最大淡水湖，素有"太湖气魄、西子风韵"之誉。南宋石刻公园，在东钱湖东岸上水下庄黄梅山麓，是长三角世博主题体验之旅示范点，我在这里了解到，宁波博物馆、郑氏十七房、它山堰、宁波帮博物馆、三江口老外滩等都同时是长三角世博主题体验之旅示范点。我们在这里参观了南宋石刻博物馆，感受了"一门三宰相，四世两封王"史氏家族的荣耀。出博物馆，我们穿行在石刻中。园内的石刻，主体是南宋的，造型与唐时不同，线条流畅、精美传神，还有部分明清时期的石刻。戴盔穿甲，双手握剑，威武肃穆的，是武将。戴冠穿袍，双手执笏，沉静含蓄的，是文臣。文臣武将，有威武高大耸立的，也有与人齐高，不必仰视的。蹲伏昂首竖耳睁目的石虎，我没有多去留意，而披鞍系缰昂首挺立的石马，却让我流连，围着，转着，用眼睛抚摸着。走着，看着，我在这里明晰了文臣、武将、蹲虎、立马、跪羊的意义，它们分别代表了"忠、勇、节、义、孝"。我们继续边走边聊，沉浸在南宋抗金的历史中。南宋抗金之战在宁波，宁波军民有多智勇？在警示钟前，我细读了石刻纪念铭文：

公元1129年，宋建炎三年，金兵大举南下，宋高宗赵构仓皇出奔，腊月初五，赵构赴明州（宁波），金将阿里蒲卢浑率四千铁骑紧随尾奄，浙东制置使张俊凭明州城力拒金兵。大年廿九，宋兵民拒敌于城西高桥，助战乡民以草席覆于路，金兵马足滑席而仆，宋兵大捷。次年初又二战，宋兵皆胜，为赵构率满朝官员走海道转移赢得时间，张俊托词扈从，金兵乘虚大掠明州，一城巍巍焚为焦土。明州保卫战为宋金江南十八战之首战，金兵长驱南下至此一挫，而调整战略，与南宋分淮对峙，时近明州保卫战八百八十周年，政通人和，国运大顺，祈求民族团结，永世和平,遂铭此文,以记日月。

我们还诵读了诗墙上刻着的诗句。那些诗句就一直响在耳边:生当作人杰,死亦为鬼雄。人生自古谁无死,留取丹心照汗青。待从头,收拾旧山河,朝天阙。位卑未敢忘忧国。王师北定中原日,家祭无忘告乃翁……藤蔓漫掩在墙头,我们静静地穿过小径,看着"闾陌气节",来到三字经碑楼前,静静地拍了合照。

鄞州走亲,我们交流了创作,交流中受到了激励,学到了制度化地激励推动。我们在南宋石刻公园感受了南宋那个时代一段沉沉的心痛经历。走亲,我原来期待的惊喜,在后半程变成了一次深刻的心灵洗礼。写作如何写出心灵的世界,展现一种向上的精气神?回味诗墙的诗句:醉里挑灯看剑,梦回吹角边营。

鄞州走亲,亲亲一家人。我们交流着,有了心灵的触动与震动。灵应庙,灵应?都说,今后多联系,多走动。

岱山，我们来感受潮声海韵

走亲是采风，走亲是长见识。

我们作协一行八人，今天到岱山。岱山，海洋文学创作浪涌波飞。阿门对岱山海洋文学有深情，几乎年年写诗参赛领奖。他想着带我们走走亲，到岱山来，听听潮声，品品海韵。我们欣然。时间在10月份，行程两天。

出发前，阿门与岱山作协早早联系，细细安排。赶10：30轮渡，约定12点前到达岱山住宿的宾馆，每一个时间点，都安排得刚刚好。到了岱山，岱山作协主席李国平与作协常务副主席孙海义、副秘书长毛文伟早已在码头等候我们。见我们的车到了，李国平上车随我们一起，跟着前车来到了蓝天宾馆。

海韵，蓝天，住蓝天宾馆。蓝天，也有意思呢。下车走进宾馆，岱山作协副秘书长就给我们一张红纸，上面是"宁海县作协来岱山采风活动行程安排"。秘书长一边分送，一边笑着说，是让你们心中有个数。说着的同时领我们来到宾馆前台，帮我们办好住宿手续。这"服务"，细心，细致。亲切感，拂面而来呢。

我们一进房间，就看到摆放在台桌上的《此刻，在岱山》《群岛》（中国海洋文学实验文本）《浙江诗人地理——群岛2016

诗年卷》《蓬莱仙岛浙江岱山人文旅游指南》。文人爱书，这些，都是专门为我们准备的吗？不是的话，岱山也太重视旅游、太有旅游人文气息了；或者岱山作协也太为我们着想了，选择了这么一个让我们称心的好宾馆——蓝天宾馆，让我们有碧海蓝天的想象呢。

在宾馆北大厅用过工作餐，李国平说："路途上大家乘车过渡的，整半天时间了，辛苦，就请大家先休息会，我们按行程单上的时间开展下午的活动，到时间了，我们三人在大堂等候大家。""好，好，我们听你安排。谢谢！谢谢你们！"阿门说着，我们也笑着，欣喜地表达着我们的感激之情。

一

去上船跳徐福文化村的路上，李国平给我们宣传着"蓬莱仙岛多彩岱山"。他说，近几年，岱山县以"长三角独具魅力的海岛休闲度假基地"打造为目标，依托岱山的生态、海洋、人文资源优势，聚焦"美丽"生态，依托"美丽"乡村，做强"美丽"经济，积极创建省级"森林城市"……我满耳听着的除森林外就是"美丽"。我们到的第一站，就是一个美丽乡村上船跳。

上船跳？这村名好有意思。上船就跳？上船跳，还是落船跳呢？说不清楚上船落船。是上岸回家跳呢，还是登船出海跳呢？是收获满满地跳，还是回港见着亲人快乐地跳？我们说着，走进路旁边的一艘渔船。这渔船现在是村里的一个景点。渔船，是已经改造过的，内部是新的，东西全都是渔船里都要用到的。在这里，可以看到出海渔船内的全貌，也可以想象渔民在船上的日常生活。舱内还有电视,还有书架。我们有了疑问:海上能收看电视?书架上的书不会掉落下来吗?

村,还是一个村,村原有的自然风貌全在,有鱼塘,有阡陌,有田地与庄稼。村舍有集中的,也有独立成院落的。村口有巨石,刻上了"上船跳",刻上了"徐福文化村"。路边屋舍围上了矮墙,矮墙上布置着数扇泥瓦构建的漏窗,小院周边插上竹篱笆,院门外砌个不规则的屏风墙,挂上一船轮,漆成海蓝色,上面绘上游动着的各色各样的海鱼,特别亮眼。乡村自然美丽之外,赋予人的创造,体现出文化的魅力,营造了一种氛围,上船跳就不完全是原来的上船跳村了。

始皇远眺,原来在口头上,现在落地在上船跳村的文化里。故事说,始皇在宁波的鄞县与慈溪的达篷山上眺望东海,徐福指着东海上的三座山,告诉始皇,那边就有传说中的三仙山。指示牌上明确地说,仙山蓬莱就是现在的岱山。历史上有徐福,就有徐福故事,也就可以有徐福赞了。果真,徐福赞出现在粉墙上,徐福眺望东海的形象,"徐福其仙乎,名留百代标"的故事就在赞里头让人记诵起来。我就记着最后的四句:"共建花萼楼,共造万里桥。万世乐怡怡,高谊凌青霄。"

带着渔村特色的秋千架、休闲木屋出现在原来荒废的院地上,那一段的矮石墙,就立马成了风景。紫霄洞出现了。直径两米的不老池也在眼前,让人想象不老池水的神奇。池边的徐福坐像旁有围棋。你是不是也想坐下来围一围棋?想不想下围棋累了,舀一碗池水喝喝养养精神?海天一览亭被彩描在粉墙上,念着墙上的"停桡欲访徐方士,隔水相招梅子真",亦别有意趣。虽然现在上船跳村没有了煮盐晒盐现实场景,但这场景却被搬到了白壁粉墙上,引起我亲切的记忆与回味——我也曾体验过煮盐晒盐的生活。

这里是一墙的方块字:岱山方言。见着,我也念着:活龙天宫,天得斯平,锃刮斯亮,透骨新鲜,稳得陆株,明当响亮,分眼分松,眼头活络,黑宁倒怪,依心依想……听不明白,毛猜猜,猜出来,动嘴动心,也开心一刻。这样的语言墙,各地是否都在借鉴运用呢?好像别处也有。晒生小院,雕塑着农家主人在院子里锄草的形象,四透的草房里有柴火灶、灶前有主妇在烧火,旁边还有风车、稻桶,四柱与茅檐下悬挂着玉米、辣椒、花生等。露天道地上展示着石磨、铁犁。屋墙外悬挂着竹篓花篮,各色花草就像长在墙壁上似的。走过去,有些小院里还摆着花架,层层地向上收缩,就像以前农家盘在道地的瓦片堆。一路走去,一路都有花草之类的精心布置。

"这家店你一定要常来",墙上除了这行字还有那个时代热情高涨群众的众像。你要常来,还一定要常来,读起这样的句子来,就有回味。句子使用的字体与颜色也是那个时代的红色系。边上还有茶吧呢。茶吧,还叫仙草茶吧,很平常的开门七件事,也带上了仙气。茶吧的墙,不是石墙,是黄泥墙,常青藤花篮在黄墙上鲜绿着。茶吧还是中国的传统,酒吧呢?应该是西方的吧?可这里就有酒吧。不仅有酒吧,酒吧还叫窑洞酒吧。这是一种创新吧。那个时代的乡村肯定有小店,小店也会卖酒,但一定没有时尚的酒吧。我们边走边看边聊。

李国平说,进去转转?当然的。窑洞,不在北方,而在这南方东海的岱山岛上,是有意思的,当然得转转。墙、窗、顶,都是农家的,还特别粗犷,桌都是厚厚的船板做的,特有渔村的味道。不过，酒吧用品却是城市里最时尚的。这是否是一种特别奇妙的组合呢？既契合我们的心意眼光，也点到了年轻人的审美需求的脉？一排的铁椅木靠背上满是英文字母，更显时尚。酒吧外就是广阔的田野。田野不野，原来的阡陌小道用石条与卵石铺砌，这边湖上的是木屋餐厅，那边花海田园中的是生态大棚餐厅。

主人一路陪着，一路指点介绍着。我们走走转转，转到了上船跳村的大牌楼，这是村里的另一入口。靠村的这一边有香婆婆粥铺，村边的河道上架有彩虹桥，牌楼另一边是一个大水潭，叫仙草潭。茶吧叫仙草茶吧，原来都是有渊源的。徐福寻仙山，仙山，仙人，仙潭，仙草，仙草茶吧，自然地成了系列。牌楼面对的墙壁上有"面朝大海，春暖花开"的诗句，诗句两边，一边画着开窗见大海，一边画着开窗即是满眼的花海。牌楼边上立有木牌，木牌上有全村景区导游图。导游图也是动漫风格的，看起来既轻松又有趣。我们进村的那边叫七彩村口，边上是停车场，那船原来是接待中心，那电视书架是接待中心的设施。进村的那条路，叫百步花海。当时，我只看一眼，觉得平常，没曾注意。走过路过的那边，还有海洋湿地公园、观蟹亭、荷塘清韵、烧烤长廊、垂钓平台。我看着导游图，回味走过没走过的，感觉上船跳渔农家乐还是有意思、有特色的。村里还有好多，我都没有走到。进村的爱情广场、生态步道、野餐营地、滴翠亭民宿、严阿姨杂货铺，我也都没有留意。上船跳村，徐福东渡，文明寻踪，我还没真正寻找到。我只是在村里走马观花，我还没进入角色。好在，我心愿在，岱山是蓬莱，我愿人间处处是蓬莱，当然包括上船跳村。

二

  到岱山，听潮声，品海韵，就在中国海岬公园滨海栈道。岛上公路，黑色的柏油路，在红黄岩石与绿树草色间，显得特别洁净。在路上，我们看到了自行车赛道，那一条分界的线条，随公路起伏弯转，就像画家的彩笔在轻轻挥动，转出漂亮的彩色图画。我好想下去走走，走在如画的公路上，感受海风的吹拂，听潮声品海韵。到了海岬驿站，下车后，我独自一人快步在入口处数十米的公路上，跑了一圈，感受了一番。

  我们的队伍是从海岬驿站处进入滨海栈道的。岱山作协的副秘书长等在入口处等候。我连声说对不起，不好意思，快步赶上队伍。

  滨海栈道沿山势展开延伸，好像是绕着半岛转的。栈道，有高，有低，有平行，也有上下台阶，有紧贴岩壁的，也有隔崖凌空的。但在滨海，见海浪，听潮声，却是随处都可以做到的。栈道台阶处或悬空或在岩崖突出易碰头处，都有鱼形提示牌在警示。鱼形，就是鱼，鱼形鱼，在这里也成了艺术的鱼，让人有丰富想象的鱼。警示牌的颜色与栈道有别，是蓝天的色彩，很是醒目。现在正是有浪翻滚的时候，见风处，突出的岩石上，浪头会翻滚得更大一些。

  海浪，在远处，只见浅浅的痕，铺开来，像鱼鳞，像细沙翻滚着向前推进。到了近处，就有了一层层的波浪，一波一波的浪之间，隔开了有一二米的距离，波浪涌起，遇到崖湾，与回浪相撞，推来返去，涌动的波浪，把站在栈道上的我，也仿佛摇荡了起来，晃晃悠悠的。遇到突出的礁石、岩滩，一浪推起，白色的浪花，涌起，飞散，再涌起，再飞散，一浪退去一浪来。一浪一浪，一浪再一浪，激了岩石，再推进到岩滩岩坡上。波浪随岩坡的宽窄高低大小，推涌起来的浪头浪花宽窄高低大小不同。我们见到的浪滩、浪柱、浪花也不同，我们听到的滚进耳朵里的潮声也不同。哗，哗，哗，这是岩湾里的相对平缓的波浪声。咚，咚，咚，那是崖壁有空洞，涌波前有暗岩阻挡时，发出的潮声。哗——连续滚落下来的声音，那是波浪迎着直立悬岩冲过两侧岩坡倾泻下去发出来的。这时候，可见到海面白浪与岩坡上，都是一幅美妙的动画——你画不出，却能看出来。

上上下下的，在栈道上行走，驻足在栈道上，看波浪撞击岩头翻出的浪花，听波浪发出的不同声响，看岩洞里的浪沫缓缓退出，见崖壁上的翠松，贴壁凌空，翠绿得精精神神，我顺着把目光转到崖壁上的小草，好多小草我叫不出名字。有一种长在褐红色的岩石上，长得非常奇特，是草本的，细数有十三条褐色的细圆茎，每条细圆茎向四周散开，整株草花像一个圆形的花盘，花盘中心是一丛绿叶。每条细圆茎顶端又长一丛几层的绿叶，绿叶丛中都开出三五数朵细碎的黄花，花有的开着，有的还在含苞。风来，花与花苞摇着头，似在与我打着招呼。这样的奇花，我以前没有注意到过。

前面的人走着，听着，说着，走得蛮远了，我跑着跟上。栈道弯弯曲曲的，我注意到栈道下面的岩石，支离破碎中的色彩也很动人。有些岩石黑褐色，有些岩石红褐色，白浪在它们中间撞击，浪花飞溅，带上滚动的白色水沫。这边的岩石多气孔，岩石形状也千奇百怪。海浪声，细听起来，难以用准确的象声词来形容。前面的人看到了什么？听到了什么？等我走下栈道，他们已经下到海湾的泥沙滩中了。这边先见到碎石卵石滩,再出现泥沙滩。泥沙坚实细腻,有人在迎风奔跑,是我们的摄影师在指挥着为她拍照。有人坐在岩石上望着面前的海湾,那背影也是一道风景。他面前的波浪是一层一层有波峰地向前推进的,每一波延展成一长浪,每一波之间,与先前在栈道上见到的不同,已隔开了数米之远,我走到一边,见到了不知是哪一位在沙滩上写下的大大的文字:听海,听海。两处"听海"中间是一个巨大的心形画。这画与文字,传递的是他或她在用心听海的心声。

我们来到中国台风博物馆。博物馆外有平台,平台称"聆风观浪平台",平台中间有一座铜铸的地球模型,地球竖立在像发动机五个轴承竖立相叠的基座上。这边观海的视野,有延伸的海岸相衬托,似乎更为开阔,海浪波涌,气势更雄阔浩大。海浪走泥,海风推云,海风呼呼的,浪潮声更大。聆着风,看着浪,想象乘船出海,东海的海潮波浪又会奏出怎样的海洋神韵来呢?听海潮拍打礁石的鼓浪声,岱山就是蓬莱,你信了吗?你想到了"我本住在蓬莱村"的《天仙配》里的七仙女了吗?

三

到东沙古渔镇,迎接我们的是一座高大的牌楼。牌楼坊柱里外各挂联语,朝外一幅是:"天涯一隅渔泊万舸憩秦舣,碧海浩渺鱼游千礁衍蓬舫"。里面一幅是:"衢港渔火灵光闪烁射四海,横街鱼市物香海鲜盈五湖"。与牌坊隔路相望的是一艘经历风雨波浪的老渔船,离渔船不远处隐隐还能听见海涛的声音。渔船曾经沧海,满身斑驳,现在静静地成了东沙古镇的形象代表。李国平告诉我们,许多人到这里,都会与渔船合影。对面,一巨大的广告牌,把"中国唯一的海岛古渔镇"推到了我们眼前。海岛古渔镇,唯一的定位,厉害了,就像我们宁海"宁海渔鲜鲜天下"。我们走进了石板铺的古街。见到了40多年前的建筑,建筑上的红五星与墙标"四个伟大"与"毛主席万岁"。走过古街,转角处有"东沙古镇"雕牌,有雕塑活灵活现地展现出小朋友玩老鹰抓小鸡游戏的可爱场景。"岱山三宝"屋檐下挂着红灯笼,飘着蓝底金色"海之韵"的酒招。一座小瓦屋门前,摆着露天的麻将桌,桌上有牌,三缺一,正等来人坐下凑成一桌。果真,我们当中有爱好麻将的坐在那个位置上像模像样地"搓"了一会海岛古镇的麻将。

百年东沙角,酒招一路,灯笼一路。这一处挂了四块牌子,其一记载,1933年《申报》记载的东沙角,说"东沙角一隅,居民三千,大小店铺四百余号"。另外三块记载东沙是《千山暮雪》《上海秘密战》《东海客栈》电视剧的拍摄地。再向前走,眼前出现了一块黑色大理石石牌,碑刻《史迹纪略》,记载着抗日战争与解放战争的史迹。或许时间有点晚了,我们走得有点急,李国平带我们直接来到了"中国海洋渔业博物馆"参观。看石碑,这里也是中共岱山县委旧址所在。"唯一海岛古渔镇"消失的渔业宝贝,大多都应该保存在这座博物馆里头。

博物馆馆长叫赵行法,博物馆是以赵馆长的收藏为基础整理充实而成的。馆里从海洋资源、渔业捕捞、旧的生产关系与渔民生活习俗等侧面展示"舟山"百余年渔业发展进程。博物馆里有渔民日常生活的泥塑系列展示,人物捏塑得小巧可爱,反映了真实的舟山渔民生活状态。贝类展厅可能是博物馆的一个重头项目,介绍着的贝类有763个品种,1199件。贝的分类相当专业,什么"希伯来涡螺""火把涡螺""纵斑涡螺""格来氏涡螺""笔头涡螺"……就"涡螺"一项就不下十数种。还有系列凤凰螺及其他象形螺,如"澳洲凤凰螺""墨西哥凤凰螺""西非凤凰螺""阔唇凤凰螺""骆驼螺""百指蜘蛛螺"等。如果有时间细看,真能大长知识。里面的渔歌渔谣,也很有意趣。这些歌谣,都是现在的人们平常很不容易能听到的。我与同行者都对此感兴趣。边念边拍,也算是走亲采风的一大收获。

《抲鱼船》:"抲鱼船,驶顺风,黄鱼勒鱼绞绞动。一驶驶到洋鞍弄:老大叫弟兄舱板快抟拢,号子打打脚蹬蹬,一网撒开就抲重。"抲鱼船,抲黄鱼,我在这里似乎听到了黄鱼咕咕叫的声音,想到了海洋野生黄鱼的无比鲜美。

《摇橹歌》:"风外甥,橹娘舅,摇进岙,吃老酒;对摆橹,赛龙舟,单手橹,慢悠悠。"这里的橹,在大海上,与柳宗元诗里的"欸乃一声山水绿"的橹声,是全然不同的。

《起篷调》:"撑船哪能怕对头风,晒鲞哪管太阳红!要摸珍珠海底钻,要抲大鱼急起篷。"这起篷调,与现在唱起来的起篷号子也是不同的。我记起曾经听过的起篷号子:一拉金那个嘿哟,二拉银那个嘿哟,三拉珠宝亮晶晶,大海不负打鱼人。

《过鲜场景》:"水天无际夜溟朦,照彻渔灯万点红。人语依稀人影乱,过鲜船在海当中。"抲鱼,摇橹,起篷,我们都还有印象,念起来脑海里就有那种感觉,那种场景的记忆,甚至还会有不同情景的比较。过鲜场景,那是一种什么样的场景啊。歌谣里虽有情景,没有体验过,还真不太明白。好在下面有解说:过鲜,即为新鲜鱼的销售,收购鲜鱼的船叫"鲜船",把渔船上的鱼卖到鲜船上叫"过鲜"。原来如此。中国唯一海岛古镇,真给我们长知识,也真给我们面子。在这里,我们还看到了博物馆对渔家妇女半边天辛勤劳动的赞颂。

当我们走出古镇时,天阴沉着下起小雨,古镇已经开始亮起了渔家灯火。

四

原来安排和作协文化书吧的座谈,因时间关系,我们就直接安排到餐桌上了,边吃边聊。由食而话创作,我感觉文学创作的个性化启发,就在这点点滴滴的日常生活的细节里,在随意开心的交谈中。在仙岛聊着海洋文学,我们一聊就聊到了晚上9点。看看灯光掩映的海面,我们这一夜睡得很香。

早晨起来,外面雨雾蒙蒙。等我们出发时,雨却停了,雾飘飘的仍在。仙雾,仙雾啊。我们一行在李国平与岱山其他的作家代表的引领下,伴着仙雾去往摩星山。李国平告诉我们,摩星山,三面环山,一面临海,山岗绵延叠翠,最高海拔257米。天气晴朗的时候,站在摩星山慈云寺前,就能观赏岱山海岛全景。如果到最高处月平岗,视野会更加开阔,更可揽景观日出。

从停车场拾级而上,有清谷梵音,有放生池。最吸引我的是庄严的佛门,那精致的砖雕石刻在其上,让我的心都不自觉地要自我规整一下。"慈云法雨",我对砖雕的"慈云""法雨"更有感触。"慈云"宁海就有"慈云寺";"法雨",我对佛法,近来特有感悟。门柱石雕楹联,我没读全,那半句"入寺仰云山法雨""登楼望觉海潮音",就让我心生欢喜。云山,眼前景;潮音,耳中闻。摩星山,慈云法雨,仙雾飘飘,正是云雾悟道时机。

寺内建筑，虽笼罩在飘动的雾气中，庄严雄伟仍然，气势却更加磅礴。天王殿在高台上，红柱壮硕挺立，楹对金字辉煌，花格窗花板边框金绘，檐脚云板色彩华丽唯美，红灯笼悬挂添一份生动，双层歇山琉璃顶，翘角飞檐，巍峨壮丽，引人思绪腾飞向上。"威灵普覆以天王身作如来使，德泽均霑观大人相镇圆通场。"拾级而上，大雄宝殿更加浩朗宏伟，廊柱庄严，楹联道："仙云永驻看玉宇万里澄清胜境重开徐福岛，佛日增辉涤尘寰一切烦恼天风不尽海涛声。""蓬莱仙香但见白峰积雪青嶂摩星，借一角灵山梵宇重开兴净土；华夏春回试看香草呈辉嘉禾献瑞，施十方法雨尘寰普润护慈云。"弘扬佛法，意蕴尽在慈云极乐中。赏星园，没进去。慈云庵，清静小院，石砌天井，香炉在当中，国泰民安在屋脊上。心静心净。姜东舒诗碑前，我驻足欣赏，"涉遍名山多少险，千山难比此山妍；危峰长啸沧波涌，宝殿幻身明镜悬。老衲无眠六十载，仙芝藏雾百千年；如何灵境知音少，一笑人间事亦然。"

当我赶上前行的队伍，说到诗碑时，李国平告诉我，在大殿西侧还有一块大理石词碑，是赵朴初先生 1989 年 10 月视察慈云庵时，即兴填写并手书的。我听了，在他们进慈云胜境看蓬莱玉佛宝塔，看无愧亭、望海亭的时候，我跑回去，找到了词碑。读到了《江城子·访岱山蓬莱仙岛有作》词：

使知佛土遍三千，上仙山，礼金仙。身现重重，无尽现华严，禅指心开楼阁起，观大海，碧于蓝。

经房一老独悠然，一再参，展慈颜。收录潮间，依然是无言，但记屏缘休歇好，闻用眼，耳须观。

大雾仍然弥漫，岛、山、树、洋、船，仍被浓雾笼罩，望海亭上望不到海。我只是记住了这一片海当地人叫岱衢洋。

五

我们最后来到了"蓬莱十景"之一的"鹿栏晴沙"景区。此时，雾也变成了雨，且越下越大。我们打着伞，走进了沙滩。

沙滩呈南北走向，东西宽约 300 米，全长 3.6 千米，据说是江浙沿海最长的一条沙滩。沙滩平坦，纵向宽大。据李国平说，这边大海涨潮时，浪很大，回声响亮，那气势可用"宏伟"形容。退潮时，潮水却很平静、安宁。现在这儿正在举办国际风筝比赛。岱山作协陪同我们的作家朋友告诉我，安排这个景点，也是想让我们看看岱山风筝比赛的壮观场面。只可惜大雨，比赛暂停。

比赛场地，一边用钓竿挂彩色细长的彩色飘带；一边搭着帐篷，飘着各参赛队的彩旗，构成比赛专用宽宽的"甬道"，长度约有百米。比赛规模是很大的，称"2016 年中国·岱山国际运动风筝赛暨全国锦标赛"。我数了一下放在主席台前的导引牌，约有四五十块，两边延伸着帐篷。运动员有坐在帐篷内的，也有穿着雨衣在沙滩上整理风筝、试放风筝的。人们来来往往，走走看看，远处还有追逐着海浪的，还有摄影师与电视摄像在捕捉镜头。我转圈看看，就去看那边挂起来展览的风筝。那些风筝可能不用参加比赛，只是供人参观欣赏的，都做得相当漂亮。蜻蜓、蝴蝶、知了、蜜蜂、蝙蝠、老鹰、凤凰、金龙、金鱼、螃蟹、皮皮虾、孙悟空、金童玉女……大小不一，造型各异，色彩丰富鲜艳。沙滩上还有巨型的风筝分散在各处。如果天晴，各色风筝飞起来，那场面肯定壮观得不得了。

走在平缓的沙滩上，看看走走，低头只见沙色呈现铁灰色，沙质特细腻。作家朋友对我们说，这边的沙滩沙性偏硬，但坚实，有"万步铁板沙"的美称。确实，经朋友一提，我们从上面走过，用脚踩踩，果真感受到了"铁板"的那种硬度。在这上面奔跑，放飞风筝，那绝对刺激。为什么景区取名叫"鹿栏晴沙"，原来是因鹿栏山而命名，加上晴沙也是自然可以想见的了。鹿栏晴沙宽阔的沙滩，是海洋文化活动中心，在这里举办隆重的风筝比赛自然也是最好的。

当然，鹿栏晴沙，作为景区，最引人注目的是祭海坛以及在祭坛之上的定海神针。祭海坛高27米，以翻腾的海水涌泉造型作为基座，定海神针从涌泉中拔地而起，直指苍穹。神针下有四海龙王相拥。这神针的设计者比吴承恩还要高明许多。这四海龙王代表着五湖四海不同肤色、不同民族的人们，我们一起共同呵护人类自己的家园。神针的基座设在水下，又寓意着人类起源于海洋，发展于海洋。这穿越时空的视野，让人不忘初心，神针金光闪闪，即使如今天这般的雨雾天，也仍然金光闪亮，像是光芒四射的灯塔。整个祭坛图腾在直径50米的圆形祭台上金光四溢。两块100多平方米的九龙碑和《感恩海洋》的五线谱曲石碑嵌于通往祭台的128级台阶中间，气势磅礴。这气势也确实需要真正走过才能体会。

我在岱山，感受到岱山丰富的潮声海韵了。在归程的轮渡上，我手拿岱山作协赠给我们的岱山海洋文学的五本新书，回望着岱山岛。心中有一个美好祝愿，岱山文学的浪涌波飞，继续如仙般升腾。

采风情思

南溪民宿夜宿记

为对民宿有所体验,这次深甽采风活动,作协特别安排了住宿。

采风活动安排得极为紧凑。在镇政府听了镇党委书记的简短介绍后,我们对这个刚刚获得全国生态乡镇的山乡小镇有了初步的了解。接着,我们兴冲冲地走访了乌糯坑村、白岩村、上湖村以及三坑的里家坑、桶坑、平坑三个自然村,还有岭下村。直到太阳沉入太阳山,我们还在有名的"竹笋之乡"岭下村流连忘返:看石碾,品产自太阳山的明雾茶,看古民居,聊竹乡竹笋,聊抗日少将的历史。返回南溪村南凹餐馆时,天已全黑。

进入南凹餐馆,说餐馆,我都感觉有点生分,这就是到家了。家里布置的式样就是一个有品位的农家,这里没有了落后陈旧,却有了整洁与现代的精致。菜品一道道上来,也让人有很多的回味。花生,带壳的,香香的;番薯整块整根,烫手又亮眼;土豆烤得盐霜细亮亮,诱人抢吃;金黄金黄的乡野红焖鸡,让人垂涎欲滴;最新鲜的冬笋生炒,没有生笋气,只有那种来自山乡泥土培育出的鲜味……秉承"绿水青山就是金山银山"理念,打造乡愁文化体验带,在中国人最关注的吃食上,深甽南溪村这个小小的餐馆南凹,就有很不错的体现。

回到"亿家"民宿,我很是放松。中午听说,南溪村的民宿大多都是在居民原有居住房里改建的,南溪村的居住房已经是规划、规范过的,与我原来设想的民宿不很一样,也许我太有自己的想象了,也许受到某地一个院落一个院落新建高档民宿的影响。这里的民宿,没有那么高档,也没有山乡老村舍那样散落。这里就像我的同行朋友所说,就是到了乡下老同学的家。但又不像是老同学家,这里是有规范有标准的"宾馆"。听主人说,镇里对她们的经营有统一的要求,还有考核。我们走了一天,也还没有睡的意思,各自洗漱后,大多又回到客厅里来聊天。深甽的空气,深甽的古村,深甽的古戏台,深甽的民俗民风,深甽的十月半,深甽的森林温泉小镇建设、温泉养生、乡愁文化带、中国运动杖之乡,深甽的民宿,深甽的吃食……聊到吃食,有几位异口同声地提到了深甽的"夜吃"馄饨。有人说,宁海城里的人还特意开车到这里来吃,吃了还不过瘾,还要带点回去。

向民宿主人打听清楚馄饨店的方位,我们五六个人就走向南溪村街。我们没有走沿溪的公路,而是走在村里的街道,村里很静,路上少行人,狗儿有两三只,却也不太叫,看看转转也不冲向我们。街灯亮着,有一个已经关门的饭店外有宣传"温泉民宿,特色小炒"的,图片菜名很诱人,我看了,拍了下来。菜名中有我们吃过的,也有没吃过的。如乡野红焖鸡、农家风味烤土豆、山珍红焖笋、醋酸酱萝卜、灰灰毛芋、稻草羹、江心溜、红糖窝窝头、菜包肉丸子、土菜羊尾巴、深甽小炒等。稻草羹、江心溜到底是什么样什么味儿,到现在还让我心里挂念着呢。

馄饨店有点小,外面也没广告店名的。店堂后是小厨房,前面也不宽敞，一边放着案板，一边放三张桌子，挤挤的可坐十几个人。店里人不多，有两个低头看着手机等着的小青年，有一个与店家聊着等着提馄饨准备离开。店家是俩老夫妻，还有一中年男子正在灶上忙着。聊天中得知，他们上午不开店，主要是晚上做生意。我们每人点了一碗。店家出餐很快，一碗一碗上来，冬夜，热腾腾的大碗馄饨一放，就有一种氛围与味道，有两位开吃前还拿手机拍了馄饨："吃了还要带回去回味回味。""味道也不怎么样啊"，我们中有一位细细品着悄悄说了句，却把一碗烫烫的馄饨下肚了。我们笑笑："怎么样？还不够？再来一碗？店家还有其他好吃的吗？"店家说："有啊，饺子要不要？是煎饺子吗？煎、烫随你们喜欢。那就再做点煎饺子吧，每人几个？"香香的煎饺子上来了。看着，闻着，咬着。嗯，味道真的不错。我们吃的时候，还有人进来要馄饨、饺子带走的。

  我们走出来，夜已很深了，风吹在脸上有点凉。走在回"亿家"的路上，我们采风同行没一道出来的，听主人说我们吃馄饨去了，就打电话过来，要我们带点馄饨回去。回到民宿，已经是晚上十一点多了。客厅灯亮着，民宿主人还坐在客厅看电视等着我们。我们都感觉有点不好意思了，洗洗睡下。

  这一夜，我没醒来过，也没做个梦。早上醒来时已过六点半了。我悄悄起来，想走到外面看看，外面静静的，没有一点声音，院门还没打开，我就一个人静静地坐在院子里的秋千上呼吸一会清新的空气，再躲回床上看一会书。七点半，院门已经开了，我走到溪边马路上，空气凉凉的，也有点湿湿的感觉，但感觉呼吸着很清新，很有一种味道。沿马路再向西走去，没有多远，就是全国著名的十大温泉之一——天明山南溪温泉了。

我曾跟我父亲说过，这里的"天明山南溪温泉"是郭沫若题写的，宁海出去的国画大师潘天寿曾为这里写过诗，还有我女儿——他孙女的婚纱照曾在这里取过景，这里还将开发更多的温泉旅游项目，这里将会建设成非常漂亮的森林温泉旅游小镇。温泉这边一年四季的风光，在我父亲眼里，可是他一生中见过、感受过的最美丽的山谷风景！

一市镇山下村

山下村位于一市镇东南面,三面环山,由山下、前方头、船埠头、高进、乌岩头 5 个自然村组成。我们从缆头村过来,到前方头村停车处,一块壁立的巨岩就引起了我们的注意。"为世博会 提供高标准免洗海鲜 标兵 甬渔水产冷冻厂"分行刻在巨岩上。"为什么要在岩壁上刻这些字啊?""世博会,都已经过去 10 年了。"

山下村我来过多次,主要也就来前方头自然村,这里的石屋、石巷、石宕吸引着我。有一次,就为这里的一口石宕,连续抽水多天,水抽不干,特意跑来看望,等水抽干了,又早早地进入可深入的洞窟,一个一个地看,想象被开发后石宕风景的迷人。我后来也还特意跑来,在一处露天石宕边呆坐,就看现代大型机械的采石切割,在感慨现代机械伟力的同时,想象着古老采石所展现出来的人类潜藏着的原始力量,那种特定情景中人类所展现的壮美场面——在一个宕口,数十人,分行排列着,用铁锤,用"麻雀",用整齐划一的动作,在"叮当、叮当"声中,伴着"嗨""嗨"的号子……以前在伍山石宕看到过的情景深深地记着,坐在这里静静地回味,那种震撼就如同古老的《诗经》

与美永远震荡在心间,那是一种永恒的魅力。呆坐着,看到,想到,就会有一种莫名的激动在胸中涌动。我喜欢这样的呆坐。石宕,那种能展现原始力量之美的石宕,还保留着原生态未被过度开发的石宕,我有深情寄托于其中。

在大家留恋于村边油菜花、旧宕口与石屋间构图取景拍照片的时候,我却已独自转悠到村里,去感受石屋、石巷之美了。村里住户仍不多,但石巷干净整洁起来了,有几处破损石屋还得到很好的修缮,石板小道悠悠,铺砌连接岩石基底的石道台阶,更有一种独特天然亲切的味道。这里的石屋跟伍山石窟周边村舍的石屋相似,多为石板片材垒叠,房屋随势取形,朝向不同,片石大小不同,垒叠方式不同,窗开大开小似乎也很随意。而随时间久远,墙颜色也深浅不同,再加上藤萝攀爬,花木点缀,石间石缝中小草绿色逼眼,红花艳丽照人。这一切,构成石屋石巷独特刚柔相谐之美。

古村屋舍风致情韵不同,走在里面,见人见物,见花木见薜荔,见倒屋见废墟,人时不时就会产生不同的感受,有惊喜,有愉悦,有快意,也会有些失落,有些惋惜与丝丝的无奈。不过,想起以前,有女孩子在石屋转角回眸一笑,或在石窗前深情凝眸,或撑把红伞,深情款款地向你走来,或就把曼妙的身姿展现在石巷的阳光下,心里又会有些"生活多么美好、多么甜蜜"的感觉油然而生呢!细心的你,也许会有更细腻的感受吧?许家山铜板石石屋与这里红色片石石屋不同,走在色彩、形状各有不同的石头构成的石巷上,抬头仰望蓝天,看白云悠悠然,又会有别样的风情,尤其是那缕缕阳光透过升腾的薄雾轻轻撞来的时候,或是红霞满天的时候。你再想象的话,如果是暴雨如注的时候呢？水与石，水雾与石屋，激流与石沟，还有那种种敲击在不同石片石屋上的声响。还有石板道地、竹椅、条凳，一圈人围坐话桑麻的情景。

山下村，已为我们的到来，做了很多准备。那开门迎客的"一市青蟹馆"，就让我们激动好一阵子。青蟹鲜美，营养丰富。蛋黄青蟹、酱爆青蟹、香辣青蟹，让人垂涎欲滴。这不，我们当中艺术细胞活跃的，就直接去拥抱那墙壁上的巨大青蟹，摆造型留美照呢。墙壁上挂着的图片，让我们重新感知青蟹捕获、捆绑、过秤、出售的全过程，知道一市青蟹为什么味道特别鲜美及与泥涂泥质之间的奇妙关系。我们还了解到什么是洞诱的最肥壮的"洞蟹"，什么是"苎麻拎"的"苎麻蟹"，我们也知道了青蟹为什么会成为宁海人行商到宁波、上海、苏杭的伴手礼。这里，我们还看到了实物海马、竹篓等捕蟹工具，还有门口的斗笠，那挂在竹篓旁的一二束稻草，也都各个显出不同寻常来。那稻草可是"三两蜻蜓四两缚"中绑蟹的蒲草啊。

穿门登台，又见到石屋中静静的茶室，整洁中有一份宁静与沉潜，我想象着坐在茶桌旁的时光。走出茶室，有个采石遗址平台，上面放了张小桌，桌上放了橘子、草莓、金橘、凤梨、桂圆、烤土豆、烤番薯，还有烤了整整一夜而风味独特的海鸭蛋。热情的妇女主任一边介绍着海鸭蛋的制作方法，一边给每人递上一杯热热的红枣茶。围着平台周边坐着村干部特意请过来的村里"三老"，他们都准备了村里的故事，想给我们介绍。感动于他们的热情，我静静地坐下来，听他们摆开龙门阵。

他们说，这里的石头与伍山石宕的石头有些不同，这边的还要"软"些，颜色也红些。前方头村采石鼎盛时，形成了一条商业街,叫前方头街,街上有各种服务行业为采石业服务,晚上点油灯的灯笼列排起来,红红火火,非常热闹。石宕采的石板、石条、石块用独轮车推送到船埠头上船,出旗门港送到宁波、上海等大城市。周边一些村大多是因采石成村或成大村的,像船埠头村,就是采石运输形成的村落,前方头村,就是因为采石成为大村。他们村姓氏多,也是因了开场采石。是不是这样呢?想想也是啊。各地的能工巧匠与搞运输的船工等,都聚集到这里来,自然形成聚居村落。他们说,前些年,有个抽不干的石宕,整整抽了56天,抽干了,里面面积很大,洞与洞相连,最深有120多米,最大的有人民大会堂那么大,像宁海剧院大的有8个,其他大大小小的石洞还有很多,高、深、幽,让人惊叹。中央电视台为此还专门拍了纪录片。全国政协委员、省里的罗教授说,这样规模的石宕可成为吉尼斯纪录。罗教授还说,石头是火山喷发形成的,石宕冬暖夏凉,有很大的开发价值。他们说,这里的海鲜特别鲜美,世博会时,这里的冷冻厂还得了海鲜供应标兵呢。前岙正月二十糅,其实他们村也是一样做的。他们说,这里前些年重视文化,还修了祠堂。这些年,村里读书出息的人也不少,有考上浙江大学的,有当教授的,有在医院工作的,有当工程师的。老书记说,他也算是走过十几个省的人,他有个心愿,他希望那个埋在山下的石宕能得到开发,造福乡邻。

  老人话不停,我笔记不停。山下村有宝藏呢!那个石宕,就等着人们去开发呢。其实,我还在想,这石屋村舍,是不是能成为宁海一个新的婚纱摄影点呢!

满山岛：一座神秘的海岛

如果有人问你，宁波有哪些岛屿好玩，你首先想到的会是哪一座海岛？

你可能会报出"海上石林"花岙岛、"亚洲第一钓场"渔山列岛、号称"小普陀"的横山岛、檀头山岛、大榭岛等。你说得非常好，相信你对这些岛屿都会有自己独到的旅游观感或感悟。其实，今天，我想跟你说的是那座充满神秘色彩的满山岛，因为，今天，我也实在有点想满山、满山岛了。

满山岛是座未开发的海岛，我们有时简称"满山"。满山岛面积不大，只有0.4平方千米，但在三门湾沿海村民当中却有很高的知名度。说满山洋，说满山水道，说满山的黄鱼汛（当然是早年的时光），还有满山上沉东京涨绍兴的传说等，这些都与"满山"有关。

满山岛，由火山凝灰岩构造，原呈莲花状，后因海浪冲蚀，已分为东、西两岛，西岛大东岛小。岛周围有深槽水道通过，为古今海舶出入三门湾的主要航道之一。满山岛孤悬海上，但充满古代海洋文明之谜。相传远古时"沉东京，涨绍兴（一说涨崇明）"之变，就在那一带海域。当时，滔天洪水瞬时就淹没了整座繁华的东京城,漫至满山山巅,所以啊,称此岛为满山、满山岛。据说山麓旧有卵石铺成的大道,路边有棵大樟树,旁立石碑,上刻"此路通东京"。这一点"百度"也可以告诉你。

你从这里可以明白"满山"的意思了,或许你也因此还想到了"水漫金山"的故事。但这两个故事意蕴不同。满山传说,故事简单,却更有自然与人性等丰富内涵等你去品读。故事有不同版本,我选个较为通行的与你分享。

在远古时代,满山岛一带并非沧海,而是一座繁华的东京城。但这里的官民尔虞我诈,自私自利,不讲诚信,城内恶人经常干些伤天害理的事,还祸及周边城市。东京城的恶名传到天庭,玉皇大帝降旨要沉掉东京城,以示惩罚。观世音菩萨心肠,怕冤沉好人,于是奏道:"东京城内恶人虽多,但亦有好人存在,不能让好人与坏人同归于尽,必须择善而救。"玉皇大帝一听,觉得言之有理,就派观世音前往东京城察看,寻找好人,指点生路。

观世音虽是菩萨,也不能单凭外貌判断出好人坏人,就想了一个法子,化成油商入城卖油。他运了一船油来到东京城,高喊"卖油"。但她卖油之法别具一格,由买者自己量油放钱,并不过问钱放多放少。东京城民风果然败坏,众人见有机可乘,全都聚集过来,豪夺强取,多打油少放钱,甚至只打油不放钱。

这时,有一个卖柴度日的小青年,名叫富贵,也来打油。他舀了半勺油,又倒回去一些。"卖油人"问他:"你勺里的油只有半勺,为什么还要倒回去一些?"富贵说:"我袋里只有3个铜板,到别的店打油只能打这么多,在你这里打油也只能打这么多,打多了,你要赔本的。""卖油人"心想:这个小青年善良诚实,是个不可多得的好人。于是,他把富贵叫到一边说:"东京城快要沉了,你回去准备好船只、粮食,如见城隍庙门口的石狮子鼻孔出血,就赶快上船逃生。"

富贵回家后,把这个消息告诉了众乡亲,可谁也不相信,反笑他是痴人说梦话。只有邻居小菊平时敬重富贵的为人,觉得他不是一个造谣生事的人,深信不疑。

此后,富贵每天都要去看石狮子的鼻孔有没有出血。有一个屠夫想捉弄富贵,把猪血偷偷地涂在石狮子的鼻子上。谁知,这一涂,石狮子的鼻孔血流如注。富贵见到后,马上跑回家,背了双目失明的老母,叫上邻居小菊,三人带着早已准备好的东西上了船。就在他们上船的一刹那,天昏地暗,洪水滔天,不一会儿,整个东京城就淹没了。他们坐的船随波逐浪,漂到附近的一座山巅。说来奇怪,当他们在山巅歇脚,洪水再也不涨了。东京城永远沉到了海底,只有这座如莲花状的小山,在滔天波浪中屹立着。

也许是一种心理补偿,或是什么,我说不来,但沿海居民中还有一种说法流传,即满山岛内侧有著名的五屿门,其中有一座更小的岛,名孝屿,人们就以孝屿说事,说"孝屿好放牛,大湖变成州"。如果此后人们"改恶从善"讲诚信的话,我倒是非常赞赏这样的说法。也许真的人类进步了,科技发达了,孝屿因下洋涂的围垦,不仅可放牛,还将造通用飞机场了。大湖成"州",或是这周边成了繁华的"东京",那也真可让"满山"满山岛满意一回的。也正因为从小听满山的故事,我到今天也还期待着,期待着儿时对箩筐装着满山洋上金色大黄鱼拉回家那种满足感再次到来。后来听说考古学家在满山岛上发现有战国时期硬陶和东汉"米"字纹印花陶、双色陶；岛顶有五座原始人活动留下的石棚遗址，并有商周时期青瓷碎片，还有亭子、蓄水池、鹅卵石街道，以及前面提到过的古樟、卵石路及"东京从此去"（资料说法不一）石碑等遗迹、遗物，满山岛就以她更神秘的色彩诱惑着我。

等到我工作了，有了机会，我就与同事领着学生们来到了满山岛，寻找考古学家们发现的遗迹、遗物，当然杂草乱树丛生的小岛上，没有专业眼光的我们发现不了什么。找到一些所谓能靠船，是古时码头的，也只能凭自己的想象乱来一通。但那东西两岛潮水退去漫滩的鹅卵石却惊到了我们。那次，我还顺着走到鹅卵石的"源头"——岛上堆积着几米厚泥土混着鹅卵石的山谷。也正因为这些晶亮的以黑色为主的多彩的满山鹅卵石，后来，又有了我们县作家协会的满山岛之行，有了《宁海报》副刊的满山采风专版，有了我的《满山彩石》的小文。满山岛太让人想念了，后来，我又得空去过两次，感受更多。听说有渔民在满山岛附近捕鱼时，偶尔会网到一些年代久远的瓦砾、瓮罐一类的物品。据说，20世纪80年代，有关部门曾在附近海域打捞出数千件古青瓷器，疑为宋代商品贸易船只遭海难所遗，这让我想到了东岙的宋代船帮，想到了周良史等著名的航海人。

满山岛上还有座名"海润"的小庙，让渔民上岛歇息与祭祀。乘船到满山洋上，船老大常会说岛上的神佛特别灵验，提醒上船、上岛，不能乱讲乱话。否则，会应验到身上。岛上还有孤魂祠，据说，这一带渔民除按汛捕鱼外，还有一个传统，不论在哪儿，见有遇难的人在海上，如果找不到归属的，必给死者以渔家特有的葬礼，并在孤魂祠里祭祀他们，让他们的灵魂安妥，表达着一份海洋特有的善意。

满山遗物多，除了前面提到的遗物，台州方面相关部门还有如下的考古发现：在海浪撞击倒塌山坎断面，发现印花陶冲积文化层，有炊器、盛器和祭器罐、坛、瓶、壶和碗的碎片，器皿上装饰有8字细布纹、云雷纹、波浪纹和S纹等图案。除发现商周青瓷为厚胎瓷釉，饰有釉小方格纹外，还有两晋南北朝、隋唐五代时期的瓷片。三门湾周边没有一个岛能像满山岛那样，有这么丰富的文化遗存。这些遗存与沉船之物由海潮冲来，还是岛上古代就有人类活动而遗留下来，好像成了无从考证的千古之谜。满山岛这个荷花形的宝岛，兼具了人文景观与自然景观之长，充满着无尽的魅力，吸引了驴友、游客探古览胜，我就在网上看到很多驴友团队活动记录。

满山岛：一座神秘的海岛。在今年休渔结束渔船出海的时候，在我到下洋涂大堤上指点着满山岛的时候，我的思念越发强烈了。什么时候能带上帐篷，到满山岛上再去捡捡乌黑晶亮的满山鹅卵石，晚上，能在东西两岛的卵石滩坝上点起整夜不熄的篝火，讲说"沉东京涨绍兴"的故事，晨起去迎接拥抱东海的日出，再去想象一市箬岙铺满满山彩石的道地（天井），想象东岙宋代船帮的出海生活……

满山岛，我曾经采风的海岛，我真的想你了！

一片云，在蓝天飞翔

到海宁，徐志摩故居是必须得去看看的。徐志摩出生时的祖居已消失在飞速发展的城市化中了，而他为与陆小曼新婚生活而建的新居，现在，却成了人们参观的故居。

那天，节气已过大雪，但阳光暖和，天空碧净，我们一行四人去徐志摩故居。故居，在海宁市中心的干河街上，热心的居民很热情地给我们指点方向和路径。我们没走多远，就见着故居了。徐志摩故居，为一幢中西合璧的二层小洋楼，外立面是整修过的，规整却又高低错落，整个色彩暖和，窗户和玻璃尤显西方建筑风情。故居围栏草地上立有"徐志摩旧居"碑，用中英两种文字。故居为"浙江省省级文物保护单位"。入小洋楼，要过三间面的门厅，入口在东侧，门上有匾，书"徐志摩故居"。过门厅，有天井，洋楼两侧还有空间，植有树木，铺有草坪，后面还有小平房等建筑。我被洋楼门顶"诗人徐志摩故居"所吸引。字是熟悉的，在长方形框内，自右往左书写，落款为金庸。金庸原名查良镛，武侠小说四大宗师之一，是徐志摩的表弟，与徐志摩同为海宁人。徐志摩的雕像在一个长方体的基座上，为汉白玉，整个像极一朵云，志摩戴眼镜的头像隐现在汉白玉石中。汉白玉中的徐志摩,正深情地用诗人的眼睛俯看着大地。

讲解员小沈引我们参观。她说,故居建筑面积有600平方米,前后两进,主楼二层三间,前带东西厢楼。后楼亦三间,屋顶有露台,可登临,可尽览西山风光。进大门,有小天井,优雅洁净,有盆栽绿植点缀。两侧厢楼,窗棂门扇别致可观。面对大门的即为"安雅堂"。安雅堂外有臧克家题"志摩故居"匾。堂内"安雅堂"匾为启功先生题写。堂上有联:"烟光随地尽,水色到天无。"联句出自清费锡璜《湖上》诗。费诗:"碧澄千顷豁,青立一峰孤。月似悬秋镜,人如坐玉壶。烟光随地尽,水色到天无。肯与渔翁醉,邻舟近可呼。"写的是洞庭湖景色,现洞庭湖石城山上刻有此诗联句。读联语,想《湖上》诗,心里有了洞庭湖烟波浩渺的悠远之思。安雅堂地面深黄印花地砖,当年是从德国进口的,我没怎么去注意。看到安雅堂上摆放的桌椅、瓷瓶,都是中式风格的,且都极为精致。

故居一层展示徐志摩生平、文学成就、家乡情怀、社会活动等,二层是徐志摩居住生活的地方,还展出陆小曼的画作等。我们随小沈转着,看着,听着,一间一间转,一间一间看,小洋楼里有20多间房,我们上楼又下楼,也不知东南西北方向。陈列吸引了我们,我们眼里只有徐志摩。徐志摩是"东方诗哲",是"中国的拜伦",是"新月下的夜莺",而徐志摩自己却轻轻地说,"我是天空里的一片云"。我想着了大门外的汉白玉,那"一片云",真有深深意蕴了。海宁人深情啊。海宁人这样评说他们的徐志摩:"他是故乡海宁硖石的儿子。"他是海宁"这一方青山绿水,这一江涛声潮韵,这一片文风诗雨,钟灵毓秀,吐英纳华,孕育出来的中国新文化史上的一代才俊,中国新诗的一代'开山'"。

徐志摩一生是富有的,是充满灵性诗情的。他的父亲是海宁有名的富商,家财巨万,徐志摩自1918年北京大学毕业后出国留学,先后在美国、英国深造,三次游欧洲,他追随罗素,"结识"狄更生、奥格顿、曼殊斐儿,拜访名家,谒见哈代,"故侣新知,共相欢叙,愉乐至深"。他的《草上的露珠儿》《再别康桥》《我等候你》《我不知道风是在哪一个方向吹》深情地写出,他的《翡冷翠山闲居》静静地、暖暖地、温馨地流淌而出:"她是从繁花的山林里吹度过来,带来一股幽远的淡香。近谷内不生烟,远山上不起霭,那美秀风景正像画片似的展露在你的眼前。树林中的莺燕告诉你春光是应得赞美的。"徐志摩所写,正是我所欢喜,"春光是应得赞美的",多深情,多美好。近年,我在山水间行走,正是受了徐志摩的影响。"你一个人漫游的时候,你就会在青草里坐地仰卧,甚至有时打滚……你也会得信口的歌唱,偶尔记起断片的音调,与你自己随口的小曲……更不必说你的胸襟自然会跟着漫长的山径开拓,你的心地会看着澄蓝的天空静定,你的思想和着山壑间的水声,山里的泉响,有时一澄到底的清澈,有时激起成章的波动,流,流,流入凉爽的橄榄林中,流入妩媚的阿诺河去。"流,流,流,我的心灵,这几年就流淌在家乡的山水林壑间。徐志摩说他自己是天教歌唱的一只痴鸟,把他柔软的心窝紧紧抵着蔷薇的花刺,口里不住地唱着星月的光辉与人类的希望。我也曾问我自己,我也是我家乡的那只痴情的小小鸟吗?唱着星月?唱着希望?小沈深情投入地介绍着徐志摩。同行者赞扬她,她在赞扬中,吟起《草上的露珠儿》:

颗颗是透明的水晶球,

新归来的燕儿

在旧巢里呢喃个不休;

诗人哟! 可不是春至人间

还不开放你

创造的喷泉,

嗤嗤! 吐不尽南山北山的璠瑜,

洒不完东海西海的琼珠,

融和琴瑟箫笙的音韵,

饮餐星辰日月的光明!

诗人哟! 可不是春在人间,

还不开放你

创造的喷泉!

徐志摩的诗句"可不是春至人间",我曾引用来作为写家乡文字的题目。我读徐志摩的诗,眼前亮起了一片新的诗意的天地! 志摩,志摩的诗,志摩的诗情,志摩喷发的创造诗情,曾深深地感染我。

聚餐会,新月社,新月书店,《新月》发行;《诗镌》主编,《诗刊》主编,《剧刊》主编,长诗、短诗、歌子、十四行诗、口语诗、故事诗、写实诗、象征诗、译诗,梅兰芳,演剧;梁启超,胡适,闻一多,邵洵美,陈梦家,林长民,陈源,张君劢,张歆海,张幼仪,林徽因,凌淑华,陆小曼……一串的名字;"闲话事件",梁启超证婚,泰戈尔访华,排演泰戈尔名剧,山东飞机失事……徐志摩一生短暂,却绚丽,多姿,且多彩。徐志摩的诗情引发人们向往那纯净的新诗的世界。

轻轻地我来到徐志摩曾经的爱情的家园。梁启超的证婚词，被小沈说着，我想记着，且郑重地说一声，我引着的梁启超证婚词，出自海宁《徐志摩故居》，是被故居讲解员小沈深情演说着的，而不是网上流传着的。

"徐志摩，你是一个有相当天才的人，父兄师友，对于你有无穷的期许，我要问你，两性情爱以外，还有你应该做的事没有，我们从今日起，都要张开眼睛，看你重新把坚强意志树立起来，堂堂地做个人哩！你知道吗？陆小曼你既已和志摩作伴侣，如何地积极地鼓励他，做他应做的事业，我们对于你有重大的期待和责备，你知道吗？以后可不能再分他的心，阻碍他的工作。你是有一种极大的责任，至少对于我证婚人梁启超有一种责任。"

徐氏家族史料陈列，陆小曼书画陈列，粉红婚房，浪漫眉轩，张幼仪卧室，志摩母亲卧室，露台，冷热水管、电灯、浴室、洋楼……洋楼内摆设，我们见到的均为复原陈列。现实，诗性，梦幻。洋楼是志摩的"香巢"。以《偶然》诗为背景的徐志摩半身写意塑像。徐志摩是诗人，是散文家。他有散文集《落叶》《巴黎的鳞爪》《自剖》《秋》，有译著四部如《涡堤孩》《英国曼斐儿小说》等，有自己的小说《轮盘》，还有与陆小曼合著的剧作《卞昆冈》，还有《爱眉小札》《志摩日记》，更有深情的诗集《志摩的诗》《翡冷翠的一夜》《猛虎集》《云游》。

蔡元培说徐志摩"毕生行径都是诗"，是的，志摩的诗情映现了他"毕生行径"。"轻轻地我走了，正如我轻轻地来；我轻轻地招手，作别西天的云彩。"徐志摩的诗，谁人不识？胡适说，他的人生观真是一种单纯信仰，里面只有三个大字，一个是爱，一个是自由，一个是美。徐志摩，他不仅追求爱、追求自由、追求美，他更向往光明、正义与和谐。我再读徐志摩陈列展的结语，感慨海宁人对志摩的敬重。结语引用学者的话说，"志摩以后的继起者未见有能并驾齐驱""志摩为我们民族中有限的芳洁的萌芽""志摩是中国新诗前途一盏导路的明灯"。徐志摩勇于做东西方文化交流的使者与桥梁，是中国诗坛五四时期的杰出代表。他希冀着"草青人远，一流冷涧"；他祈求着"青天、白水、绿草，慈母的胸怀"，他有"光明的翅羽，在无极中飞翔！"

从徐志摩故居出来，同行者已在等我。我抬头看到了蓝天，有白云在那天空中流动。一片云，在蓝天，志摩的诗情，却又在那诗仙的境域里飞翔。看着云飞，我想起志摩的诗：我再不想成仙，蓬莱不是我的分；我只要着地面，情愿安分守己地做人。

半边山情思

象山有半边山,一直没有关注。徐霞客研究会要去半边山考察,我留心半边山了。

原来半边山是有传说的,传说美丽,且共同传递着东海边特有的文化风情。我有兴趣了。传说是这样流传的,说为了考验唐僧师徒禅心,黎山老母、观音、普贤、文殊东方四圣,变化成母女4人,在西天取经路上设斋,声言无男丁,欲招唐僧师徒入赘。唐僧惊得大汗淋漓,"阿弥陀佛,罪过!罪过!"一股劲儿叨念。悟空率真态度坚决:"不从!不从!"沙和尚实诚:"一心跟师傅西天取经,怎能贪恋女色?"唯有那八戒,看到女子美艳,一口一声丈母娘叫不歇。见那3个女儿都不肯嫁,心急火燎一副馋相:"你女儿不肯嫁我,那就你丈母娘嫁给我吧!""你连丈母娘也要?那就穿上我女儿织的新婚网衫进洞房去吧。"不想,八戒穿上网衫,跨入洞房,眼前突然一黑,睁眼一看,眼前不是阁楼闺房,而是荒山野岭。而身上的网衫一下箍拢起来,越箍越紧,八戒痛得哇哇乱叫,满地翻滚。还是悟空眼尖,看见云端四圣,拉着师父扑地就拜,恳求开恩,放了八戒。黎山老母开言:"解铃还须系铃人,叫八戒到东海去求点化他去西天取经的观世音菩萨吧。"八戒是又羞又愧，背起九齿钉耙，跌跌撞撞奔来东海，却在锁门山上被门闩绊倒，跌得鼻青脸肿。又气又恼的八戒，举起钉耙，狠命一耙，将锁门山劈成两半，顺手一摔，把山的另一半摔到台湾省的基隆。

  传说归传说，但象山有半边山，台湾省的基隆有半边山，象山民间《风情歌》，还这样唱着歌："半边山，半边山，一半在象山，一半在台湾。海峡两岸水连水，山连山，同文同祖同江山。"水连水，山连山，同文同祖同江山，说得切合我们的共同心意，我们都是龙的传人，我喜欢这意象这歌这风情。说到半边山，研究会常务会长麻绍勤先生说，刚刚过去的3月18日，"首届中国南龙大脉旅游节"开幕式就在半边山举行。这个活动借助中华"南龙"文化传统，成立了中国南龙大脉旅游经济带联盟。周明礼老师，打开手机地图，指着半边山景区所在的区域，让我看图，说，这像不像龙头？我一看，还真像。这南龙可是从昆仑山过来的呀，大山连大海，有情怀呢。徐霞客一生最后的南征，走了南龙大脉经过的大部分地方，这一联想真够有意思的，也够有创意的。联盟连接了9个五A级旅游景区，它们是云南玉龙雪山风景区、贵州龙宫风景区、广西靖江王府景区、江西龙虎山风景区、湖南张家界天门山国家森林公园、安徽黄山风景区、浙江千岛湖风景区、浙江江郎山风景名胜区、浙江天台山风景区。除贵州与广西两景区，其他景区我都到过，南龙大脉这一联想，"风光南龙这边独好"油然在心中喊出！东海半边山能连接上这九大景区，在全域旅游全面开展的今天，是不是有些特别的意义呢？

  我们的车来到半边山景区，景区还在建设当中，但规模初具，海湾沙滩上，已有游人在活动，但主要集中在北侧的新建大酒店下的沙滩上。心急的，没等导游过来，就先下到沙滩上去自寻欢乐了。海总是让人有种亲近感。海浪在远处拍滩，沙滩上两个独木支撑的伞蓬，与空旷海滩构成独特风景，吸引着人们，独立并列海滩上的两伞蓬，以蓝天沙滩碧海为背景，本身就成了镜头捕捉的对象，人再走进去，就有特别意味了。对于半边山，网上有段很精彩的介绍，说的是其中的渔村：

半边山渔村，位于象山石浦镇东端，濒临东海，直面台湾省，融美礁、奇石、险崖为一体，是一个美丽神奇而又原始古朴、三面环海呈长条形的绿色小半岛。半岛植被繁茂，草木葱茏，野花遍地，适宜人居。沿山而筑的村落，一式砖瓦结构，层楼参差，排列有序，风格别致。登高远眺，天水一色，烟波浩渺。白帆点点，鸥鸟飞翔，是远观海景和欣赏海上日出的绝好去处。俯视山下，奇礁林立，金沙如带，白浪似练，有一处断崖绝壁延伸至海竟达千米之遥。山名"半边"，名副其实。

我们坐上观光电瓶车，绕新建的景区公路走，看到沙滩上的三四排由数十块正方原木构建平台，导游小俞让我们猜是做什么用的，我们中见多识广的朋友一语中的："搭帐篷的！"，这让小俞直竖拇指点赞不停。经过酒店停车场，车沿公路向东北方向走，小俞介绍说，我们左手侧山湾平地上将建多功能运动场馆，转弯右手看到的小海湾，原来是个小码头，将来将继续保留这个码头。公路两边有红绿两色的塑胶跑道，一边是自行车赛道，一边是人行道，上个月这里举行过一个迷你马拉松活动，跑在海边公路上，吹着海风，是很好的享受呢。我们经过了宁波市总工会建在这里的疗养院，疗养院有管理中心，规模不小。我们来到疗养院东边的一个小海湾，这里有个门岗，海滩还基本保持原貌。我们折回，经疗养院东边的公路向北走。海边公路本来就是观光大道，看，那边隐在林荫中的小道，外面有二百多亩的茶园等待开发。风吹着，我们看着海景赞叹着。

转过几个山湾后，小俞让师傅停车，说让我们看看这边的海景。这是一个草木繁茂的海湾，公路转弯处的几棵树也构成独特的风光，让人动心。小俞指着远处的一个小岛让我们猜那像什么。在自然面前，我永远缺乏想象力。人家指出像龟，我还想象不出来，人家不仅指出哪儿是头，哪儿是身，还说那大龟的头，还像一只竖爬的小龟，连小俞也说，她也不曾想象过这大龟头还有个小龟藏着。

我们转了一圈回到正建着的旅游小镇边，小俞指着南面的山坡说，这上面是半山书院，是"飞人"柯受良捐建的。说到书院，我想看看，但被保安拦住了，说不能进。书院背后山坡上用紫色的槛木栽植成"麒麟"，小俞告诉我们，这是公司的标志，也是吉祥的祝福。我们还在景区进来的婚纱摄影基地待了很长时间，这里有欧式建筑，有荷兰风车，有紫色的马鞭草花海，有婚车、花车、花篮等，有一摄影师让新郎在花丛中，亲着新娘"往死里笑"，新郎没笑，我们却笑了好久。

这就是我走马观花所见的正在开发中的半边山。但我更喜欢有野性的半边山，因为纯野性的半边山，会有更多的可能性留给来此探索的人们。后来我想，半边山就是指这一小块被圈起来的地方吗？回到家里，我搜索地图，看到了象山半岛有好几处标示着"半边山"，整个象山半岛临海的部分，看起来就像是被一把耙耙开似的，象山半岛是不是就是半边山呢？在这个区域里，还有名叫"蛟龙村"的呢。回来的路上,想到一些专家说南龙山脉在我们浙江象山的半边山,这又让我充满无尽的想象,那半边山就是中华南龙龙头所在啊……

紫阳街访古

紫阳古街在临海古城,号称临海第一街。

紫阳街到底有多古?有说始建于唐,我说不太清楚。但临海(唐以后一直是台州府治)府城墙始建于晋,距今已有1500余年。府城墙建造100多年前,还有"伐木开径"轰动历史的谢灵运。中国山水诗派的开山鼻祖谢灵运听说临海山水奇异,便率童仆数百,浩浩荡荡,"伐木开径"畅游临海,写下《登临海峤初发强中与从弟惠连见羊何共和之》等四首诗。读今人《临海赋》,我心潮澎湃。我们宁海人曾经一直是台州府人,"台州式硬气"说的就包括我们,柔石、方孝孺都是我们宁海人,得到鲁迅赞扬。我们都是有气节人的后代!"台州有人",临海还有史有文,有"仙子国""小邹鲁"之称,毫不逊色。临海是古城,历史文化积淀深厚。

古代紫阳街街貌怎么样,不太可想见,如果推想到著名的《清明上河图》,紫阳古街所在,就自有其特色,特别是有唐宋遗韵的里坊格局,在我们江南,保留这种格局的,尤为鲜见,即便有,如石浦街,规模也没有临海古城大。现在的紫阳街,应该是在原有古街的基础上修建扩建的。主街全长1080米,南北走向,宽4~5米。南端，靠灵江与府城墙，商业气息浓厚；北端近山，古韵深沉，从北往南，悟真坊、奉仙坊、迎仙坊、清河坊、永靖坊，5座坊，坊坊相连。

我到紫阳街来，不完全是逛街的。古街的古韵，我是喜欢的，红石板，青砖瓦，高高的坊墙，还有各处的极具临海特色的三雕：木雕、灰雕、石雕，还有檐柱石窗。当然，还有飘摇的各色时尚店招，还有那丛丛红红艳艳的绿植，还有人来人往的热闹情味，古代与现代结合的"街"的意味，浓浓地"透骨新鲜"着。古街上形形色色的特色小吃、小卖件，自会吸引我的注意，我与同行者逛着街，也是兴趣满满的。但我更多地会去关注保留着的古东西，比如千佛井（双眼井），比如不见桥而见碑的紫阳桥碑，比如"中国人民银行"旧址等。当然还有流传的文化，比如三抚基的说法：父子四进士，一门三巡抚，比如元宵正月十五、中秋八月十五的与众不同，比如独具特色的养生紫阳茶文化等。

我们徐霞客研究会此次到紫阳古街，考察寻访的重点不完全是这些，陈函辉古宅是我们考察的重点内容之一，因为陈函辉与徐霞客关系太密切了。陈函辉（1590—1646年）字木叔，号小寒山子，别号寒椒道人。临海府城人，世居城腊巷口。曾读书于白鹿洞，善草书，敏于诗，与徐霞客是至交，曾为徐霞客所请为霞客作墓志铭。

陈函辉游览天台桐柏，留下过《游桐柏和洪九霞王遂东题壁韵》诗，诗云："仙官此地有遗宫，古木荒烟草一丛。丹灶石床容易到，白云天路若为通。人归莫问山头鹤，响落应惊涧底虹。欲过琼台寻旧识，吹笙半在月明中。"当徐霞客问台州有何佳境，陈函辉写下《答友人问台州有何佳境》，诗中写道："万仞嵯峨壁立青，古云地阔海溟溟。琪花瑶草山中果，雨髻风鬟洞口婷。鹤驭吹笙开石壁，鹅群染翰写金经。无端醉后逢天姥，月照琼台梦未醒。"徐霞客第二次到天台山来，与陈函辉在巾山"烧灯夜话"，促成徐霞客考察雁荡山"雁湖"、三游天台山，完成他的天台山后记。徐霞客游天台山，可能由多种因素促成，但陈函辉肯定是徐霞客游天台山的重要原因。没有陈函辉的推荐，徐霞客可能不会两次都从时属台州的台岳东门——宁海的王爱山进到天台山，又或不可能得到陈函辉的指点或说鼓励，在与陈函辉交流后，第二天不辞而别去考察"雁湖"，终于找到大小龙湫的源头，从而纠正宋朝以来大小龙湫之水来自雁湖岗的谬说。可见陈函辉对徐霞客的影响之大。

陈函辉的故宅在紫阳街哪个位置呢？紫阳街除主街，基本还保留唐宋里坊布局特征，李白的"万井惊画出，九衢如弦直"，白居易的"百千家似围棋局，十二街如种菜畦"，大致描写出这种规矩严整布局组成的城市画卷。里坊布局虽规整，但在临海古城"六街九坊三十八巷"中，如果没有台州文化研究中心周琦主任引路，我们还真找不到隐没在街巷深处的陈函辉古宅。

我们从丹桂巷往东走，一转两转，来到了古老宅院里。周琦主任告诉我们，这房子是陈函辉父亲在万历十年（1582年）中举后建造的，算来有四百多年了。正好屋主人也在，接口说："是呢，有四五百年了。"四五百年的民居老房子，没有倒掉，应该算奇迹了。古宅朝南已没有阊门与围墙，周边是水泥楼房，三合院的两厢为双层楼，正中大堂与正房为单层建筑，特别高朗，西侧屋顶还有老虎窗。但都已呈衰老破败相，正等待着重修。杂乱的堂前堆着各种建筑材料。因这些古宅未列入文保单位，如果要重修，只能由住户自己负责。

我们为这座古宅叹息，也特别有份留恋。走出来了，再走回去看看础石，看看那复合式的覆盆柱础，看看那圆鼓形础石的雕花。这些，可都是四百多年前的老旧古物啊。摸摸四百多年前的硬木檐柱，与主人再聊几句翻修的事，一份留恋与不舍，尽在心中缠绵。想想，现在一般的民居，在江南地区，能有四五百年原汁原味历史的，少有啊。想想，也只有无奈。

陈函辉在明崇祯七年（1634年）考中进士。明崇祯九年，补授靖江知县。靖江地瘠民困，陈函辉废苛捐杂税，行"一条鞭"法，既减轻百姓负担，又完成赋额；他设社学教育生员，当年即有人中举；他致力水利，疏浚河道，开辟良田。吏部考绩列第一。徐霞客三次游台、荡，还曾在他家"小寒山"晓灯夜话传为佳话。陈函辉先后与徐霞客写下40多首交谊诗，还曾题诗赞霞客为"寻山如访友，远游如致身"。陈函辉曾在自己建造的谁园（匾曰"谁园"，又名"半蚬园"）里，潜心研注《易经》，他著《腐史》《小寒山集》《九寒》《十青》等诗文集竟有20种。还有《靖江县志》、崇祯《台州府志》等著作传世。陈函辉与徐霞客真都是奇人，真值得我们好好学习。

紫阳街，原来没有统一的名字，现在一个"紫阳"就给统一起来了。紫阳真人张伯端也真是了得，给临海古城又创造了一个新价值。紫阳街，今非昔比，有了更辉煌的前景。2012年被命名为"中国历史文化名街"，紫阳街上，有多少的历史文化意蕴值得我们再去挖掘、再去细品回味？长街两旁，旧楼相挨，店铺林立，有酒坊、茶馆、饭店、药铺，还有"寿以千岁"的古井、串串红辣椒、长长红灯笼……浓浓的生活气息,紫阳街,长街悠悠古韵存。北边"紫阳故里"墙碑、紫阳桥,南边揽秀楼、"贞元风范"龙兴寺,中间紫阳宫、一洞天、奉仙坊、十字街口、迎仙坊、白塔桥头、方一仁、德清巷口、牌门周、腊巷口、安乐天、炭行街……我们在白塔桥头的饭馆吃饭,在楼上久久地坐着,看着街上来来往往的人流。紫阳街,让我留恋不已。

紫阳街访古,我似乎走不出紫阳古街了。我们继续走着,想着。想着,走着,沉浸在古街的夕阳余晖中。最后,我们全体在任继愈题写的"紫阳故里"墙碑前合影留念。

紫阳街,我会再来。

王爱山采风三景

油菜花结荚,蚕豆、土豆新鲜上市,我们作协采风来到王爱山。五月初的王爱山岗,绿水青山,鸟语花香,一路上覆盆子被农家喜悦地采收。看山看树看风景,作家的采风,总能见到融合自然的一道道美景,今特录三景。

竹林美景

走向夏孔红岩谷,先见一片竹林。竹林的美,总是吸引人,特别是新笋正拱、正长、正成竹的时候。现在还有黄泥拱吗?有啊。你看,那边,还有这边脚下,笋尖都刚刚露个头呢!天晴,雨后春笋,拔节声声,我们没看见,也没听见,我们倒是见到了新竹伴旧竹生长的竹林美景:拱土的笋,尺高的笋,一人二人高的长"笋",还有与旧竹子一样高的长大的"笋",在密密的竹林,它们随性恣意地生长。新竹的壳还没有完全脱落,有些还半脱半落地挂着。拔节窜高的新竹,白色细腻的竹绒,竹节间的渐变新绿色彩丰富,清新、柔和、养眼,我们的心像是被柔柔地触摸着。我们走着,看着,抚摸着,既看笋,又看竹,也看竹林。看不够,走进竹林,蹲着看,细细地去感受清新、柔静的生长之美。眯米与樱子情不自禁地好像有了想要拥抱新竹的丰富表情,她们还真直接行动了,看到一棵林边的新竹,她们用手轻轻抚摸,她们说要在新竹上刻字,说想要留住这份美好的感觉。可最后,她们终没忍心动手刻字。静静的竹林,齐齐向上的一片静美,这是我想说的。我静静地看新竹柔和鲜嫩浅绿淡黄的色块变化,发现这是阳光与"笋壳"共同作用的结果:"笋壳"掉落早晚,阳光给了竹子不同的淡黄浅绿,也给了竹子别样的柔和清新美意。

  岩竹用郑燮的"咬定青山不放松,立根原在破岩中"形容,王爱山厚厚黄泥土上生长出来的竹子,用什么形容好呢?用静立在春天田野的少女来形容吗?我想用诗句来形容。可我没有找到恰当诗句,因为诗人写竹子,大多都带了自己独特的感情,写的竹景也是诗人自己的独到发现。我查阅诗人写竹子的诗句,可真就没有找到可用来形容此时此刻王爱山竹林静美的恰当诗句。最后,感觉最妙的还是《诗经》中的"瞻彼淇奥,绿竹猗猗"。明媚的阳光,透进竹林,地上,竹笋上,竹子上,斑斑驳驳。竹林自自然然,清清的,净净的,静静的,让人心无尘而清新适意。竹林中也因了我们这群人的闪动,更显出人与竹林和谐快乐的生命活力。想来,竹子是幸福的,透进竹林的阳光是幸福的,在竹林中赏竹的我们是幸福的,天地间一切都是幸福的,包括蓝天白云,包括在山野间采收覆盆子的人们。"绿竹猗猗",竹林静的力量,美的力量,清新,蓬勃,生机,竹林的一片美景,总也让我回味不尽。我想到了袁鹰的《井冈翠竹》,也感受到成熟翠竹的顽强生命力。

红岩仙景

红岩谷美景,是王爱山岗人自己发现并命名的。前些年,我与徐霞客研究会的同好者慕名"考察"红岩谷。红崖诱人,观音洞,仙人岩,千年古藤,自有其魅力。今天,我领着没到过红岩谷的作家们来到了红岩谷。正是草长之时,原入口之路难行,退回从出口处直接进入。进入就见仙人岩。仙人岩有介绍,作家们在细读。作家们还按提示从左侧看,从右侧看,既看出了神灵,又看出了神龟,更看出了神龟向天爬越的神姿仙态。听说岩上有蝌蚪文,作家问蝌蚪文在哪处,却没有兴趣去探究。看巨岩"仙姿神态",与巨岩拍合照才是当下最要紧的。阿门说此次采风就是"春游",春游就带点旅游照片回去欣赏。有人用手托仙人岩拍照,有人斜靠巨岩拍"写真",阿门又在众人面前摆出他招牌式侧身微笑姿态,左拍一张,右再来一张,最后还在神龟上山的地方,来一张俯视的侧身微笑照。听说有千年古藤,想看,有人问:"真有千年吗?"像是有了探究意味。听说有观音洞,还想去看看。真去了,真看了,真就在观音洞里,作观音状拍照纪念,似乎一下就成观音了。还有想走到谷底溪边去看看流水冲刷后的红岩模样的。

仙人岩似乎看不够,看过拍过,还有想回头再拍拍、再说说仙人岩来历的。毕竟隔着红岩山谷,对面就是天台县的村落,说仙人岩与天台有关联,大家也有"边界、边际"兴趣。说神仙也有比赛,说神仙也有没完成任务的,更觉得有点自然"天趣"。说天台石梁景,说天台国清寺,说着搭天桥,说着公鸡提早鸣叫,天桥没搭成,也自然让仙人岩有了"文化"的说道。有时想想,人类科技发展已经非常快了,但景点介绍还只停留在神话传说里,心里真说不上是些什么感受。看到疏影阁,我心中倒有一喜,景点介绍不再是仙牛上天留下蹄印之类的,而是一个真实的天然美景的描述。

此处幽穴天成,常年泉水叮咚,清澈宜人,若遇雨季,更是流水潺潺,蔚为壮观。洞前红藤垂落,影影绰绰,犹如美人挂珠帘,隐约不可见,使人徒生叹息。偶有野花飘落,清水残红,令人不禁赞叹:好一幅"疏影横斜水清浅,暗香浮动月黄昏"的世外美景。

崖上乐景

红岩谷最阳光的景,当是仙人岩顶,作家在这边坐聊的独特风景了。

阳光下照,黑色带气孔痕迹的岩石,周边绿色藤叶环绕,四五位作家散坐一旁,随意地有一搭没一搭,聊工作、聊生活、聊写作。

他们可能聊到了神龟,也可能聊到了仙人岩,聊到了美术写生等。这些,我没听到。我听到小熊在说,写鬼怪小说,他会觉得,后背常有一双手,不知从哪儿伸过来,搁在肩膀上。他说,他写小说的时候,背对着门,会感觉到肩膀后面是一个巨大的虚空世界。

罗妹说,这都什么时代了,那边还有人一路"虔诚"跪拜朝圣,她很不理解。小熊接说,起初他也不理解,写小说查阅资料,读到了一些东西,知道那是一种信仰,是特别虔诚的,也就理解了。他们的跪拜朝圣,应该得到我们的理解与尊重。

曲十一郎写网络小说颇有成就,她说她拼命写网络小说即得了 14 万元稿费,也曾卖出 40 万元的书稿。她说网络小说创作也是在看了人家的小说后,想想自己也能写,就写起来了,且一发不可收。她现在还关心还有哪些作家在群里,一起在网络写作上做着努力。

当红岩谷上来的人问坐聊的作家们怎不到红岩谷下面去看看。坐聊的说,坐在亿万年前的火山岩上聊写作,很好啊!是的,坐在亿万年前的火山岩上聊写作,真的很好啊!

"回啦,回啦。"正当我们走在小黄花镶边的山间小道回羽山农家乐时,忽听得"啪"的一声,路边树上的黑色果子掉落到小道上。"看,这是制作木莲冻的薜荔果子。"我说。阿门主席接着说:"'啪',薜荔果成了木莲冻。我们的写作,是否也有这样意外想象的效果?"

城西有座山

老县城西面有一座山,名崇寺山。崇寺山,又谐音为上寺山,尚寺山。崇寺山曾有石家山、清泉山之称。称石家山,是因为山中曾有石姓人家居住;称清泉山,则是因为山南有二清泉自岩下注出,终年不涸。现称崇寺山,多与山东南的崇教寺有关。崇教寺,梁天监元年(502年)始建于县北,称崇教院。唐乾元元年(758年)移建于城西的清泉山下。宋大中祥符改称崇教寺。寺中有筠轩,寺前有清泉亭、寺塔,塔下有两碑。崇教寺,县人又谐音为上高寺。崇教寺于1955年因失火而毁,现寺为移址新建。

崇寺山,《赤城志》列寺为首刹,志载寺有田853亩、地575亩、山6326亩。寺有高僧:遵式,世称"百本忏主",又称"慈云忏主""慈云尊者""灵应尊者""天竺忏者";智贤,同禹昭辅导罗适读五经成才,罗适后来名列元祐名臣和台州乡贤之首;照伯,居崇教寺塔下,夏坐向日,冬卧拥雪,或引纸纵笔,浓淡横斜,初若狂言,终无不验……崇寺山,因有崇教寺,因有高僧及寺中轩、亭,后都有诗文流传于世。罗适写有《崇教寺筠轩》,说他夜忆筠轩,都忘记居住在会稽了,说筠轩"秋声先在竹,月色最宜溪",抒怀"何人倚栏槛,为听下庄鸡"。宋时避居宁海的洪拟有《宁海五咏》,其中有《崇教寓居》:"七年溪山北,颇自爱吾庐。人生真寄耳,何必赋归欤!"左纬,宋黄岩人,诗学杜甫,名满朝野,有《崇教寺》。张景修,常州人,宋治平四年(1067年)进士,人物潇洒,文章雅正,尤以诗名著称,有《崇教寺筠轩》。洪适,宋时县主簿洪皓子,生于宁海,有《赠崇教寺颜上人》。明代有王士弘,潞州人,洪武五年(1372年),荐任宁海知县,其"为政一以清心省事为本",有民歌赞其为"民之父母"。民歌云:"打虎得虎,祈雨得雨,岂弟君子,民之父母。"王士弘有诗写崇教寺"清泉亭"。诗既写了清泉与亭之来历:"苍岩迸出玉流清,僧扁清泉起翠亭",更写出了"看文星"的情怀:"凤鸣风谷宜时见""阑干频倚看文星"。王士弘给其诗集命名为《桃源集》,也传递出了"暇日弹琴赋诗"县令的诗歌"葩藻递发"的特有情趣。宁海早有儒宫,读书风盛。元祐三年(1088年)进士、绍圣三年(1096年)知宁海县的高述有《宁海县学颂》:"濒海之西,台阜之东;有汉古县,屡迁儒宫。"高述后为大理寺正、江南西路转运判官,善书画,学苏轼书及竹石,极为逼真,亦有儒士情怀。更有说"汉古县"述宁海历史。

崇寺山,与县城东南跃龙山遥相呼应,实为宁海文脉传承之处。壬戌年(1382年)重阳日,方孝孺与友人共9人,"携琴命觞"登上"清泉山"游玩。友人中杨文遇善琴,王修德、龚彦佐、林嘉猷等都是文士,均有诗文留存后世,其中卢希鲁(原质)后来成为宁海县史上功名最高者。他们重阳同登清泉山,"道古今事以为乐";坐泉边,听琮琤澎湃之琴音;起而四顾,见海涛际天,饮酒复奏琴,"莫不动容惬意",以为此游乐极。后来有"读书种子"之称的方孝孺，游后却有独到的思悟。他说，人求乐"每用心于卑且近者，何也？"他从思考中悟得启迪："然人于高远，诚得其奥美而乐之，则其乐有不可既者""岂不足为学道之戒也哉！"方孝孺所写《游清泉山记》，与宋之王安石《游褒禅山记》，因事见理，有异曲同工之妙。

崇寺山在方孝孺眼中，无崇林巨壑峭异的景观。用现今的眼光看，我真佩服方孝孺对"清泉山"的细致描述。方孝孺眼中的清泉山山脊处，有怪石陷在泥土中，"薜深碧色，鳞生其上，班班可玩"。清泉山是距今200万年前火山喷发形成的，是宁海现存最年轻的火山口之一。那"班班可玩"的"薜深碧色，鳞生其上"，正是火山岩上"薜鳞"生长的特征。清泉山东西走向，多处遗留有未风化成黄泥的火山岩石。只可惜，当年徐霞客出西门，沿溪边清泉山脚经过暗岩时，未考察到火山口。好在现在有徐霞客大道在此，暗岩路廊修缮得以保留。

崇寺山北侧现有十里红妆文化园与东方艺术博物馆，两处向南向西凹进处，正在建设，将建成为极具特色的"十里红妆小镇"。崇寺山东面往北延，现山河路西边一带，人称黄泥山。崇寺山（黄泥山）东北与东面，分别为丽园小区、金泰小区、桃源居、金宸台小区、大都名苑及松竹新村。从山东南面徐霞客公园起，在兴华乐园西有公路往南绕上向西行，经桑园自然村到西边的山大坪，一路竹木葱郁，桑园不知何时有桑，现有芯园，庭院内种有郁金香等各种花木，供人免费观赏。一路上，城区晨练人络绎不绝。山多植红豆杉，西边有大片林地，清晨画眉鸟欢叫，为老城区遛鸟人乐园。

崇寺山东侧最高处为四顾坪，与山南侧山头坪上，都曾有碉堡。碉堡与暗岩及路廊都有故事。坪北侧坡上现有清泉寺,县人称"老爷殿"。最高处,海拔110余米,凭诗人想象,北眺象山港,南望三门湾;东可赏东海日出,西可望群山绵绵及天台山。崇寺山四顾坪,在县城位置独特,因宁海为"徐霞客游记开篇地""中国旅游日发祥地",有人建议在四顾坪顶建标志性塔(楼),称"日祥塔(楼)",塔(楼)高51.9米,刻宋贤今人诗赋于其上。用心用情,或可比肩或胜于西湖边之雷峰塔,江南三大名楼之岳阳楼。

雷婆头峰

《宁海县地名志》在《自然地理实体·山》中,居然没有"雷婆头峰"条目。

论传说故事,雷婆头峰有雷婆镇九泡龙为民除害、为民造福的神话;论民间故事,雷婆头峰有刘伯温说相见岭"百步上,百步落,金子一大镬"的石镬故事;论真实战斗故事,雷婆头峰山下有国民革命军遭遇北洋军周荫人部的激战故事。就算是山形体态,雷婆头峰也不逊于丫髻山(美女峰)、骡峰山(小罗尖)、龙王尖、龙角山、逃羊岗等大山小山,而"丫髻山"们都在地名志的"山"里占有一席之位,一一呈现,而雷婆头峰我逐条看下来,确实没有。终于,我在"山口"里的"相见岭"条目中读到了雷婆头峰:相见岭不属雷婆头峰,雷婆头峰属相见岭。

《宁海县地名志》中记载:相见岭,岭长1.5公里,南北走向,是旧时宁波至台州的重要通道。我曾双向来回走过相见岭,在岭北的仇家村多次听闻仇家村古时店铺林立街市繁荣的故事,也听闻岭上强人剪径、商旅伤心的事。因岭东有牌位山岗,岭西有雷婆头峰,岭在两峰相峙中,因名相见岭,元代戴玖有诗《雨中度相见岭》描绘"两峰不相见,路阻藤萝涩"。从"相见岭"

条目中，我知道了雷婆头峰海拔441米，"山势浑厚"；我还对"当代国画大师潘天寿深爱此山，自号'雷婆头峰寿者'"此说法印象深刻。其实，我是在知道潘天寿后才知道冠庄有雷婆头峰，才去登牌位山岗，才去走相见岭的。那时，雷婆头峰就有种"神圣"的意味在我心里涌起。一是因了神话，二是因了潘天寿，三是因了相见岭上的北伐战斗故事，四是因了刘伯温经相见岭说石镬的故事。这些故事加在一起，给我留下了深深的印象：雷婆头峰是有故事的山。今年，宁海县第二季"文化振兴全民寻宝"把雷婆头峰列入"文宝"，我当然是要去看看雷婆头峰的。

我没有从南到北，从北到南，南北通达地走相见岭，而是从上金等村落横上穿过，直接车行到了相见岭上的云舍庵。云舍庵约位于岭道中央，现在正在扩建成云舍禅寺，有新的屋舍建筑。原庵与路廊仍在，那一条卵石岭道仍有一段保留完整。我在扩大了的庵与禅寺之间转悠着，在卵石古道上走着，打听雷婆头峰的故事。故事，仍是故事。讲故事的人没能讲出新的故事来，我就悠悠地待着，看雷婆头峰。雷婆头峰仍是静静的，但山上的树木似乎长得好一些了，原来竖输电线路铁塔而裸露出来的山岩自然地得到了恢复。雷婆头峰，"山势浑厚"依然。看着雷婆头峰，读着雷婆头峰，我想到了潘天寿，跳入脑海的是他画中的题名"雷婆头峰寿者"，还联想到了我站到牌位山岗上遥望雷婆头峰的情景，我想到了那位给我引路到山岗的纯朴的冠庄猎人。雷婆头峰，对我似乎是有深情的，每次到冠庄参观潘天寿故居，我都会特意去注意潘天寿画上的题名"雷婆头峰寿者"，"雷婆头峰"似乎会对着我笑，像是对我说着什么。雷婆头峰对潘天寿来说，就像霞尼古勒丘陵对于罗曼·罗兰一样，都有"那道灵光"一样的

特别重要的意义。这意义被《潘天寿传》的作者徐虹关注到了。徐虹在书中这样写少年潘天寿与伙伴上雷婆头峰的情景:

> 潘天寿与小伙伴走,走,走,走不到雷婆头峰。之后,大家都说:"走吧!砍柴去吧!"正当他们要离开时,潘天寿转过身来,忽然,他被眼前出现的景色惊呆了,一块顶着天穹的苍白石岩在他头顶正前方显露出来……他张口结舌,憋得一阵心跳后终于大喊一声:"啊!雷婆头峰!"

更为精彩的是后来,过了数十年之后,时间定格在1960年,潘天寿完成《映日荷花别样红》的创作,思索着该如何落款题名。此前,潘天寿已经画了很多荷花,题"寿者"等也已经题了很久。徐虹写道:

> 他觉得以往的名号已不能适合他现在的心境了,应该有新的名号才能说明和容纳现有的感情。他不禁面对眼前那帧水墨淋漓、线条纵横的画面出神……瞬时,他眼前突然出现昔时景象。为什么一直没让那些刻意经营的书画与雷婆头峰挂上钩?他真能代表那座神圣的山峰吗?他真能以它为名吗?或许已到了由取名而使雷婆头峰名扬天下的时候?一种神秘和缠绵的深情一直萦绕着他……(雷婆头峰)那种阴郁、威严、神秘和深沉的气象,已渐渐为宽厚、亲切、朴实和平淡的现实所取代,他与它的距离非常之近,能使他再次用心和身体去贴近它……他缓慢地提起那支已是半硬的狼毫笔,将它伸入嘴中,细心地用唾沫和舌尖将它慢慢濡软。当墨的奇特清香充塞入他的鼻腔,进入那一大片微波荡漾的脑海时,他充满自信地在那幅画的岩石上方,写下了"雷婆头峰寿者"几个字。

雷婆头峰的山、水、木、石,全变得灵动起来。就像霞尼古勒丘陵的夕阳照耀，照亮了罗曼·罗兰的心灵。雷婆头峰也似乎一直在默默地等着潘天寿，潘天寿也真就等到了雷婆头峰那道神光的昭示。我注意到，历史上很少有文人墨客关注到雷婆头峰，写雷婆头峰的诗文更为少见。也许真是这样的心灵感应吧，我的心中也时常记挂着与潘天寿相联系的雷婆头峰，我对它有深深的感念。徐虹描写少年潘天寿登上崖顶看到的景象与感受到的生命之力，与《潘天寿研究》中对雷婆头峰"升腾"与"生命力"给潘天寿产生"震撼"影响的描述与见解完全相同。徐虹这样描写：

　　潘天寿站在崖石顶端，向西北望去，只见天台山麓的余脉像大海的波涛般奔腾而来，又复蜿蜒而去。白色的云雾像烟似的慢慢从山岫中冉冉升起，渐渐扩展到岩壑中，使这凝重巍然的山岩像腾云驾雾的神龙。这些山尽管不算高，它们在地图上或许还找不着位置，也叫不出名字，但它们是活着的，是升腾的，充满了不息的生命之力。

　　研究学者也有这样的描述，那些描述让我感受到了雷婆头峰的震撼。

　　雷婆头峰，就这样连着天台山，接着天明山，屹立在宁海大地上，活着，升腾着，显示着神圣的魔力，展现着不息的生命力。

　　我在相见岭上呆呆地看着雷婆头峰，心里口里只是念叨：雷婆头峰，雷婆头峰，雷婆头峰……

叁·采风情思

柔石故居

"想一想！决定！做去！"正读日记，正想这就是柔石思想光辉。这个真要好好学习，可以坚定我行动的意志。电话铃声此时响起，是《早春》编辑。编辑问我能否去一趟柔石故居拍一组故居的照片。能，当然能。

故居在宁海县城城西，是浙江省重点文物保护单位。我不到现场，也能想象那座三合院的情景。柔石笔名"方前"，就是故居的准确地理方位。柔石故居就在原来"方正学先生祠"前的高磡下，坐北朝南。故居东侧墙外还有一段坡，有水沟。上面曾有小桥，桥上刻"金桥柔石"。柔石名即源于此。"金桥"后来也成为柔石的笔名。故居门前，现在有小广场。广场与门前道路用卵石铺成。故居就是旧时宁海古城最朴实的普通民居。

故居大门四个门簪之上有匾额，"柔石故居"四字为许广平题写。跨过条石门槛，走进院子，道地也是卵石铺成。四角各有一盆铁树，绿色葱郁。道地右偏北有一株高大桂花树，尤其引人注目，树下葱兰正蓄着劲开着花。宁海人称堂前的大横梁上悬挂一块横匾，"柔石纪念馆"为茅盾所题。厅堂正面一尊柔石雕像，柔石戴着眼镜，似看着你。两侧板壁分别有柔石照片与柔石生平等内容。东大房为会议室,有长条桌;两侧板壁展示"柔石的革命历程"如"彷徨求索、左翼之路、革命抉择"以及"柔石作品选段"展板。西大房为"金桥书屋",书架陈列柔石及与柔石研究相关的书籍与刊物,摆放有书法及创作用具。

站堂前檐阶上,面向大门,左侧东厢是管理用房与数字展播厅,有播放设备。右侧西厢,中为"小堂前",南为柔石父母居室。北为柔石婚房,房内有拔步床、红衣橱等,是典型的民国时代江南的婚房布置,柔石的两个儿子帝江、德鲲与女儿小微都出生在这里。现在柔石父母房内有四屏书法,是著名教育家经亨颐给"子廉先生"(柔石)的4幅条屏:"明月明月,我盼久了你,为什么迟迟的不出?你有强大的光辉,永久的性质,你绕地周行照遍世界,何曾遗漏了一名一物?明月明月,你圆时少缺时多,难得今宵,光明分外,江山换色。"

柔石书房在二楼。整个纪念馆展厅也在二楼。从西侧楼梯上到二楼,往左,见到最南侧的房,是保留着当时风貌的柔石书房。有床,有衣橱,有书柜,有方桌,有椅子。床上挂蚊帐,书柜各格摆满书,最显眼的是外文书籍。桌上有美孚灯、砚台、笔架、笔筒、书立等。可以想象当年柔石读书写作的情形。边上有一张摇椅,是柔石特意为母亲购买的,以表达他的孝心。

从楼梯顶往右就是纪念馆展厅,整个二楼基本都是。进门迎面是柔石《战》的诗屏,每次,这里,都是我驻足最久的地方,右侧的前言,都没有我在《战》前停留的时间多。红底金字的"前言"介绍了柔石光辉的一生。前言提到的内容,整个展厅都有相应的图片与实物展示。如"归山虎"出生的家庭环境,正学高等小学堂读书;杭州省立第一师范求学,杭州、慈溪、镇海等地执教,业余从事文学创作;1927年宁海中学任教,1928年春任教育局局长;当年避居上海,在上海结识鲁迅,成为鲁迅的学生与战友;创作《旧时代之死》《三姐妹》《二月》《希望》《为奴隶的母亲》等长中短篇小说和译作《浮士德与城》等。重点还有柔石成为"中国自由运动大同盟""中国左翼作家联盟"发起人,被选为左联执行委员,加入中国共产党,最后成为"左联"烈士,等等。展厅最后还有纪念柔石活动的图片资料与柔石及纪念柔石烈士等书籍作品的陈列展示。

　　故居周边环境已大变。方祠与"金桥柔石"桥,也早已消失不见。我从故居大门与门匾拍起,拍了故居的整个院落,拍了柔石塑像,拍了书屋与书房,拍了《战》,拍了柔石写的《宁海中学校歌》,拍了鲁迅与柔石的木刻画,拍了《前哨》《北斗》,拍了"木刻三枚,其夫人等寄柔石者"等。回到大门外,我拍了广场前的红色长画屏造型。画屏从东到西,有柔石半身像,柔石的生平与《三姐妹》《旧时代之死》《为奴隶的母亲》的书影,柔石《战》诗片段,柔石与鲁迅一起的半身像,鲁迅《惯于长夜过春时》全诗。

　　回来给编辑发完照片,我继续阅读柔石日记,读到"天久不雨,农民之心,惊张无似""想不到——赤日炎炎似火烧,田中禾黍半枯焦,农人心内如汤煮,公子王孙把扇摇。正其时矣!"我脑海跳出来的是一个"真"字,似乎触摸到柔石那个跳动的关注民生时事的心。感觉"真"字里有柔石一生革命与创作中的真实心灵——不论是性情,不论是创作……相信里面肯定有我说不出来的"真"所蕴蓄着的丰富的生命力量。"想一想!决定!做去!"我似乎听到柔石用坚定的声音在说话:"呵,战!剜心也不变。"

肆

讲座春风

文学是可爱的

——与宁中文学爱好者的文学之约

讲座包括两部分、三条线。两部分是指：文学是可爱的，可爱的文学怎么"玩"。三条线如下：结构线"千年八股"，内容线"我的感受"，灵魂线"木心与我的文学观"。

感谢郑老师与同学们给我这次文学交流学习的机会。

我对宁海中学是有感情的。我在这里教过10年的语文，当过10年的备课组长、教研组长，3年的文科支部书记，当过10年的班主任。我带过创新班，带着四届"脑袋长在自己肩膀上"的同学冲击高考，有学生考上清华大学、北京大学、复旦大学等全国著名大学，有学生在清华大学当老师，有学生在北京协和医院当医生。我还曾是宁海中学柔石文学社的首席指导老师，组织过文学社的同学外出采风写作，组织编辑社刊《柔石园》与校报副刊。今天我回家来，与家人们聊"文学是可爱的"。我很高兴。

我从小热爱阅读，曾被同学、老师称为书呆子。虽生活在书荒的年代，没什么书可读，但我还是有机会从老师那里读到《儿童文学》杂志，从邻居那里寻读到高尔基的《童年》《在人间》《我的大学》三部曲，读到《钢铁是怎样炼成的》，读到《卓娅和舒拉的故事》,读到《马克思传》。我还偷偷阅读当年的禁书《第二次握手》。当然,我还看过我身边小伙伴们都喜欢的各种各样的连环画。通过阅读与翻看连环画,我了解了外面的世界。我爱好文学的种子,也是在那个时候播种下来的。

读多了,有些感觉了,后来我也动笔开始写作,也有了当作家的梦想——只是迟了很久。在当老师教书的时候,我没有把时间与精力放在写作上。那时,我们学校有一句话:老师的成绩出在学生身上。我们一帮青年教师,包括你们现在的校长,一门心思地把时间、精力都用在教书上。

在指导同学阅读、写作的过程中,我偶尔也写点小文章。我们宁海中学的语文老师,其实也都像我一样,很多也都热爱文学,也都会写文章,只是我稍稍地比他们在写作中多坚持了一点,在坚持中,得到了一些鼓励,发表了几篇文章,获过几次奖,心有所动,积累了一些文章,后来出过三本被称为报告文学或散文的书,被人家贴上了作家的标签。

我自己知道,我不是作家,但我很自豪的是,我是爱好文学的高中语文老师(2006年获全国中语会颁发"优秀语文教师"证书)。1980年,我分配到长街中学,就积极创办满山文学社,当文学社指导老师,带领同学们阅读写作,编辑《山枫》社报,坚持给同学们播种文学种子。我的文学爱好与播种活动,影响了我的学生,我的学生在写作中有了收获,还有同学高中毕业后继续在文学上发展,写长篇小说获全国大奖,出书一本又一本,成为真正的作家。

文学使我的学生"出人头地";文学使我获得快乐;我与学生获得社会的尊重。我是个幸福的语文老师。我对文学有意思,文学对我也有意思。文学是可爱的，文学太好玩了。

今天我跟大家说的话，是我现在正感受着特别想说的真心话："文学是可爱的。"这也是我与木心的文学感受达到"同频共振"的结果。近一个月时间里，我读了木心的《木心谈木心》《哥伦比亚的倒影》《即兴判断》《西班牙三棵树》《素履之往》《鱼丽之宴》等书，我对木心有了特别亲切的感受。木心说"文学是可爱的"，我也有同感说"文学是可爱的"。

正当我与木心"同频共振"地说"文学是可爱的"时候，我接收到另一个振动波——你们郑老师给我打来的电话，要我给同学们说说文学，这样的文学共振一发生，我就毫不犹豫地答应了。文学可爱，我觉得回宁海中学与同学们交流，也是可爱好玩的。

语文，现在要求全面的语文素养。我用PPT给大家展示。全面语文素养可分化为"五棵树"：文化传承、精神修养、现代思维、社会应用及语文才能。这五大方面的语文素养，须齐头并进、不可偏废，应全面、均衡、交融而持续地发展；其中，语文才能是基础，社会应用是关键，现代思维是主线，文化传承、精神修养是题中应有之义。现在的语文教育从文言文到现代文都偏重于所谓的美文，许多滋养一代代中国人的名家名篇却被降低了比重，尤其是整本书的阅读——优秀文学名著的阅读，欠缺太多。这就意味着只有少数对文学有兴趣的同学会"主动"去课外进行阅读拓展——就像你们文学社的同学，而这种现象背离了教育的公平公正。你们郑老师请阿门、张忌等作家到学校来开文学讲座，是做了一件尽职责的、有意义的好事。

作家余华因为某培训机构站台讲授"中高考作文如何拿高

分"一事而登上热搜。"教育、语文、文学:没一个省心的"活动,提出了"文学教授懂文学吗?"的问题。文学教授不懂,作家懂吗?我看,在高考这一条道上,我们语文老师是最懂的。当然,木心也懂。

文学是可爱的,不要讲文学是崇高伟大的。——木心(此为PPT显示)

文学是可爱的,这可爱,我理解:是讨人喜欢、是令人喜爱,且叫人深爱的。在教语文的时候,在业余写作的时候,我是被文学的魅力迷住了,停不下来了。以前是读着文学作品爱不释手,可以整夜不睡;教着文学作品,与同学交流着文学的深情,心中多有欢喜;现在则是想着写着追逐着日常生活中的写作,努力地想写出更好的东西来,给自己、给别人带去快乐。那种愿望,那种热切,虽没有《诗经》中"窈窕淑女,寤寐求之。求之不得,寤寐思服"的状态,但现在一个星期里不读点东西,不写点东西,心里就空落落的难受,感觉浪费了生命。我坚持《天天读录》阅读已经数年了,前年去年,我每年都写八九十篇游记等山水散文,去年还与人合作完成了一部书稿,现交出版社准备出版。

文学真的可爱,可爱得就像与你在捉迷藏,她引诱着你去寻她找她。有时候,应约写篇短文,网上点击量达到20多万次,也是一件蛮开心的事。去年,除了《今日宁海》《早春》《文学港》发表读书笔记等文章外,我的《雷婆头峰》《山水间》等散文在《文学报》上发表,也让我为自己的写作、为家乡的国画大师潘天寿感到高兴。我爱文学,文学让我更爱自己。人能爱自己,不是很好玩吗?

库切（2003年诺贝尔文学奖得主）说："你内心肯定有着某种火焰，能把你和其他人区别开来。"人是独特的，而独特是要有区分的。最能区分人的是人的天赋。我没有天赋，但偶尔听到有人开玩笑说"他是宁中的才子"，我也傻傻地开心。如果我真有天赋呢，那就真要开心得跳起来了。这样想来，同学们如果能找到自己的天赋，这天赋又表现在写作上，那文学不仅是可爱的，是闪闪发光的，那文学也真的可说是崇高和伟大的。

如何找出自己的天赋呢？我看到一个抖音视频，说了一种方法，同学们听听，或许可以去试一试。

连续25天做这件事，你就可以找到自己的天赋。（此为PPT显示）

怎么找：找天赋有许多方法。最简单的方法是：连续25天，每天去记录那些让你感觉到开心让你感觉到兴奋的事情。你做了任何的事情，只要你感觉到了有这样的开心兴奋的感觉，就把它记录下来，连续25天之后，你会惊奇地发现你的天赋在哪里。因为你的天赋一定是藏在那些让你开心让你兴奋的事情里。

如果真找到了自己的天赋，并依天赋自由发展，那我们这一生就能享受更多的快乐——快乐人生不是一句空话。

文学的天地广阔，内容包罗万象，博大精深。人类所有，人类所没有而想象中该有的，文学里面都有。文学体现着生活艺术的真善美，文学的心灵单纯又美丽，且美丽得楚楚动人。人有区别，文学创作不一定适合所有人。所以，最好早点找到自己的天赋，在天赋才能上尽情发挥。莫言说："别人看到的是鞋，自己感受到的是脚，切莫贪图了鞋的华贵，而委屈了自己的脚。"人生不能委屈了自己。人尽其才，才是正道。

文学是人类拥有美好童心的表现。像我这个年纪，对童心尤其有了别样的感觉。现在我见到小孩就感觉特别亲切，就像现在见到你们。那种情景大概应该是"我见青山多妩媚"吧？"料青山见我应如是"——对小孩子，我不敢有这种奢望。但对好的文学，我还是很有向往的。

文学到底是什么？同学们对文学的理解是怎样的呢？是否像说"水果"一样，说不大清楚？或者只能说苹果、雪梨、沃柑、红美人、脐橙、火龙果等具体的"水果"？

一般说，文学是语言文字的艺术。语言是文学吗？文字是文学吗？好像都不是。语言与文字都只是工具。语言文字变成文学，是有一些基本要求的。文学对社会文化要有一定的表现形式，如小说、如散文、如诗歌等，还要体现出审美的特点来。用专业的术语说，就是，当文字不单单用来记录（史书、新闻报道、科学论文等），同时记录的语言文字又被赋予了其他思想和情感，具有艺术之美，才成为文学。

这样看来，文学是好玩的。"好玩可玩"的文学，是可爱的。地球很大，你的心中把地球变成地球仪那么大，放在手边玩转它，是不是就有了别样的味道？

沈从文《边城》中的茶峒很美，风俗人情很美，翠翠很美，翠翠朦胧的爱情很美，用小说的形式表现出来，《边城》就成了很美的文学。文学属于语言文字艺术，与绘画、雕塑、音乐、舞蹈等艺术不同。但真实审美却应该是一致的。譬如中国传统的昆剧表现艺术，也强调那种美。有人说过昆曲的美是说不出来的，不知道好看在哪里，可是当你去看一场，你知道那就是美的。对普通人来说，文学也一样，有些东西是不需要实在的，你能感受得到诗意、美好,就是真实的。文学是真实世界的艺术的反映。

文学作品一般分诗歌、散文、小说、戏剧,其实寓言、童话等也属文学。文学在真实的基础上,要有诗性,要有诗意,要有审美,文学要写人性。文学作品是作家用独特的语言艺术表现其独特的心灵世界的作品。

独特的语言艺术能够表现独特的心灵世界。(此为PPT显示)

文学代表一个民族的艺术和智慧。一个杰出的文学家就是一个民族心灵世界的英雄。英国没有莎士比亚,英国将不足以谈文学、谈绅士之国。莎士比亚为世界创造了独特的精神与审美价值。莎士比亚太伟大,他对世界文学造成的影响太大了,莎士比亚的朋友、著名的戏剧家本·琼斯说莎士比亚:"他不只属于一个时代而属于全世界。"法国如果没有雨果,西班牙如果没有塞万提斯,印度如果没有泰戈尔,俄罗斯如果没有托尔斯泰,那么,他们的国家与民族历史星空将会一下暗淡许多。

我们想象一下,中国如果没有从《诗经》开始的文学,没有《古诗十九首》,没有陶渊明,没有唐诗、宋词、元曲,没有明清小说,像我们熟悉的《三国演义》《西游记》《水浒传》《红楼梦》,我们中国人的生活又将会是一种怎样的寡淡无趣的生活?

文学让我们的现实世界多姿多彩,文学让我们充满美妙的想象。文学是可爱的,文学是可以丰富我们的精神生活的。文学是直击灵魂的。

文学可以直击我们的灵魂,让我们的心灵充满温情。

《易经》:"观乎天文以察时变,观乎人文以化成天下。"文学既是世道人心的最深刻、最具体的表现,也是人类文明最坚韧、最稳定的基石。尤其是文学经典,为我们接近和了解古今世界提供鲜活的画面与情境,成为不同时代、不同民族,乃至个人心性的褒奖对象。文学既是不同时代、不同民族情感和审美的艺术集成,也是大到国家民族、小至家庭个人的价值体认。我们得记着,走进文学,尤其是走进经典文学,永远是了解此时此地、彼时彼地人心民心的最佳途径。

以上算是破题,我们说了题目中的"可爱"与"文学"。下面说"文学是可爱的"。这是一个判断句,有完整的意义。我觉得文学是可爱的,是好玩的,但我没能把文学真正玩起来。把可爱的文学"玩"好,是需要天赋与智慧的,我没有。我希望在座的同学,能把文学"玩"得风生水起、精妙绝伦,为我们人类做出自己的贡献。

下面先宕开一笔,说些不可爱的,算是承题。

清朝乾隆皇帝在位六十年,有六下江南的举动。有一次,他看见运河上船来船往,热闹非凡,就问随从:来来往往这么多船都在忙些什么?聪明的纪晓岚巧妙回答:这运河上船来船往,其实只有两只船:一只为了名、一只为了利。名利,名利,名重要还是利重要?名在利前,看来,名比利重要。我们的古人,似乎一直以来都是很重视"成名成家"的。

"成名成家"是好事还是不好的事,我们不说,我问一下:太史公司马迁有名?还是商圣范蠡有名?因为我们宁海有上金谷,上金谷奉的财神是范蠡,我们就借范蠡来说事儿。

太史公说:"范蠡三迁皆有荣名,名垂后世。"我们民间还称范蠡"忠以为国,智以保身,商以致富,成名天下",并供奉其为财神进行膜拜(上金财神谷就是一例)。司马迁与范蠡都是历史上的大名人,是"求名当求万世名"的大名人。两人比较,我个人更倾向于司马迁。为什么呢？因为除了名声，司马迁的《史记》，更利在千秋。有专家这样说，任何时代的人们，在认识与处理历史与现实的关系上，在对待历史与社会及人生的关系上，都可以从《史记》中得到必要的启示。其实，范蠡"三聚三散"也是有大利的。这大利就是给人们一个正确的人生态度：对钱财不贪不留，对官位不争不恋，对家人不袒不惜，对问题不卑不亢，坦然面对生活。

历史上这样的名人很多，文学星空里，我们肯定也能列出无数个，譬如，屈原、陶渊明、李白、杜甫、白居易、欧阳修、苏东坡等。你心目中的文学明星，哪颗最亮呢？

文学能让人温暖，文学能让人成就美名。好的文学还能成就千秋万世名。古人说："计利当计天下利，求名应求万世名。"这样的智慧，我们可以学习借用到文学上。我们要意识到，"成名成家"是不容易的，成名成家是要付出代价的，要有所牺牲的。首先，你是不是会忍受孤独寂寞，甚至一生的寂寞痛苦？温州人是最会做生意的人，20世纪温州人提倡"四千"精神：历经千辛万苦，说尽千言万语，走遍千山万水，想尽千方百计。题外话，但做事得有点精神是极为重要的，同学们最后不论从事的是哪个行业，哪个职业，都需要精神的力量。

请问同学们：如果让你生前只是个小人物，死后却被膜拜上千年？你愿意吗？请思考请回答。历史上有这样的人吗？有，我们选一个唐朝诗坛的人物来说。

这个人有很多朋友，他的一个朋友叫李白，李白活着的时候，就是名噪天下的大诗人了。另一个朋友，活着的时候，与岑参、王昌龄、王之涣齐名，是著名"边塞诗人"，有"莫愁前路无知己，天下谁人不识君"等名句传世。后来，他当了大官，官至中央的"刑部侍郎"。他名叫高适。而我们说的这个小人物呢？

他生活常年贫苦，安史之乱中还到处逃难，小官也做不得。努力一生，做官只做个小官员。终了呢？仍只是一个小诗人。死的时候，流落在湖湘间，也未曾回归故乡！在那个强调"落叶归根""终老乡土"的时代，没有魂归故里，是多么让人痛心的事情。有一年，这个小诗人与当年在繁华世界里一起相处过的乐师相逢在路途，"相见都是旧相识"，同病相怜，感慨万千："岐王宅里寻常见，崔九堂前几度闻。正是江南好风景，落花时节又逢君"。诗既回顾"几度闻"的生活，又写出"好风景"中的凄凉伤感，令人黯然神伤，且让人神伤千年。

这个人物就是我们中国最伟大的现实主义大诗人杜甫。他被尊称为"诗圣"，诗被称为"诗史"。

诗，真的能让人不朽！诗让人感慨，文学让人感慨。写出不朽诗行的杜甫，真能让我们后人感受到心灵的丰富与温暖。

杜甫让我感慨万千：文学中的诗歌真能成就小人物，使他成为名垂千古的伟大人物，让人膜拜！

杜甫他关切人生，他的内心世界实在是太丰富了，他太能让我们的情绪起起伏伏，情感波涛，激荡再激荡。

让我们重温一下诗人的名诗句吧。我们想，现在又有多少人，能写出杜甫这样炉火纯青的诗句来呢？

读书破万卷，下笔如有神（《奉赠韦左丞丈二十二韵》）；

会当凌绝顶，一览众山小（《望岳》）；

笔落惊风雨，诗成泣鬼神（《寄李十二白二十韵》）；

新松恨不高千尺，恶竹应须斩万竿（《将赴成都草堂途中有作先寄严郑公五首（其四）》）；

尔曹身与名俱灭，不废江河万古流（《戏为六绝句·其二》）；

烽火连三月，家书抵万金（《春望》）；

白日放歌须纵酒，青春作伴好还乡（《闻官军收河南河北》）；

露从今夜白，月是故乡明（《月夜忆舍弟》）；

出师未捷身先死，长使英雄泪满襟（《蜀相》）；

此曲只应天上有，人间能得几回闻（《赠花卿》）；

射人先射马，擒贼先擒王（《前出塞九首·其六》）；

为人性僻耽佳句，语不惊人死不休（《江上值水如海势聊短述》）；

丹青不知老将至，富贵于我如浮云（《丹青引赠曹将军霸》）；

一片花飞减却春，风飘万点正愁人（《曲江二首》）；

安得广厦千万间，大庇天下寒士俱欢颜，风雨不动安如山（《茅屋为秋风所破歌》）。

【注】八股文，是明清科举考试文体，称制义、制艺、时文、八比文、四书文。起讲是八股的哪一股呢？八股有固定格式，依次为：破题、承题、起讲、入题、起股、中股、后股、束股。

文学是可爱的。可爱的文学对我们的人生会起什么作用？以上算是八股中的"起讲"吧。

董卿主持《中国诗词大会》，引起了很大的社会反响，唤起了诗歌热、传统文化热。我们中华诗词之乡的宁海，也举行了三届诗词大赛，三届我都参与命题与评委工作。对于《中国诗词大会》中的选手武亦姝,我们怎么看?武亦姝人有书香美,有才华却很低调,武亦姝未来可期。

诗词大会给我们的启发很多。有这样一段很热门的话,大家肯定记得。

面对美景时,文学贫乏的人只会说"哇,真美",被文学浸润滋养过的人,会感叹"落霞与孤鹜齐飞,秋水共长天一色";遇见感情纠葛呢?缺少文学素养的人,只会说"蓝瘦香菇"(难受想哭),而有文学素养的人,会感叹"人生若只如初见,何事秋风悲画扇。等闲变却故人心,却道故人心易变"。当我们要去表达我们个人志向时,我们可以说"先天下之忧而忧,后天下之乐而乐",而不再是满脑子只知道升官发财,这就有境界的巨大区分!优美文学承载着的优秀中华传统文化应该内化为我们每一个中国人人文精神和气质修养的一部分,成为我们每个中国人的基因。文学对人生意义太大了。

下面关于"文学与人生关系"的说法,我们会认同吗?(此为PPT显示)

文学所表现的人生内容对应着我们的心灵世界,我们的情感世界,与我们的实际生活息息相关,促使着我们每一个人都能够在文学构筑的审美世界里,寻找我们自己的人生之梦,人生之理想。文学的审美艺术,为人生增添了美的光彩。

文学虽不为人生提供答案,但为人生提供启悟,也就是说,文学可以启悟人生:文学能扩大经验世界,扩大心灵世界;文学作品描写人的生存状态,可以帮助我们了解多种多样的人生,从而使我们间接获得不同人生的不同体验和感受,也因此扩大了我们生活的范围,人生的范围,延展我们的生命。

文学永远是理想，我们需要文学，我们离不开文学。

这说得有点专业与高大上，我们说点"知乎"里接地气的话。

"知乎"中有一个人很有趣，他用"啊"来抒情表达，有调侃味道。他让我想到了"镜子"。

啊，原来，我并不孤独啊，和我有着一样想法一样痛苦的人很多啊（得到安慰）；

啊，原来还有人用这样的方式去生活啊，原来生活可以这么有趣啊，原来还可以这样去思考啊（得到启发）；

啊，原来有人那么坚强，有人需要那么那么努力才可以获得我或许认为理所当然的东西啊（人生得坚强，得满足）；

啊，原来我是这样地浪费时间，以至于让生活那么平庸了啊（促进反思）；

啊，原来我可以看完一本书啊，我是多么有耐心啊。啊，原来真的是需要一个精神世界的啊（领悟自己的耐心，明白人需要精神世界）。

……

再举个例子。

茨威格出身富裕犹太家庭，青年时代在维也纳和柏林主修哲学和文学，日后周游世界，结交罗曼·罗兰和弗洛伊德等人并深受影响。茨威格会创作诗、小说、戏剧、文论、传记，以传记和小说成就最为著称。

茨威格的作品，尤其是他的小说创作，主要以"情感、激情"为主题，通过描写人物的内心世界，而展现出的各种复杂丰富的感情活动和心理状态，恰与中国读者的审美期待视界相融通。读者在茨威格的作品里"发现了一个陌生而吸引人的情感世界",并为此与它们产生了"共鸣"。

文学如同一面镜子,可以照出我们的心灵与情感世界里的贫乏与否。文学还有更大的作用。文学的更大作用,请看。

文学,使看不见的东西被看见!(此为PPT显示)

文学,可以让我们具有看世界看人性的第三只眼。这太有趣了。是的,文学在不时地提醒我们:"除了岸上的白杨树外,有另外一个世界可能更真实存在,那就是湖水里头那白杨树的倒影。"这虚虚实实的文学世界太美妙太可爱了。那么文学是怎样对我们发生影响的呢?请填空。

文学对人的影响是_____(四字成语)的,如春雨般慢慢浸润人的心灵。(此为PPT显示)

我1993年那届学生,在一个暑假时间里,有十几位同学在一起,共读了我极力推荐的,被称为农村孩子圣经的书——路遥创作的《平凡的世界》,这些同学的情感深受影响,他们从书中强烈地感受到了生活的美好。他们学习孙少平的奋发精神和善良美好的心性。他们深受书中人物的影响,他们的表现非常积极。那一年暑假,因为《平凡的世界》,我们的心灵感觉特别清澈,记忆特别的温馨与美好。就像我少年时看《红岩》,后来电影中的《红梅赞》就深入我心一样,让我一生钟情梅花。我最早发表在《文学报》上的文章,就是写跟梅花有关的故事。

我那一届学生中有一位女同学,她从小爱好文学,高中读书的时候,就是学校文学社社员。她写在练笔本上的《神游》,我感觉写得妙极了,就把它推荐到《中学语文报》上发表。作品发表,她极为开心。大学毕业后,她闯荡深圳,北上京城,开拓自己的事业,她现在在北京发展。前几年,她特意约同学来看我。她让我把她当女儿,她给我寄只有女儿才会那么细心想到的东西,还邀请我们一家人去丽江旅游,要我住她在那儿买下的休闲屋感受祖国大西南风情。文学让她温暖地待人接物,文学也让她的事业发展、生活充满阳光。

说到这里,我们算入题了,进入讲座的第二部分。怎么把文学"玩"出可爱来呢?请听木心怎么说的。

文学是人学。至少,每天要看书。文学,除了读,最好是写作。日记、笔记、通信,都是练习。但总不如写诗写文章好。各位都有爱有恨,苦于用不上,不会用。请靠文学吧。文学背后,有两个基因:爱和恨。文学会帮助你爱,帮助你恨,直到你成为一个文学家。(此为PPT显示)

我们从三方面来具体谈:一激活心智;二挥洒技巧;三放飞灵性。中间我们会结合名家名篇或优秀作文的写作来谈。其实,木心的话,把我们要讲的三方面的内容集中归结在里面了。这三方面内容,算是八股文中的起股、中股与后股。木心的意思非常清楚,就是要人们靠文学,要坚持读与写,因为这里面有爱与恨的基因。基因是什么?基因是遗传变异的主要物质,支配着生命的基本构造和性能。基因储存着生命孕育、生长、凋亡过程的全部信息。一切生命现象都与基因有关。文学背后有基因。记住木心的话:"文学会帮助你爱,帮助你恨,直到你成为一个文学家。"下面,我们只是分解说明而已。

一、激活心智:做时时激活自己心智的人

专业术语说:心智是人们的心理与智能的表现,对人的生存与发展起到重要影响。马克·吐温用平实的话说:"我这一生不曾工作过,我的幽默和伟大的著作都来自求助潜意识心智无穷尽的宝藏。"中国著名作家阿城,当年写成《棋王》,轰动一时。现在他就特别强调作家的"知识结构"。

阿城说:重要的是要改变你的知识结构。

作为学生,现在正是建构自己知识结构的时候。我建议:把该读的"书",一门门读好,打好坚实的基础。因为每一门课,对我们的成长都是至关重要的。成长有很多种方式,最好方式是既"仰望星空",又"脚踏实地"。现在所学的课程将来会给我们以后的人生包括文学创作带来巨大的影响。譬如,被我们视为"副科"的美术课程中的绘画欣赏,有人欣赏宋画得到这样的认识:"他们视界之清新,了解之深厚,是后世无可比拟的。"这种认识,不说宋代绘画的画作内容,单"无可比拟"的"清新""深厚",就能给我们文学创作以很大启发与影响。

仰望文学的灿烂星空,又脚踏实地地学好每一门功课。这是我们当前要处理好的最重要的事情。同时,我希望同学们始终以开放的心胸,接纳一切有益的知识。你现在的努力,将来必有丰厚的回报。(宁海中学毕业的浦子集中阅读87本世界名著,现在出版自己小说散文报告文学20多本。)尤其是追求文学的,在阅读与写作过程中激活心智太重要了。孔子说诗的作用与意义,说得太好了。我们可以记取。"小子何莫学夫诗?诗可以兴,可以观,可以群,可以怨。迩之事父,远之事君,多识于鸟兽草木之名。"

文学是人学,鲁迅说,从水管里流出来的是水,从血管里流出来的是血。文如其人。人起来了,心智健全了,该起来的文学,也会跟着起来。我说:

文学可爱，可爱在人。这人是心灵与情感都丰富的人。（此为 PPT 显示）

怎样激活我们的心智，让我们有文学的思维与想象呢？我们说几件小事。

第一件：你说谁愚蠢。一天夜里，一位父亲带着3岁的儿子到外边散步，儿子忽然指着天空中的明月问："那是灯吗？"如果你是孩子的父亲，你怎么回答？

那位父亲这样机械地回答："那不是灯，是月亮。"但儿子还是坚称月亮就是灯。那位父亲开始觉得儿子很愚蠢，但仔细一想又觉得儿子没说错，因为月亮确实有照明的功能。而在中文当中，"明"字就是日、月相加！"我的脚在踢我的心。"你怎么理解呢？我说，请珍惜这宝贵的"愚蠢"，保持增强文学的思维灵活性。

第二件：黑板上的粉笔点。有位美国学者讲过这样一件事：某位先生到了某幼儿园，他在黑板上点了一个粉笔点，然后询问坐在下面的几乎"目不识丁"的孩子们："这是什么？"孩子们像被点燃了一般，七嘴八舌回答开了——"猫头鹰的眼睛""香烟头""电线杆子的顶端""星星""小石头""南瓜里的虫"等，一口气涌出五十多个答案，彰显出灵动的想象力与美妙的原创力。而后，这位先生带着他的粉笔点又走进高中二年级的教室，也向坐在下面的高中生们——自然是颇有一点儿墨水的准知识阶层询问："这是什么？"在很整齐的几秒钟沉默之后，高中生们异口同声地回答："那是黑板上的一个粉笔点。"——一个可悲的正确答案。

上面两件小事，让我们思量：保持天性、灵性，聚合思维与发散思维的统一与灵活运用。孩子们入学时像个"问号",毕业时却像个"句号"。这是不应该的。我说:文学是可爱的,可爱的文学需要我们始终保持在"问号"状态——好奇。

还是这个粉笔点,我们换个角度展开想象,是否就拓开了思路,就成就了一篇文章了呢?你的高考作文有这样的开阔思路,写出的文章怎会不新颖,怎会不闪亮阅卷老师的眼睛呢?

语文:一个小数点都不可以忽略;数学:点动成线段,线段连成边,边围成立体图形;地理:点连成划分线,划分线分出了东西半球;生物:万物生机,始于一点,点构成万物生灵;物理:点是刻度尺上的一部分,点可以撑起宇宙的一个支点,点圆珠笔上的笔尖……音乐:点构成优美乐章一个个跳动的音符;人生:是我们人生价值的一点点爱心……

墙上有个斑点呢?有人写出了世界级名篇,题目就很直接地叫《墙上的斑点》!这人是弗吉尼亚·伍尔夫。这篇小说是意识流小说的代表之作。这就是文学,凭想象创造出了一个全新的世界,揭示人性。你说文学可不可爱?你说保持问号状态激活心智重不重要?

二、挥洒技巧:鼓动表达的自由

徐则臣说:训练一定要有,哪怕你是个天才。

徐则臣被认为是中国"70后作家的光荣"(《大家》),其作品被认为"标示出了一个人在青年时代可能达到的灵魂眼界"。小说、诗歌、剧本,各有各的表达技巧。我以散文为例。

散文的鲜明标志,不是"形散神不散",而是"把情感化为意象,化为直观的画面、场景、人物、细节,化为可感的氛围、过程"。

怎么提升做到这种"化为"呢？个性提升化为的具体方式可谓千人千法。阅读中的思考揣摩，写作中的反思提高，却是共同共通的。应试写作，我建议听语文老师的。我这里说一种别样的训练方法。

请用一个短语概括下面一段话。

我读一首中国诗，写于一千年前。作者谈到整夜下雨，雨点敲击他的船的竹篷，以及他内心终于获得的平静。现在又是十一月，一个有浓雾的铅灰色黄昏，这仅仅是巧合吗？另一个人正活着，这仅仅是偶然吗？诗人们都十分重视获奖和成功，但是一个秋天接着一个秋天把叶子从那些骄傲的树上撕走，如果有什么剩下来也只是他们诗中的雨声的低语，不悲不喜。唯有纯粹是看不见的，而黄昏趁着光和影把我们遗忘一会儿的时候，赶忙把神秘的事物移来移去。（此为PPT显示）

把这一段话变成题为《中国诗》的诗。请有朗读天赋的一位同学朗读这首诗。

中国诗

我读一首中国诗，

写于一千年前。

作者谈到整夜

下雨，雨点敲击

他的船的竹篷，

以及他内心终于

获得的平静。

现在又是十一月，一个

有浓雾的铅灰色黄昏，

这仅仅是巧合吗?
另一个人正活着,
这仅仅是偶然吗?
诗人们都十分重视
获奖和成功,
但是一个秋天接着一个秋天
把叶子从那些骄傲的树上撕走,
如果有什么剩下来
也只是他们诗中的雨声的
低语,
不悲不喜。
唯有纯粹是看不见的,
而黄昏趁着光和影
把我们遗忘一会儿的时候
赶忙把神秘的事物移来移去。(黄灿然 译)

扎加耶夫斯基:无限接近诺贝尔文学奖的诗人,把"真实"作为诗歌的最高准则。据波兰媒体援引出版方的消息,波兰诗人亚当·扎加耶夫斯基于当地时间2021年3月21日"世界诗歌日"这天,在波兰克拉科夫逝世,享年75岁。

理解吗?无限接近诺贝尔文学奖的诗人作品。这首《中国诗》中,诗人读到一首中国诗——很可能是南宋词人蒋捷的"壮年听雨客舟中"。(《虞美人·听雨》原词:少年听雨歌楼上。红烛昏罗帐。壮年听雨客舟中。江阔云低、断雁叫西风。而今听雨僧庐下。鬓已星星也。悲欢离合总无情。一任阶前、点滴到天明。)"雨声"让那个诗人"终于获得平静",这启动了作者对人生的"诗之思"。一个千年前的人坐在中国的船上听雨,和一个千年后的人在波兰听雨,真的有区别吗?("仅仅是巧合吗?")是的,一切皆有区别,但有区别的一切终将消逝,只有那无区别的"雨声"留下来了。"一个秋天接着一个秋天/把叶子从那些骄傲的树上撕走",诗人所崇拜的"获奖和成功"毫无意义,诗对诗人的意义只在于一种叫"诗"的动作——倾听与注视(一场夜雨)。"如果有什么剩下来/也只是他们诗中的雨声的/低语,不悲不喜"。这时候,你才能获得最终的和平,世界才向你展示其永恒与神秘,亘古如斯的美。从这里,我们能获得怎样的感悟:人生重要的是获得思维深度,那种深层的思维带来的快乐,无可比拟!

三、放飞灵性:走出去,拥抱自然

我喜欢大自然。我感觉大自然里蕴藏着宇宙万物的一切妙理。中国最伟大的号为群经之首的《易经》,就是古代先人们在仰观、俯察宇宙万物之中获得的伟大经典。

人是万物的精灵,人是世界的主宰,人是万物的尺度。人的灵性放飞,我以为在自然中最易获得。所以,我们中国古代一直强调"天人合一",以自然为本,拥抱自然;强调放飞灵性,最好的方法是走向自然,拥抱自然,天人合一,妙悟人性。这个理,我们高中同学都懂得,不仅懂得,还写成了文章,获得高考作文的高分。我敬佩我们的同学。请听并思考:这篇作文的体裁是什么?

拥抱自然。"秀才不出门,尽知天下事。"现代社会,人们打开电视,便可知明日天气;轻点鼠标,便一览生物种类。但朋友,可不可以暂时放下手中的手机,张开双臂,拥抱自然呢?

"每一个人都不是一座孤岛。"约翰·唐尼在《沉思》中写道。人类从远古的人猿走来，依自然而生，傍自然而活。可以说，我们便是大自然哺育的儿女，大自然精妙的艺术品。而工业革命以来，科技在人类与自然之间筑起了一道墙，人与自然似乎很"远"，但其实不过一步之遥。

古人很早就开始拥抱自然，为现代人做出表率。王维"行到水穷处，坐看云起时"的悠闲令人赞叹；苏子"一蓑烟雨任平生"的豁达令人欣赏。即使是在现代，也有千万"驴友"身体力行，感受祖国的大好河山；村上春树通过日复一日的长跑从大自然中汲取写作的灵感。穿上跑鞋，不必带有过多顾虑，便可以跑步去拥抱自然；戴上耳机，不必在意世俗纷争，自己便是自己世界里的神。只要我们有亲近自然的心，那么张开双臂，拥抱自然，对于我们真的不是一件难事。

拥抱自然，为的是收获一份恬淡，感受一份幸福。看天光云影，测阴晴雨雪，也不必在乎难逾目力所及，因为目力所及之处，即为风光最美之地。登高远眺，一览众山小的豪情，即为一种"小确幸"。这种小小的确定的幸福，又哪能是独坐家中所能感到的呢？

顾城有诗："草在结它的种子/风在摇草/我们静静地站着/不说话/便十分美好。"其实我们拥抱自然，又何必知道花鸟之名呢？细听鸟鸣婉转，静闻花朵香气，这一切，不就已经很美好了吗？草长莺飞，云卷云舒，大自然自有其美妙之处；枝叶枯荣，四季更替，大自然自有其生长规律。只要有发现美的眼睛，生活何处不美？自然何时不美？

诚然，自然虽美，但我们也要珍惜爱护，切勿让伸手可及的美变得可望而不可即。去年的"APEC 蓝"也让我们看到政府治理环境的决心。我相信，我们拥抱的，一定是一个纯净无瑕的自然。

"天人合一"一直是儒家提倡的境界。朋友，请暂时关掉电视，请慢下点击鼠标的速度。张开双臂，拥抱自然吧。

这篇体裁是什么？回答：议论文。我们看出，这篇议论文确有散文的意趣。文章以散句为主，间以大量的骈偶句，既流利畅达，又简洁典雅，确不失为考场佳作。

最后是束股。

说一个故事。白龙马随唐僧西天取经归来。白龙马想念家乡，找驴、羊、牛等儿时伙伴玩。白龙马看到驴子每日拉磨，便对它说："我去取经时，我走一步，你也走一步，只不过我将十万八千里山河走了个来回，而你在磨坊的小圈圈原地踏步了无数遍。"

我们能从上面的白龙马身上获得什么启发呢？走出去，将生命从中心圆点伸出的线段无限延长。从为了自己的生活开始，延展到为了家人、为了国家乃至为了所有人而生活。我以为这是最好的人生。中国的儒家就是这样为我们设计人生的："修身、齐家、治国、平天下"。线越长，路越远，走出去遇见的未知的世界就越大，这未知的大世界，就能更好地促进我们的灵性思考，让我们思维灵动地去触摸探索更加广阔的天地。

认同否？上面的说法。认同否？下面的说法。

文学是人学。如果撇开了"人"，文学何以安身立命？这是文学可爱的另一方面：重点是写人、表现人，表现人性。

我们要把人写好，先学会做人，再学会写人。(此为 PPT 显示)

真正的写作者不愁没有东西可写，大千世界，无奇不有，丰富多彩的生活有写不完的创作资源，生活土壤里有开采不完的文学金矿石！文学能表现现实世界的一切！这是文学可爱且充满魅力的所在。宁海的浦子、张忌写宁海的乡土，作品不断，如浦子《龙窑》三部曲、张忌《出家》《南货店》等。

人对了，世界就对了，文学就对了。最后，我要感谢木心，我用木心的话，来表达对那些追求"文学是可爱的"人们的一份敬意。

致敬（此为PPT动画显示，巨大字体冲击而来）

一件事，有人嘲笑，有人赞赏，那就像一回事了，否则太冷清——只要有人在研究一件事，我都赞成，哪怕研究打麻将——假如连续五年研究一个题目，不谋名，不谋利，而且不是傻子，一定是值得尊重的，钦佩的。——木心（此为PPT显示）

文学是可爱的，不要讲文学是崇高伟大的。（此为PPT显示）

理解木心为什么要说："不要讲文学是崇高伟大的"的深意了吗？因为文学是可爱的！

我们的责任是将中国道德文化从根救起，把西方科学文明迎头赶上。（此为PPT显示）

如果是这样，文学就是崇高伟大的。

文学浸润过的心灵应有的责任感是什么？（此为PPT显示）

有人说：中华民族的儿女在这个大时代，应该肩负起拯救世界的责任。人生短短几十年，不能白来世界一遭，应该"留取丹心照汗青"，要对家族、对社会国家民族以至世界有所贡献，这样的人生才充实，才有意义。

你的态度呢？

苏轼：创造的天才，不朽的精灵

中国文学史知名度最高的作家，旷世无双全能作家，才华横溢，罕有其匹，诗词、文赋、书法、绘画等各领域均独步一时，成就皆可称一流；人品高尚，刚正不阿、坚忍不拔；为官勤政，爱民思想贯穿一生，是一位成就了800多年读书人学习榜样的典范式的伟大人物。

这就是我们今天要讲的，写有让关西大汉拿着铁板铜琶弹奏、高唱："大江东去，浪淘尽千古风流人物"的创造天才——苏轼！

苏轼（1037年1月8日—1101年8月24日），字子瞻，号东坡居士，世称苏东坡、苏仙、坡仙，汉族，眉州眉山（今四川省眉山市）人；北宋文学家、书法家、美食家、画家、治水名人，苏洵的儿子。

苏轼在晚年写有一首《自题金山画像》六言诗概括，道尽了一生坎坷：心似已灰之木，身如不系之舟。问汝平生功业，黄州惠州儋州。

著名教授朱靖华研究苏轼四十多年，说苏轼虽死犹生，"吾生无恶，死不必坠，慎无哭泣以怛化。"他的死就犹如睡去一般安详。说苏轼以伟大的人格和无比伟大的创造力始终与今人对话。我要说的话是,苏轼是创造的天才,不朽的精灵,苏轼他留给我们心灵的喜悦是万古常新的。

一、苏轼的天才创作

"韩潮苏海",苏轼在中国文学史上流传下来的文学遗产,是极其丰富的。苏轼是北宋中期文坛领袖,在诗、词、文、书、画等方面都取得很高成就。

诗,题材广阔,3900余首。他的诗作清新豪健,善用夸张比喻,独具风格,与黄庭坚并称"苏黄";词,398首,开豪放一派,与辛弃疾同是豪放派代表,并称"苏辛";散文,著述宏富,有4000余篇,文笔纵横恣肆,豪放自如,与欧阳修并称"欧苏",与韩愈、柳宗元、欧阳修、苏洵、苏辙、王安石、曾巩并称"唐宋八大家";苏轼善书法,擅行楷,与黄庭坚、米芾、蔡襄并称"宋四家";苏轼擅长文人画,尤擅墨竹、怪石、枯木。后人称其诗、词、文、书、画"五绝",作品有《东坡七集》《东坡易传》《东坡乐府》《潇湘竹石图》《枯木怪石图》等。真是千古一人。苏轼是卓越无匹、旷世无双的文学奇才。《宋史》本传评苏轼"浑涵光芒,雄视百代"。

换个角度再看。宋代有三大诗人:苏轼、李清照、辛弃疾,苏轼排第一。宋代有三大震烁古今词、诗、文、赋兼备的大家:欧阳修、王安石、苏轼,欧阳修以震起一代文风成文坛领袖,王安石以事功(政治改革)成就"中国十一世纪的改革家",苏轼则以独树一帜的巨大文学创作与成就,成就中国文学的一座高峰。

当时还有这样一个传说:北宋嘉祐二年(1057年),苏轼在全国选拔进士时，以《刑赏忠厚之至论》获得欧阳修等主考官的高度赞赏。欧阳修见卷子独占鳌头，便想评为第一，点为状元，又怕卷子是自己的得意门生曾巩所作，如评为第一，点为状元，有瓜田李下之嫌，就判为第二名。等开了卷，才知是苏轼的试卷，非常后悔。在礼部举行的口试复试中，苏轼以《春秋对义》获得第一名。后来欧阳修在读苏东坡的感谢信时对老友梅尧臣说："捧读苏轼的信，我全身喜极汗流，快活快活！此人是当今奇才，我应当回避，放他出人头地。请人家记住我的话，三十年后没有人会再说起我来的！"当时欧阳修名满天下，天下士子进退之权全操在欧阳修一人之手，欧阳修这一句话，苏轼之名顷刻传遍全国。现在比喻超出一般人、高人一等意思的成语"出人头地"就是从这里出来的。

国学大师王国维在《文学小言》中说："三代以下诗人，无过屈子、渊明、子美、子瞻者。此四子者，若无文学之天才，其人格亦自足千古。"由此可见，苏轼的文学与人品。

下面我们具体从诗、词、赋、寓言、对联、书法、绘画等来说说苏轼的天才创作，去亲近这位创作的天才。

什么是"天才"？天才包括了"天赋的才能；天然的资质；卓绝的创造力、影响力"。苏轼具备了这样的条件。有人说，除了我们将要说到的，苏轼在军事学、医药学、建筑学、水利学、语言学、音乐学、禅学等都有极深的造诣。我们以后可以继续去关注并深入研究。如苏轼为官时不仅能为百姓治病，还有药书《苏沈良方》传世（《苏沈良方》是后人把苏轼与沈括二人的药学著述合编而成，又有名为《苏沈内翰良方》，现有四库本）。

1. 苏轼的诗

苏轼的诗,既继承,又创造,并为宋诗发展开辟新的道路。

苏轼诗笔涉及万物,着笔皆呈诗情画意。清代诗论家叶燮在《原诗》中评其"开辟"之功说:"苏轼之诗,其境界皆开辟古今之所未有,天地万物,嬉笑怒骂,无不鼓舞于笔端。"

如《饮湖上,初晴后雨(其二)》。

水光潋滟晴方好,山色空蒙雨亦奇。

欲把西湖比西子,淡妆浓抹总相宜。

苏轼的诗,别开生面,成一代大观。赵翼《瓯北诗话》称:"以文为诗,自昌黎始,至东坡益大放厥词,别开生面,成一代之大观。""尤其不可及者,天生健笔一枝,爽如哀梨,快为并剪,有必达之隐,无难显之情,此所以继李、杜后为一大家也。"

苏轼确立了以议论为诗新体制,从而超越盛唐,形成另一高峰。他的议论诗,晶莹雄奇,内容横富,旷达犀利,与唐诗的意象比兴,情景交融,色彩绚丽,含蓄蕴藉,形象鲜明的形象美形成高峰对峙。

我们看他的《琴诗》。

若言琴上有琴声,放在匣中何不鸣。

若言声在指头上,何不于君指上听。

揭示了"天下事物的完成都有赖于主、客观的紧密配合"这样一个深刻的哲理。

苏轼诗运用形式亦多彩多姿,如他的题画诗。题画诗,是指画家或鉴赏者根据绘画的内容所感而创作的诗,也即赏画者对绘画题材、内容、思想的评定,是对作品格调的艺术总结。或即兴,或酝酿,或自题,或他题,或题画内,或题画外。

2. 苏轼的词

南宋刘辰翁《辛稼轩词序》中说:"词至东坡,倾荡磊落,如诗,如文,如天地奇观。"内容与艺术上都表现出开辟新境新法之功。

看《念奴娇·赤壁怀古》。

大江东去,浪淘尽、千古风流人物。故垒西边,人道是,三国周郎赤壁。乱石穿空,惊涛拍岸,卷起千堆雪。江山如画,一时多少豪杰。

遥想公瑾当年,小乔初嫁了,雄姿英发。羽扇纶巾谈笑间,樯橹灰飞烟灭。故国神游,多情应笑我,早生华发。人生如梦,一樽还酹江月。

我曾在杭州苏堤南端的"苏东坡纪念馆"聆听乔榛的朗诵。这首被誉为"千古绝唱"的词,被乔榛朗诵着,我听着那"大江东去"的壮阔气势,"天地奇观"顿时跃入脑海之中。《念奴娇·赤壁怀古》格调雄浑,气势磅礴,真真撼人心魄,确实为宋词开创出了全新的境界。

再看《水调歌头》。

明月几时有,把酒问青天。不知天上宫阙,今夕是何年。我欲乘风归去。又恐琼楼玉宇,高处不胜寒,起舞弄清影,何似在人间。

转朱阁,低绮户,照无眠。不应有恨,何事长向别时圆。人有悲欢离合,月有阴晴圆缺,此事古难全。但愿人长久,千里共婵娟。

胡仔《溪渔隐丛话》中说:"中秋词自东坡《水调歌头》一出,余词尽废。"全词写得酣畅淋漓,摇曳多姿,结句:"但愿人长久,千里共婵娟。"这不仅是苏轼在苦恼人生中的真诚愿望,也是千百年来人们向往幸福的共同心声。

在苏轼之前,词的主要内容还只是娱宾遣兴、打发闲愁。但现在,我们知道,苏轼对词境的开拓已是常识了。这里,我们再从苏轼"茶词"创作的视角,给大家加深一些印象。

纵观现存87首宋代"茶词",苏轼不仅是茶词的早期创作者,他的茶词创作,又鲜明具体地展现或者说代表了对词创作的开拓之功。这里我们列出现存苏轼5阕茶词供大家今后的研究。这五首茶词的词牌、词题及创作时间如下:

《望江南·超然台作》(春未老),作于熙宁九年(1076年);

《浣溪沙·徐门石潭谢雨道上作》(簌簌衣巾落枣花),作于元丰元年(1078年);

《西江月·茶词》(龙焙今年绝品),作于元丰五年(1082年);

《浣溪沙·元丰七年十二月二四日从泗州刘倩叔游南山》(细雨斜风作晓寒),作于元丰七年(1084年);

《行香子·茶词》(绮席才终),作于元祐四年(1089年)。

这五首词分别描写在风景区(超然台)、农村、家庭后房、野外、豪华宴会上的饮茶的闲适优雅。苏轼传诵至今的咏茶名句"人间有味是清欢",出自其中的第二首《浣溪沙》中。我们呈现这首词并作简单阐释。

元丰七年十二月二十四日,从泗州刘倩叔游南山。

细雨斜风作晓寒。淡烟疏柳媚晴滩。入淮清洛渐漫漫。

雪沫乳花浮午盏,蓼茸蒿笋试春盘。人间有味是清欢。

词上片写所见自然美景,下片写野外茶会的清欢。景美、茶美、春盘的果蔬美,天人合一,茶与境和,人人亲善,俭朴而清新,欢乐而又清淡,人间最有趣味的是什么,就是这样的清欢啊。

3. 苏轼的散文

南宋陈善《扪虱新话》卷五:"唐文章三变,本朝文章亦三变矣。荆公以经术,东坡以议论,程氏以性理,三者要各立门户,不相蹈袭。"苏轼的散文成一代之风,汪洋恣肆、纵横博辩、随物赋形、自然天成、极富哲理性。"出新意于法度之中,寄妙理于豪放之外。"苏轼在《文说》中说道:"吾文如万斛泉源,不择地皆可出,在平地滔滔汩汩,虽一日千里无难,及其与山石曲折,随物赋形,而不可知者,常行于所当行,常止于不可止,如是而已。"

有谚语称:"苏文生,吃菜根;苏文熟,吃羊肉。"写作备考突破,可多借鉴苏轼散文创作。我们来看看苏轼的散文创作有哪些类型。

谈史议政的:如《进策》《思治论》《留侯论》等,见解新颖,不落窠臼,雄辩滔滔,笔势纵横,善于腾挪变化,有《孟子》《战国策》风格。

记叙体散文:常常熔议论、描写和抒情于一炉。在文体上,不拘常格,勇于创新;在风格上,因物赋形,汪洋恣肆。

记人物的碑传文:如《潮州韩文公庙碑》,记楼台亭榭的散文,如《喜雨亭记》。写景的游记,以捕捉景物特色和寄寓理趣见长,如《石钟山记》,即地兴感,借景寓理,达到诗情画意和理趣的和谐统一。

书札尺牍:如《上梅直讲书》《与李公择书》等,随笔挥洒,不假雕饰,使人洞见肺腑,最能显现出作者坦率、开朗、风趣的个性。

随笔、杂感、琐记：写人，记事，言简而明，信笔挥洒，颇饶情致，随手拈来，即有意境和性情。

4. 苏轼的赋

骈散融汇，是骈散融汇的开拓者，是变赋的创始人。《赤壁赋》写清风朗月、江天澄净的秋天，《后赤壁赋》写山高月小、水落石出的冬景。两赋异曲同工都达到了诗情画境和理趣的统一，成为宋代文赋的典范作品。理趣："盖将自其变者而观之则天地曾不能以一瞬。"画境（写景）：《赤壁赋》是"清风徐来，水波不兴"；《后赤壁赋》有"江流有声，断岸千尺，山高月小，水落石出"。

5. 苏轼的寓言

苏轼继承了寓言机锋暗藏、泼辣豪爽、雄辩恣肆的格调。他的寓言，幽默诙谐，机警犀利、有短有长、有穿有插、腾挪多姿。如《日喻》《瓮算》《海屋添筹》《傍人门户》《措大吃饭》等。"生而眇者不识日，问之有目者。或告之曰：'日之状如铜。'扣槃而得其声。他日闻钟，以为日也。或告之曰：'日之光如烛。'扪烛而得其形。他日揣籥，以为日也。"成语"扣槃扪烛"即出自此寓言。任何不经过亲身实践，仅靠以耳代目、以触感形的间接方法去认识某一种事物的行径，都是达不到目的的。就如这个盲人，他没有眼睛看不到太阳实体，对太阳没有直接体验。认识片面，不得要领。苏轼还是寓言集大成者，有寓言集《艾子杂说》，这是中国第一部寓言集。

6. 苏轼的对联

下面讲四个苏轼的对联故事。

（1）识遍天下字，读尽人间书。苏轼自幼聪慧过人，读书过目能诵。早在少年时代，就博览群书，经纶满腹，因此也有些骄傲自负。一天，他竟在书房门口贴出了这副对联。

（2）三光日月星，四诗风雅颂。据岳珂《桯史》载，宋嘉祐年间，辽使抵汴京，朝廷派苏轼前往驿馆接待。宾主叙谈之暇，辽使久闻苏轼是著名才子，想当面探个虚实，便以"讨教"为由，出了"三光日月星"难联求对。因为这联只有五个字，刚好说明了"三光"就是"日、月、星"三物。按对联规则，下联不能再用"三"对。若用其他数词，如"四季""八德"等，那五字联又说不完全。辽使以为这下可以难倒苏轼，并称若能一对，便甘拜下风。此句典出班固《白虎通·封公侯》："天有三光日月星"。苏轼知其有轻蔑之意，不假思索，便一连对上四联。首先以刘放旧句"四书风雅颂"巧妙作答，结构相同，对仗工整，辽使为之惊奇。另三联：一阵风雷雨。两朝兄弟邦。四德元亨利。

（3）朔雪飞空，农夫齐歌普天乐；晚霞映水，渔人多唱满江红。苏轼和黄庭坚乘舟出游，至晚方归。时值晚霞映水，煞是壮观。黄庭坚诗兴涌动，出口吟出了下联。苏轼正沉迷于景色之中，被黄庭坚的联句引发，略为踌躇，随后续出了上联。联中"普天乐"和"满江红"既切彼时彼地的情景，又是"词牌"名。二人吟罢，都不约而同拊掌大笑。

（4）雪里白梅，雪映白梅梅映雪；风中绿竹，风翻绿竹竹翻风。传说一年冬天，苏轼偕秦少游到郊外赏雪寻梅。一路踏雪前行，不久行至梅竹村。只见那茫茫雪海之中，缀映着点点红梅、白梅；那片片竹林之上，白雪罩着绿竹，一阵风吹来，雪落竹现，沙沙有声。秦少游来到一棵白梅树前，高声吟出了上联。苏轼一听，随手摇着一竿竹子对出了下联。秦少游喜悦地拍着马鞍赞道："好一个'翻'字，把风声竹影写活了。"

7. 苏轼的书法

苏轼书法，追求"我书意造本无法"，独辟蹊径、自成一家。笔法肉丰骨劲，跌宕自然，给人以"大海风涛之气""古槎怪石之形"的艺术美感。作品价值连城。

地位：中国书法四大家有颜、柳、欧、苏。苏轼为"宋四家"之首（另三家为黄庭坚、米芾、蔡襄）。

评价：黄庭坚《山谷集》，"其书姿媚……至酒酣放浪，意忘工拙，字特瘦劲……至于笔圆而韵胜，挟以文章妙天下，忠义贯日月之气，本朝善书，自当推（苏）为第一"。明董其昌盛赞"全用正锋，是坡公之兰亭也"。

代表作：《天际乌云帖》（又称《嵩阳帖》）《洞庭春色赋》《中山松醪赋》《寒食帖》《归去来兮辞》等。

《寒食帖》诗书欣赏。彰显动势，洋溢着起伏的情绪。诗写得苍凉惆怅，书法通篇起伏跌宕，迅疾而稳健，痛快淋漓，一气呵成。苏轼将诗句心境情感的变化，寓于点画线条的变化中，或正锋，或侧锋，转换多变，顺手断联，浑然天成。其结字亦奇，或大或小，或疏或密，有轻有重，有宽有窄，参差错落，恣肆奇崛，变化万千。黄庭坚为之感叹："东坡此诗似李太白，犹恐太白有未到处。此书兼颜鲁公、杨少师、李西台笔意，试使东坡复为之，未必及此。"（《黄州寒食诗跋》）董其昌跋语中赞为"甲观"："余生平见东坡先生真迹不下三十余卷，必以此为甲观。"《寒食帖》在书法史上影响很大，元朝鲜于枢把它称为继王羲之《兰亭序》、颜真卿《祭侄稿》之后的

"天下第三行书"。

《洞庭春色赋》《中山松醪赋》欣赏。二赋笔意雄劲，姿态娴雅，潇洒飘逸，结字紧，集中反映苏轼书法"结体短肥"特点。明张孝思："此二赋经营下笔，结构严整，郁屈瑰丽之气，回翔顿挫之姿，真如狮蹲虎踞。"王世贞："此不惟以古雅胜，且姿态百出，而结构谨密，无一笔失操纵，当是眉山最上乘。观者毋以墨猪迹之可也。"乾隆评："精气盘郁豪楮间，首尾丽富，信东坡书中所不多觏。"

8. 苏轼的绘画

以枯木怪石作警世，画竹子、画梅花表高洁超拔。

《墨竹》欣赏。"观斯图令人肃然起敬。"苏轼绘画讲究神似，中国画史上写意画中坚。元丰七年（1084年），苏轼被邀至挚友家，乘酒兴作图，题材为苏轼惯用的枯木、丛竹、怪石。一怪石在左，看似圆润却不失棱角，阴阳面的处理十分巧妙，同时地面的阴影也十分恰当，增添柔美感和真实感，使怪石不觉孤立，而是和地面相融。而怪石本身的画法"似卷云皴，实则无皴法。信手写出，不求形似，不具皴法"。说其怪石，不当，苏轼名之为"丑"。"米元章论石，曰瘦、曰绉、曰漏、曰透，可谓尽石之妙矣。东坡又曰：石文而丑。一丑字则石之千态万状，皆从此出。"有人赞"观千万物无所不适，而尤得意于怪石之嶙峋"。在怪石的左上方露出些许碎小丛竹。竹为苏轼所喜欢，"其身与竹化，无穷出清新。庄周世无有，谁知此疑神"。苏轼认为"节节而为之，叶叶而累之，岂复有竹乎？"故一反常规，画以丛竹代成竹，虽为丛竹，其画法"别枝用行草法，得参差生动"，整个画面布局独具匠心，引人注目。

图右紧贴怪石为一株虬曲的枯木,尤为后人称道,"败毫淡墨任挥染,苍莽菌蠢移龙蛇"。枯木不枯,虽为枯木,又给人以生机,"长公信笔作仙戏,老木搓丫动春意。信知造化在公手,一转毫端活枯朽"。枯木右倾弯曲而上,顶部似鹿角,弥补了右边空白,不显突兀,又使人的想象力突破图的局限,向画外延伸,有"言尽而意不止"之境,同时和左边簇出的丛竹形成对比,保持了视觉平衡,显得和谐。枯树底部的杂草使图不显呆板。整幅画,尽管无外景烘托,但"风枝雨叶瘠土竹,龙盘虎踞苍藓石"之景依然跃然纸上。

苏轼在诗、文、词、书、画等方面,均取得了在才俊辈出的宋代登峰造极的成就,是中国历史上少有的文学和艺术天才。苏轼取得这个丰硕的创作成果,是由于他有着惊人的创造心理特质。他有惊人的创造心理特质,主要表现在与众不同的创造思维,比如说超前思维、立体思维、求异思维、反向思维,还有综合思维,还有一种悟性思维。

文学即人学:怎样的人做出怎样的成就!做顶天立地的人,做卓绝出世的创作!这是苏轼给我们的启迪。

二、苏轼的人格魅力——刚直、真诚、爱民、忘我

苏轼论士君子人格,以道事君,以气为主,刚正静定,真诚仁厚,坚忍不拔,出处裕如,尤推崇一种道德、政事、文章而至于"全"的人格典范,并以其毕生精力躬亲履践,成为宋代士人与后世文化人推崇和仿效的人格典范。

苏轼的人格魅力突出表现在刚直、真诚、爱民、忘我,这就是苏轼生命的真谛、灵魂的支撑点。

苏轼一生经历了仁宗、英宗、神宗、哲宗、徽宗五朝,其间母亲、妻子、父亲去世,后来又经"乌台诗案"和"元祐党案"政治迫害,但苏轼不滞于物我的困扰,在逆境中履险如夷,即使到晚年被贬海南仍作出"九死南荒吾不恨,兹游奇绝冠平生"(《六月二十日夜渡海》)这样旷达豪迈的啸吟。苏轼一生磊落,对人不设防。宋人高文虎《蓼花洲闲录》:"苏子瞻泛爱天下士,无贤不肖,欢如也。尝言:'上可陪玉皇大帝,下可陪卑田院乞儿。'子由晦默少许可,尝戒子瞻择友,子瞻曰:'眼前见天下无一个不好人……'"

苏轼最珍贵的品格,正直刚毅。苏轼在《晁错论》中说:"古之立大事者,不惟有超世之才,亦必有坚忍不拔之志。""坚忍不拔"这个成语由此得出。一生处困境却天真旷达,在"乌台诗案"后被贬黄州期间,作《定风波·莫听穿林打叶声》,表现刚毅和淡定,及其旷达的胸怀,为后人树立了榜样。

莫听穿林打叶声,何妨吟啸且徐行。竹杖芒鞋轻胜马,谁怕?一蓑烟雨任平生。

料峭春风吹酒醒,微冷,山头斜照却相迎。回首向来萧瑟处,归去,也无风雨也无晴。

苏轼一向刚正不阿,由此引来官场人士的不满,以"欲加之罪"使他不断被贬谪。但集浩然正气于一身的苏轼却从未放弃梦想。他敢于和王安石抗变法,也敢于直面惨淡的流放。王安石和变法改变了苏轼的命运,它毁灭了一个"奋厉有当世志"的政治家的梦,却成就了一个刚直不阿、正直刚毅的顶天立地的人。

真诚爱民,是苏轼为官表现最充分的品德。即使身处被贬谪流离的地位,形同政治囚犯,却也会"不安分"地尽力为百姓做实事。

熙宁元年（1068年）七月，宋神宗在位，苏轼因与王安石政见不合，被任命为开封府推官，后又"于朝无以为安"，被派至杭州。到杭州，苏轼勤于政事，无意于赏山水之美。每有诉讼立即"据案剖决，落笔如风雨，分争拼论，谈笑而办，诉讼无滞留。"兴修水利。杭州旱涝频仍，苏轼率领百姓疏浚茅山、盐桥两河，使中贯运河，舟行市中。设法治理钱塘六井。修筑苏堤，堤成，植芙蓉、杨柳其上，种菱于湖中；每至夏季，堤上绿柳成荫，湖中荷叶葱翠，莲花点点，望之如图画，杭州百姓名之为"苏公堤"。

苏轼于1092年任扬州知州，二月到任，八月离开，只有半年，却做了几件颇有口碑的好事。一是他刚上任就上书朝廷，要求免去民间的"积欠"，使老百姓"稍知一饱之乐"。二是要求准许官船的船老大可以捎带货物，使他有以为生。三是取消蔡京在扬州兴下的芍药"万花会"。扬州的芍药是名噪南北的，蔡京仿照洛阳牡丹盛开时作"万花会"的做法，也搞起芍药的"万花会"，用花十万多枝。"吏缘为好"，扬州百姓对此深恶痛绝。苏轼来到扬州，立即罢去了"万花会"，有效地扼制了这种劳民伤财的做法。

苏轼每到一地，就把好事实事做到那里，苏轼为官不为己而为百姓，不论在颍州（今安徽阜阳）、密州（今山东诸城）、定州，还是在偏远的惠州、儋州。

在儋州住在桄榔林，食芋饮水，他劝农开垦荒地，移植中原优良品种，推广先进耕作技术；开凿井泉，改变当地饮用河塘污水的不卫生习惯；他还研究当地物产花木，亲尝百草，制成药剂，并从其他地方运来贵重药物，如"牛角药"等散给群众；还宣传破除迷信、改变陋习，反对杀牛祭鬼，规劝百姓改变"坐男使女"土风俗。

《琼台记事录》记载："宋苏文忠公之谪居儋耳，讲学明道，教化日兴，琼州人文之盛，实自公启之。"苏轼在儋州向当地人传播文化知识，不遗余力地推行文化教育，当时讲学授课的遗址东坡书院至今保留。他和黎族人民结下深厚的友谊。

他北归过润州时，有人问他："海南风土，人情如何？"他回答："风土极善，人情不恶。"他到哪好像都能适应，都有创造。

胸怀的宽广，无我，我们可以从苏轼与王安石这两位都有崇高人格人物的交往中可以感受到。苏轼不以政治矛盾而党同伐异，至今可以作为我们处世、处事的楷模。

王安石既是一位大政治家，又是一位大文学家。他工散文，是"唐宋八大家"之一。其诗，成就更在散文之上。词风格独特，洗净五代铅华，开启豪放派的先声。列宁称他为"中国十一世纪的改革家"。

元丰二年（1079年）发生了文学史上著名的"乌台诗案"，当朝新党（王安石已罢相）诬陷苏轼写诗攻击朝廷。如说苏轼诗中咏古桧的诗句"根到九泉无曲处，世间惟有蛰龙知"中的"蛰龙"，是影射皇帝，是苏东坡有谋反之心。又如说他咏钱塘潮的诗句"东海若知明主意，应叫斥卤变桑田"，是攻击皇帝的水利政策等。

苏轼被逮捕入狱，处境极其危险。此时，苏轼的许多亲戚朋友都噤若寒蝉，当朝官员更是鲜有站出来说公道话的。这时候能仗义执言就特别可贵，王安石的弟弟王安礼，此时对皇帝说："自古大度之君，不以语言罪人。轼本以才自奋，今一旦致于法，恐后世谓不能容才。"更可贵的是，苏轼的政敌、已经辞官的王安石也出来说公道话，他给皇帝上书："岂有圣世而杀才士者乎！"

王安石在这种关键时刻对于政敌的宽谅是一种值得珍视的宝贵品格。正是因为两位政治上的对头都有崇高的人格，他们之间才能最终达成谅解。其中，我想苏轼的宽广胸怀是起了很大作用的。王安石一定是感受到了这份胸怀，也表现出了王安石的胸怀。

朝廷的新党欲置苏轼于死地，但在各方面的营救之下，特别最后太后出面说情，苏轼终于保住了性命，但被降职为黄州团练副使。王安石被两度罢相，生活极其艰难，住南京，门庭冷落，政客们唯恐避之不及，"闻道乌衣巷口，而今烟草凄迷"，可谓凄凉凄惨。但苏轼无我，自己境况令人悲叹，却不记恨曾让自己有生命之虞的"乌台诗案"仇敌王安石。

《西清诗话》载：元丰中，王文公在金陵，东坡自黄北迁，日与公游，尽论古昔文字，闲即俱味禅说。公叹息谓人曰："不知更几百年，方有如此人物。"宋哲宗追赠王安石太傅之位，苏轼代拟了一份敕书，高度评价了他的政敌兼诗友："瑰玮之文，足以藻饰万物；卓绝之行，足以风动四方。"这个给予王安石的评价，苏轼自己也是当之无愧的。

王水照先生在《苏轼的人生思考和文化性格》（《文学遗产》1989第五期）揭出苏轼性格中狂、旷、谐、适四个方面，还原出苏轼"有血有肉的性格整体"。王水照先生说："千百年来，他的性格魅力倾倒过无数的中国文人，人们不仅歆羡他在事业世界中的刚直不屈的风节、民胞物与的灼热同情心，更景仰其心灵世界中洒脱飘逸的气度、睿智的理性风范，笑对人间厄运的超旷。中国文人的内心里大都有属于自己的精神绿洲,正是苏轼的后一方面,使他与一代又一代的读者建立了异乎寻常的亲切动人的关系。"

所以我们说苏轼是中华民族的骄傲,也是世界人民的骄傲。苏轼留给我们的心灵的喜悦是万古不朽的。苏轼是创造的天才,不朽的精灵!是人类的精英,是审美的人生榜样。我说,君子当如苏东坡。

三、审美人生的文学榜样

高尚正直的人格,忧国忧民的精神,乐观开朗的胸襟,随遇而安的生活态度,而这一切都倾注于他终身不怠的文学创作之中。

文学:抒发了苏轼的理想与壮志。

《江城子·密州出猎》。

老夫聊发少年狂,左牵黄,右擎苍,锦帽貂裘,千骑卷平冈。为报倾城随太守,亲射虎,看孙郎。

酒酣胸胆尚开张,鬓微霜,又何妨。持节云中,何日遣冯唐?会挽雕弓如满月,西北望,射天狼。

词的上片写出猎的盛况,豪兴勃发,气势恢宏。下片抒报国的豪情,"会挽雕弓如满月,西北望,射天狼"尤为形象传神,令人振奋。

文学:挥洒苏轼对生活的热爱。

生活场景的信笔抒写,生命和一切美好事物的绵邈深情,生活哲理的独特发现。

充满机趣的七绝《题西林壁》。

横看成岭侧成峰,远近高低各不同。

不识庐山真面目,只缘身在此山中。

寥寥二十八字，大处着笔，发人深省，远远高出那些具体描写庐山风貌的诗篇。"不识庐山真面目，只缘身在此山中"已化为妇孺皆知的熟语，具有久远的生命力。又如另一首七绝名作《惠崇春江晓景二首（其一）》中。

竹外桃花三两枝，春江水暖鸭先知。

蒌蒿满地芦芽短，正是河豚欲上时。

明丽的画面上，动静相映，生机盎然。"春江水暖鸭先知"一句，联想既出人意表，又深合物理与哲理，真是神来之笔。

正是由于对生活充满热爱，苏轼从来没有被艰难困苦所压倒，而是永远含笑面对人生。即使晚年贬谪岭南，年迈体衰，处境艰危，他仍然随时去发现生活中的乐趣。如《食荔枝二首》其二云："日啖荔枝三百颗，不辞长作岭南人。"轻松的笔调中，透出的是随遇而安的旷达和独立不倚的个性。

文学：浸透着苏轼感人至深的真情。

这里有生死相依的兄弟之情，如《系御史台狱寄子由二首》(其一)："与君世世为兄弟，再结来生未了因。"有温馨难忘的朋友之情，如七律《正月二十日与潘郭二生出郊寻春》："已约年年为此会，故人不用赋招魂。"有刻骨铭心的夫妻之情，如那首催人泪下的《江城子·乙卯正月二十日夜记梦》。还有真挚纯洁的男女之情，如那首清丽婉约的《蝶恋花》。

花褪残红青杏小。燕子飞时，绿水人家绕。枝上柳绵吹又少，天涯何处无芳草。

墙里秋千墙外道。墙外行人，墙里佳人笑。笑渐不闻声渐悄，多情却被无情恼。

文学：寄托了苏轼对美好人生的向往。

最能代表这种向往的是那首极富浪漫色彩的《水调歌头》("明月几时有？把酒问青天")。全篇写得酣畅淋漓，摇曳多姿，结句云："但愿人长久，千里共婵娟。"这不仅是苏轼在苦恼人生中的真诚愿望，也是千百年来人们向往幸福的共同心声。

文学是苏轼的精神家园，是其生命意义的集中体现，而苏轼本人也已化作不朽的文学精灵——西蜀山水孕育的文学精灵，永远激励和指点着在人生的旅途上艰苦跋涉、在文学峰峦间奋勇攀登的人们。

伍 怀念永恒

写一首诗给作协时光

我算是很晚加入宁海县作家协会的。宁海作协成立于1986年，那时我还在乡下高中教书，一门心思探讨如何把语文、地理两门高考学科教好。虽然我也积极培养学生的写作兴趣，指导他们的写作，指导他们"出版"手抄报、帮助成立文学社，帮助他们在报刊上发表文章；虽然自己也想与作家搭点边，也应景地写过几篇文字，也努力着给《西湖》等刊物投稿，也收到过编辑鼓励的退稿信，但那时心目中的作家是"高大上"的，是入选课文的作家们，觉得当老师的职责最重要的是把作家们的精彩传达给学生，让学生出彩，即使自己在专业报刊上发文章，那也只是专业发展的需要，是给学生以写作指导与示范，称"作家"，并要加入作家协会，那时想都不敢想，作家就是鲁迅、巴金、叶圣陶这样的大家。如果要给当时的自己加个称呼，"爱好文学的语文老师"还算是比较恰当的。

后来，我的散文《菊花蟹宴》《最初的校园》《祝老先生》等陆续在《宁海报》副刊发表，加上群飞的大特写《扼住命运的咽喉》在《宁海报》刊发，以至以《断翅小鸟亦奋飞》为题在《浙江日报》发表。那时我就不断鼓励学生写作，自己有感也偶尔提笔写几篇，与学生一起在《宁海报》上"竞赛"发表文章。由此，我与宁海的作家们渐渐有了接触，慢慢地也就了解了宁海作协这个组织，后来在群飞的鼓励催促中填写了入会申请，加入了县作家协会。那时，心里想的是，由"文学工作者"的"作者"升级到"作家"，且"作家"可降级到县一级协会，在这样的一升一降中，加入这样的基层组织，也不至于有辱"作家"这个神圣称号吧？犹犹豫豫中，我常以这样的理由来安慰自己。同时也想，加入这个组织后，自己也可有个与同好者交流学习、得到"大家"帮助的机会，蛮好，蛮好。还是一门心思教书，工作重点仍在用心地促进学生的努力，自己的写作也还是偶尔地有感而发，不太积极，虽名之曰与学生"竞赛"。但是，县作家协会却实实在在地开展各项活动，不断地强化着我的写作意识，促进与推动了我的写作活动。

记得千禧年，为迎接元旦新年，也为迎接千禧之年的第一缕阳光，当时的宁海作协主席潘家萍组织了"迎接千禧年"的作家采风活动。活动地点在当时宁海最大的水利工程白溪水库，并且安排大家在那里住一晚上。那时，白溪水库已截流，工程已初具规模。我们参观水库工地，对水库未来旅游发展充满美好憧憬。晚上，作家们兴奋地唱歌、跳舞，气氛非常活跃。

虽是冬夜，但我在这个喜气洋洋的大家庭，感受到春的温暖与和煦，感觉到千禧新年过得特别有意义。此后，作协的活动，只要不与工作相冲突，我都积极参加，并拿起相机，为活动、为作家们留影。那年，作家走亲访友活动到仙居，并参观游览了仙都风景区。景区里的独峰书院给我留下深刻印象。

雨中，在景区里，我们边走边聊，因为这里是南宋哲学家朱熹设帐讲学的纪念地，我们似乎特别有灵感，思维特别活跃，在闲聊中，我知道了潘家萍对小说创作有了宏大构想，他正默默地进行创作准备。最年轻的张忌很少说话，沉默中却有一股持续发力的后劲。那时，跃龙山上文峰塔的形象倏地跳入我的脑海，我想到"读书种子"方孝孺，想到柔石，想到柔石的《二月》，也想到了我接触到的钱晓茗、黄敏、阿门、林备军、薛家栓、应可均，想起方牧、胡尹强、薛家柱等诗人、作家，想到了徐群飞、钱晓茗等编著的我非常喜欢的《乡土宁海》丛书。我感觉到了宁海文脉之远，文风之盛。我的感觉非常清新、非常美好。那时，在优美的景区，在独峰书院的亭子上，我默默地想着，开心着。返回那天，天晴了，阳光灿烂，我们参加活动的作家在灿烂阳光中拍了全家福，留下非常美好的记忆。我的作品也在这些活动中不断地积累着。那样的活动，现在想来，仍是充满诗意、非常让人怀念与回味的。

2008年10月，我以作协会员的身份被邀参加由县文联和县农办联合主办的"改革开放三十周年·走进新农村"采风活动，我与作家们一起深入到西店岭口、海洋、溪头、力洋平岩等新农村采风。此后，我写的《水的蓝图》获一等奖，我的心里满是欢喜：在纪念改革开放三十周年这个特殊的日子里，我终于有了一个可用来纪念的作品了！

这一年作协换届，徐群飞担任作协主席，我进入理事会，更多地参与了作协的活动。我们到满山岛，到伍山石窟，到许家山，到西店，到龙宫，到西岙，到岭口，我与县里的作家们一起，入海岛，访古村，考察采风，形成一篇篇文字，在《雁苍山》以专版形式，为家乡的建设，发挥文字推介作用，宣传家乡宁海的山水风情。我们还积极参与县里的"方孝孺读书节"等活动。我的《以平凡之名——平凡世界的深情祝福》写成后，群飞鼓励我投稿参加评比，并很快把我获奖的消息在《今日宁海》上刊出。他写道："我县作家袁伟望的书评《以平凡之名——平凡世界的深情祝福》继在我县首届方孝孺读书节'开卷有益'征文中获得一等奖后，日前又在北京十月文艺出版社举办的'纪念路遥60周年诞辰、我与《平凡的世界》'征文活动中荣获三等奖。"这是我"作家"身份第一次在报纸上出现，而《十月》杂志当年是以"宁海读者"身份出现的。此后，我自己也才真正有"写作家"的意识：写文章得更认真更严格要求自己。

2012年，县作协在文联支持下，组织一批作家出版《宁海文丛》，我有幸忝列其中，我准备了两个书稿，一个博客小集《无论如何》，一个散文集《记得香花山》。最后选定《记得香花山》，出版了我的第一本书。在香花山下的小镇，我生活工作了三十多年，我最初最青春的情感都在这里，我觉得我应该好好记得香花山下这个美丽宁静的小镇。作协活动中，还有很多人与事，值得我记忆、感恩与怀念。想想没有作协，我不可能自己主动去写下这么多文字，自己主动准备书稿去出书的。加入了作协后，我得到很多人的帮助，前面提到的作家们都是给予我帮助的人，他们都给了我很多很美好很温暖的记忆。像方牧老师，有一次我陪他到长街故地重游，在与我聊着写作的时候，方牧老师忽然对我说："伟望，你将来要出书，我给你写序言。"老师的这句话，既表达了他对我的关爱，更是促成我整理书稿、产生出书念头的重要原因与动力。还有作协顾问储吉旺先生、作协首任主席潘志光先生、戏剧家杨东标先生等，他们都以不同的方式给我以帮助。特别是潘志光老先生，不仅约我为《如意报》写稿，还赠我作品书籍，在不同场合以他优美的诗作给我的写作以激励，我发表文章，他还特意打电话来肯定我的努力，指点评价。我感恩作协里碰到的所有有心的作家、有心的人。2014年，我还被作协推荐参加浙江省作协系统干部培训班学习。

时光如梭，一个恍惚，我进入作协也已有十六七年了。这期间发生了很多事，有不断进入的，也有陆续离开的，有让人欣喜的，也有让人伤悲的，但不论怎样，作协的时光，于我而言，都是美丽的时光。我非常珍惜与感恩。我不是诗人，谨以此文表达我感恩的情怀，以纪念我亲爱的作协成立三十周年。

潘天寿是宁海人

你没看错,虽然我与你一样知道潘天寿出生在宁海的冠庄,是出生在宁海的宁海人。我与你一样,还知道他出生在1897年3月14日,农历二月十二,他的父亲是冠庄"连地也种不大好"的有名秀才。我知道,他是我国20世纪四大国画大家中最具民族特色的一位大师;我知道,冠庄出了个潘天寿,宁海冠庄的大地上升起一颗艺术的太阳;我还知道……你知道,这些都是我后来知道的。但说实在的,这些还是不能说明潘天寿是真正意义上的宁海人!现在想起来,我"认识"到潘天寿是宁海人,是经历了很长的一段时间的,你不信,我给你说说。

早在小学读书的时候,我有一位不是图画老师的图画老师,那天他给我们上课,说有一位大画家,两三笔就能把一幅画画出来,且画出来后,令人拍案、令人赞叹。我们不信,老师就在黑板上作示范画画。果真如此。黑板上的画,成了我们心中的经典,因为夜里偷偷跪拜的形象我们非常熟悉。当时,我们兴奋得就像大画家,在桌上用手乱涂乱画。后来我还跟几位画画老师学画画,因为认真,画得不成样的画,也曾得到老师的表扬,但画画的其他事都记不太清楚了,只有这件事记得清清楚楚。让不是画画老师的老师那么自信的,原来是潘天寿先生,这是后来知道的事。那是我得空看潘天寿的画集,看到《老僧》,忽然想起,曾经老师所说的大画家原来就是潘天寿先生,老师示范的"经典"佳作,原来就是潘天寿先生创作于1922年的《老僧》画的翻版。想起来,潘天寿创作那幅画离老师给我们上的那堂课已间隔了四十多年,而我明白这件事与老师给我们上的那堂课,现在也已经过去四十多年了。人生倏忽,过几天,潘天寿先生一百一十五周年诞辰日就要到了。

还没到我对老师所说的画家产生敬意,全国的"批斗风"刮起来了。我们学校的批判是在学校规格最高的讲礼的大礼堂里发生的,我印象特别深,因为我脑子里同时还留存有宁海百姓生活中的"温良恭俭让"。后来,我也知道了,我们老师的画,其实也是照潘天寿先生的画画的,那幅画,现在我也能在画集中找得出来,是潘天寿先生创作的《梅月图》或是《松石梅月图》,但我印象中最像的应该就是《梅月图》。

还没到认识潘天寿,潘天寿已经沦为不愿被人提起的人!被人提起的,就只是"反动学术权威"。那时,我们的心里,自觉不自觉地就有一种远离。最近与老家是冠庄的潘姓同事聊起,他记得非常清楚,1969年初,潘天寿被押到宁海"游斗"。我说,潘天寿身心是否受到了极大伤害?他不置可否。除了宁海之外,潘天寿还被押到哪里去"游斗",我不知道,但他在回杭州的途中,在香烟壳纸背面写下的那首诗:"莫此笼絷狭,心如天地宽。是非在罗织,自古有沉冤。"这首诗一直深深地扎在我的心中,我明白,潘天寿虽是"心如天地宽",但现实却是"笼絷狭""自古有沉冤"啊!在严酷的摧残中,家乡宁海的那次"游斗"

对潘天寿的伤害有多大？我没能从潘天寿先生自己的画里，潘天寿先生的传记里，以及回忆潘天寿先生的文章里读出来，但我总有一点点感觉，这肯定加重了潘天寿先生的病情！我知道，那幅《梅月图》后，潘天寿先生再没有大画创作，连册页小品都没有！

1978年，潘天寿去世七年之后，他的追悼会在杭州举行。那年，我也有幸进入大学读书。我被分配到长街工作后，曾听说，潘天寿回家乡执教时，曾到东路的长街岳井讲过课，可这件事却一直没能得到证实。后来到黄坛古屋考察参观，又听到了潘天寿少年时到黄坛姑妈家在堂前案桌上画画的趣事。我听说，有一次潘天寿回来探亲，乡亲们索书画，他有求必应。我还听到潘天寿作为全国人大代表回家乡视察，对家乡寄予的深切厚望。潘天寿故居建成开放，我多次参观，记得一次看到了徒步行走全国的余纯顺在故居纪念册上的题词，一次还与潘天寿的大女儿坐着聊天，那两个写在我笔记本上的"秀兰"极娟秀，印象极为美好。潘天寿广场建起来了，潘天寿小学中学办起来了，潘天寿画展、宁海画家专题画展也不断展出，潘天寿纪念邮票发行，宁海画家书画作品集也在不断出品。近年，宁海的美术高考成绩星星闪烁。潘天寿是宁海人也具体起来了。但我也还是没有把大画家与宁海人两个概念真正联系起来。不过，这些年来，我还时不时沉浸到书海里，翻读着潘天寿先生的传记，欣赏着潘天寿先生的画作，看着画集中画上"雷婆头峰寿者"的题识，偶尔也上网看看拍卖会的作品，以及几次专访雷婆头峰，潘天寿先生的精神在心里却也慢慢滋长起来，慢慢，慢慢地，潘天寿是宁海人的闪念就有了。

那年，宁海精神的征集活动中，我也没有闲着，虽然从一开始,我就没有参加具体征集的想法,但这个活动却让我不断地想着宁海精神,我查阅了不少宁海的地方文献,感受着历代宁海贤士名人们的精神品质,如郑霖、叶梦鼎、舒岳祥、胡三省、杨镇龙、方孝孺、王锡桐、童保暄、柔石、朱学勉等。活动结束后,宁海精神确定了,但我总觉得还缺点什么。精神仅仅是口号肯定不是最好的方式。后来潘天寿的名字不断地回荡在我的脑海,同时包括与潘天寿同时代的宁海人柔石。慢慢地,慢慢地,我就有了潘天寿是宁海人的明确想法。宁海人是什么样的人?我一下还说不太清楚,但我有了一个强烈的想法,潘天寿就是宁海人,他身上有宁海山水孕育的一切特质!

有一位记者采访潘公凯,写了一句话:"儒雅、内敛,一身修养浑然天成,这就是潘天寿给儿子的影响。"对,这就是"读书种子"家乡——宁海文人的一种气质,潘天寿具有,"割不正不食"的严格自律与好学,太像是宁海人了。潘公凯是这样向记者介绍他父亲的:"父亲每天不是画画就是看书学习,所以我们觉得好好学习是一件很正常的事,偷懒是不正常的;我们家里从不讨论衣食问题,所以我们对吃完全没要求;父亲画完画总是把画笔、桌子收拾得干干净净,他的衣服、被子也叠得整整齐齐,于是我们也是一样;父亲每天早上总是院子里最早起来的,起床后就会去打扫院子、捡树枝,还喜欢料理花草……"这不是我经常在宁海各地古宅庭院中看到的宁海百姓的日常生活吗?

执着、刚毅,追求高境界,谦和,温润如玉,为人不亢不卑。这是我对潘天寿先生的一种感觉。学画,教画,学术切磋,国难时期,辗转颠簸中执着国画不离不弃;"倒潘"中,坚持一种创作信念。看他画里不同时期的岩石,凛然之气扑面而来,都透着这份刚毅与不屈。潘天寿创立国画系,出访国外表现得温文尔雅。"先生胸襟奇阔,心境伟岸,将千山万水、千枝万叶化作胸中丘壑。"与我年龄相差不大的后学者,从《美术》画刊与学院学习中获得了先生的"指导",他非常景仰先生的胸怀与艺术:"'立险''破险',艺术居然有险!那'一味霸悍'的豪气深深地镌在我心底处,成为我一生一世追慕的榜样。""艺术之高下,终在境界。境界层上,一步一重天。虽咫尺之隔,往往辛苦一世,未必梦见。"潘天寿的学生著名画家吴永良说,"这句话是非常有代表性的。潘老的艺术和为人就高在非凡的境界。"吴永良对潘老的教诲终生难忘:"你们学了五年仅是基础,艺术是一辈子追求不完的。你们毕业以后可能暂时没有画画的条件,但你们要对艺术有一种虔诚的执着,要坚持。待人接物、处理任何事情也都是学问,和艺术是一样的。"前些天看到潘老的《映日荷花别样红》,看到他的学生对先生的深情缅怀,我又想起了戴近视眼镜的柔石在鲁迅身边照料鲁迅时的那份细心与柔情。

看过许多的评论,对先生都透着一种赞叹。"天惊地怪见落笔,巷语街谈总入诗",这是27岁时的潘天寿获得的天才般的赞誉。"他精于写意花鸟和山水,偶作人物,兼工书法、诗词、篆刻等,都有很高的造诣。尤善画鹰、八哥、松树、梅竹、蔬果、山石、野花等题材,他作画时每画一笔,都要精心推敲,一丝不苟,故落笔大胆泼辣,又能细心收拾,作品的构图,清新苍秀,笔墨色彩纵横交错,气势磅礴,趣韵横生,具有鲜明的独特风格。他还长于表现山花、野草,笔墨挺秀多姿,艳丽生动。画面的虚实、疏密、主宾、黑白以及强烈,又和谐协调,加之色彩的清新浓郁,画面的灵气引人入胜。"这是对潘天寿先生一生绘画成就的简要说明。潘天寿先生对待家人的不教之教，对待后学者的平和耐心，先生的学生对先生的深情缅怀，让我都感觉到做个宁海人的温暖。

儒雅、内敛、刚毅、柔情、博识、严谨，还有善良，这不是潘天寿的高尚人品吗？我觉得宁海人的精神在潘天寿身上得到了完美的体现。虽然我不很欣赏儒家那套束缚人性的东西，但对"修身齐家治国平天下"的那种情怀还是很赞赏的。毕竟千百年来，儒家文化让我们在活得沉重的同时，也获得了一种扎根于心灵的强大和生生不息的生命能量。潘天寿先生是宁海精神的活的榜样，潘天寿先生让我想到了宁海的历代先贤，也让我想到我的先人，活在族谱里的袁姓先辈，想到了我的老师们，想到了我身边千千万万普普通通坚毅地生活着的宁海人，"气结殷周雪，天成铁石身"，说潘天寿先生是宁海人，我有一份景仰与自豪在心中！

潘天寿是我们宁海人！

作家柔石

知道柔石，与知道鲁迅同时。从鲁迅作品中，我认识了一个有台州式硬气的青年。

后来看到一幅画，画面上，鲁迅先生侧身微笑着看着柔石；柔石呢，正倾身聆听先生的教诲。我那时也正用心向学，对此画特别有感觉。

再后来，读阿累《一面》，鲁迅先生那隶体"一"字的胡须，很打我的眼；那一根一根直竖着的头发，精神抖擞，又很入我的心。阿累说"鲁迅先生是同我们一起的！"我忽就想，我与柔石都是很幸福的人。柔石有文学大家给他指路，还把他看作是"惟一的不但敢于随便谈笑，而且还敢于托他办点私事的人"。我呢，是柔石的故乡人，我也就很有那种同乡人的幸福感。但那时，我还没认识到柔石是作家。

真正认识作家柔石，是在看了电影《早春二月》，听了《为奴隶的母亲》在宁海取景拍摄的时候。"左联烈士"，我只知道"烈士"，却忽略了"左联"。待明白"左联"就是"中国左翼作家联盟"，才恍悟柔石本就是"作家联盟"里的"作家"！由此，作家柔石"只要学起来"的行事态度，"无论从旧道德，从新道德,只要是损己利人的,他就挑选上,自己背起来"的精神品格,忽就以他"作家"的身份与思想启发了我。我注意了,我在回想《二月》里的萧涧秋是不是就是柔石自我的化身;我在思索,萧涧秋所面对的社会是不是就是柔石所面对的社会。

鲁迅真是柔石的导师,真是知悉柔石。他在《二月》小引里,就道出小说里的社会就是作家柔石所面对的社会,先生"知人论世",给了我答案。先生说:"冲锋的战士,天真的孤儿,年青的寡妇,热情的女人,各有主义的新式公子们,死气沉沉而交头接耳的旧社会,倒也并非如蜘蛛张网,专一在待飞翔的游人,但在寻求安静的青年的眼中,却化为不安的大苦痛,这大苦痛,便是社会的可怜的椒盐,和战士孤儿等辈一同,给无聊的社会一些味道,使他们无聊地持续下去。"小说中的青年寡妇死了,无聊的社会却还在继续。萧涧秋怀抱理想,以为教育能救国救芙蓉镇,结果是不能救自己。他最后选择逃离,逃离让他窒息的芙蓉镇。我由此想到冲锋的战士柔石。

柔石,是冲锋的战士,又是爱好文学的青年,他在北京旁听过鲁迅的课,在宁海、镇海等地教过书,在宁海当过教育局局长,他还为宁海中学写过校歌:"一九二六,夏云拥瑞,东方升起了歌声……我们琢磨身心,我们陶冶着精神……"柔石是极有才情的教师与作家,他充满教育的理想,他坚定着他的文学追求。可现实呢?现实却非柔石所想、所盼、所期望。柔石在创作《二月》之前,已经写了《疯人》《旧时代之死》《三姐妹》等长短篇小说,直切这个"交头接耳的旧社会"。《二月》是他在前期积累基础上,又在得到鲁迅熏陶和教诲之后创作的。我看电影时被感动了,看小说,看别人对柔石创作的评论,柔石作为作家,他的《二月》，无疑是取得了巨大成功的。

我热切地开始再次阅读柔石的小说、日记、诗与《一个伟大的印象》，我深入关注柔石，思索他对文学与时代的感悟。他的勤奋，他的坚持，他对时代热情把握与深刻感悟，他对所有新事物一贯的"只要学起来"的态度，他《为奴隶的母亲》圆熟的现实主义手法，加上他不论新旧都能"背起来"的道德品行和《血在沸》的激情……这一切的一切，柔石都以他的作品，深深地影响了我，我也像被柔石激荡了起来，一边坚持用心教书，尽心尽力指导柔石文学社、编辑《柔石园》；一边激情满怀地参与县作协的活动，参加柔石110周年纪念活动，参加首届全国柔石小说奖颁奖活动，与宁海的作家们一起，感受那样一场特殊的文学盛宴与浓烈的文学氛围，聆听王蒙等大家的文学观点、见解。

我不断地从作家柔石身上汲取着力量，我热切地投入，我也思索，我也写作，我也出书。我写着，努力着，也像柔石一样关注着现实的世界。柔石作为作家，真是不一般的存在。我想，如果，如果上天能给柔石以天年，柔石又会在他的生命里，闪现出怎样辉煌的文学成就呢？

一个柔和温暖的人

——忆徐群飞

世事都有因缘。徐群飞走上文学之路,成为宁海县作协主席,是他的诗人气质使然,是他的温暖世人的作家情怀促成。

徐群飞是诗人。他是在读郭沫若、闻一多等诗人的作品中打开诗心,激发出诗情的。他的诗心、诗情,不像郭沫若那般狂飙突进,也不像闻一多那样匀称均齐,徐群飞的诗,表现了一个柔和人的温情,读来轻松自然,舒心快意。他默默地关注着身边的一切,以诗人的眼睛温情地看着自然风物与世情人性,轻轻地吟唱自然的清朗明净,人世的温婉清明:他抒写的是乡村抒情诗。他的诗《门·新娘子》进入了《浙江诗典》。他还以童心关注着儿童的世界,以儿童的视角为孩子们创造诗意的生活,他的《雨孩子》充满了天真浪漫的诗心,流溢着阳光的明媚。他说:诗啊,我用我的心拥抱你!他说,他写了十余年的诗了,但他不知道诗为何物。他说,有时他真想撒手不干了,但诗在不经意处蓦然回眸,又让他神魂颠倒,迷醉三日(我不知这三日,是否是指老子不敢为天下先而能成长的意思,我想大概是的,因为他愿他的诗既是传统的现代,又是现代的传统,体现了他诗意美学的不懈追求)。"他的乡村抒情诗,用大自然的方式,让我们走进理想中的大自然,让我们这些从乡村里出来的农民的孩子,又回一次已经回不去了的故乡。他那纯净纯美的抒情,让我们有了贴近超凡脱俗、安详宁静境界的惊喜,让我们有了拥抱旧时台门、乡村记忆的温馨。"这是一位评论家对徐群飞乡村抒情诗的评论。我深以为是。

他难得留下的爱情诗《这一声》,并被选入了《青年爱情诗》。

这一声/由于路太坎坷/没有喊过山来/

一碰到那块黑色诱惑/便陨落了

羽毛撒了一地

受伤的这一声/还需回到你的怀里/经

受雨的淘洗/风的冶炼/直到所有的羽毛都

坚硬了/才能喊破重重阻隔/把希望喊得又

长/又——远

我/等待着

"我等待着,把希望喊得又长,又——

远"

这就是诗人的徐群飞。那时,他正被重重的病魔折磨着,又被生活重重地摧折着。他是像闻一多那样,面对着《死水》一般的生命现象吗?我不是完全清楚,但我却知道,不论是多重的灰霾,多么重重的阻隔,群飞都会奋力地喊出这一声爱的希望之声的!不论怎样,他都会用文学来表达出他那温暖世人的作家情怀。群飞是这样做的。

群飞是作家,他有作家的温暖情怀,这我是知道的。他的第一本散文集《沧桑之旅》,就是他关注身边琐细生活的文学表现,虽是沧桑，展现着的却是他家乡人的温暖生活，"家乡的人文情怀"，就像他的诗所呈现的。

群飞把他的爱倾注在他的编辑工作中，他用心地播撒浇灌着一颗颗文学的种子，并细心地照料他们，给他们以阳光雨露。他在"雁苍山"副刊中开辟文学新干线，发现培养青年作者；他在作协里吸收外地民工、打工者加入组织，给以组织的关怀和作家"家"的温暖；他组织采风到各乡镇，宣传家乡，传扬传统美丽的风情；他组织编写多姿多彩、精美的《乡土宁海》，让家乡的美丽播扬远方。他的工作如春风化雨，让宁海的文学天地有一方独特的明媚阳光。

南溪生先生对群飞的一段真情告白，可以让我们感受群飞为人为作家的温暖情怀。

论写诗作文，我是晚学；论处世为人，你是长者。你视我如弟，我视你如兄、如师。于人前，你不吝褒奖，赞我誉我；于人后，你甘为人梯，诲我助我。看到我作品发表，你为我高兴；看到我工作忙，写作时间越来越少，你为我叹息，并敦促我要坚持。我写《孝孺》，人有质疑，你挺身而出，仗义执言，我感佩之至。你愿意信任我，把写《宁海赋》这样的重任托我。我受宠若惊，却也诚惶诚恐，唯恐有负所托。见我有忧，你一如既往地鼓励我——"舍你其谁？"这一切，叫我如何忘得了！

群飞所接所触皆如是，我深切感知。赵福莲女士"郁郁词章盛，谦谦君子风"，是对群飞作为作家一生的准确概括与褒扬。群飞以"郁郁词章盛"，赞美这个世界，他写农民田小福，他写院士贺贤士，他也写学生周丽娜，他不论写什么，都传播着社会的正能量，他写作，要求自己去以心发现心，去以温暖的心去温暖人。他的长篇报告文学《正气之歌》更是如此生动地展现了特定事件中的宁海精神。

群飞是有棱角的人,这我知道,但我更知道群飞是个内心柔和的人,他用他那颗柔和的心面对着纷繁的世俗人情,坚守着自己的文学梦想,他热心于诗歌、散文、报告文学、人物传记的写作,他倾心于"雁苍山",他也关注"法制""理论""桃源桥",他用他的热心播撒给社会需要的阳光雨露,他也用他的工作热情来消减自己的病痛,"努力着,努力着",为大家搭建一座通向文学殿堂的天桥。

他一直用心做着平凡的事情,发光发热,却没能像太阳一样持久,他把自己的心熬干。念叨着,恍惚间,群飞走了已将近整五年。但他的温和谦让君子风,始终让我如沐春风。想起群飞,想起与他一起采风的情景,我常常会情难自禁。做一个柔和而给人温暖的人,是多么好的事情啊!群飞,你说是不是呢?

我想到南溪生先生献在你灵前的那瓣心香,现在摘录几句,用以表达我对你的深深敬意:"谦谦君子风,其德比星辰,静默似山冈,不鸣是凤凰。"不鸣是凤凰,不鸣是凤凰,我想你会深以为是的,深以为是的。

附:徐群飞(1958—2011),笔名:君羊、小雨、古格,浙江宁海人。徐群飞致力于文学事业,热衷于诗歌、散文、报告文学、人物传记创作,实践乡村文学的创作理念,他执着地守望着"家乡的人文情怀"。他的作品具有很高的文学品格。长篇报告文学《正气之歌》先后获宁波市作协优秀文学作品评选一等奖,中国报告文学学会报告文学征文二等奖,宁波市第七届精神文明建设"五个一工程"奖。生前系浙江省作家协会会员，2002年加入中国民主促进会，2008年起担任宁海县作家协会主席，宁海县第八届政协委员，宁海报社专刊部主任，负责编辑"法制""理论""雁苍山""桃源桥"等版面十余年。

附录

年轻真好：以文学滋养的名义

——记八十八岁老先生的一堂文学鉴赏课

很正常的课堂：坐在教室里的是朝气蓬勃的宁海中学柔石文学社的年轻学子。

很特别的课堂：坐在第一排的是陪同先生的师母与先生的学生中华慈善奖、中华慈善贡献奖获得者的储吉旺先生，还有宁海中学原校长符洪铭与新任校长陈模连。坐在最后一排的是宁海中学柔石文学社的年轻指导老师和七八位白发苍苍的年龄约在八十岁的长者。

非常特别的主讲：站在讲台上讲课的是今天的主角，精神矍铄的诗人、教授——八十八岁的方牧先生。

讲课时间：2023年5月10日上午。

地点：宁海中学大梁山楼阶梯教室。

以下是课堂实录。

符洪铭：今天在这里听课的有王老师当年在宁中当语文老师时的学生，如今年龄有80岁左右，包括谢时强老师、储吉旺。储吉旺是我们宁海中学柔石文学社的第一任社长，这个社长的指导老师，就是我们的王老师。下面我们还是先请储吉旺给我们讲话。

储吉旺：尊敬的同学们啊，非常高兴，请来我的语文老师方牧先生给我们讲课。我为什么对王老师特别尊重？刚才我们的符校长已经说了。王老师教我的第一课是什么啊？就是《丧家的资本家的乏走狗》。他教的书，是打到你的心坎里去的。功夫就体现在背功上。他要求我们背诵《木兰辞》《孔雀东南飞》等。王老师让我们背一百篇。人家能背一百篇，我为什么只能背七十篇啊？这个很重要，我当然要背，还要背更多。所以，老师教得好，走到我们心坎里，我们学得好。这样一种坚持与信心非常难得。所以，我现在还请他到宁海中学来讲讲课。

然后，我回顾一下柔石文学社。担任社长是一件很荣耀的事情。我是社长喽。后来我写了几本书，写得不好，但那也是文学的功劳。我们同学现在坐在这里。文学是什么？文学是提升人的心灵的。我经常给办企业的人说，一个人要有知识，但仅有知识还不行，还要有智慧。你有智慧，才能把你的企业办好。我像同学们一样，你们在学校里学了很多知识，但要能从知识里引出智慧来，用于实践。读书改变命运。我是农民出身的，如果我不读书，现在仍然在做农民。因为读书改变了命运，办了企业。所以呢，同学们，在学校里读书，一定要把书读好，还要用到实践中去。

好，下面请王老师讲课。

王老师：我几年没到宁海了？（四年）。到宁海，我有回家的感觉。今天到宁海中学，更有回家的感觉。你们都是我的亲人、家人，今天就跟你们谈谈家常。1962年春天，过去61年啦，储吉旺先生这一班学生，今天也来了好多。这个班级是很优秀的。我跟他们商量，我们打算成立一个文学社。文学社成立了，第一任指导老师是我，我发现储吉旺是一个人才，但当时没想到，他现在能成为这样一位大的企业家，这是出乎我的意料的。所以，今天到这里讲课，我就首先想到了柔石文学社。柔石文学社呢，到今年有61周年了。一个中学的文学社能够有60周年，在全国也不多的。方孝孺先生是宁海人，宁海是读书种子之乡，你们就是读书种子！所以，我为你们感到骄傲。我为我在这里当过老师感到荣幸。今天，为留下一个纪念，我把《普陀山文化》——我编了整整十八年，现在还在编——送给校长。

符校长当了二十年的宁海中学校长，是个纪录。我呢，在宁海中学当了八年老师，既不算长，也不算短，但校史里有我的名字。我也是宁海中学的一员，跟你们真的是亲人与家人。我是八十八岁的老人，在这里讲课，也是创造了一个纪录嘛。今天，因时间关系，我就讲一堂文学鉴赏课。

进入正题前，我想讲一个引子。杨绛先生，听说过这个名字吗？她在九十七岁的时候，写了一本新书，叫《走到人生边上》，我刚刚读过，我八十八了，也走到人生边上了。所以呢，说什么呢，叫老马识途吧。在这本书里，有一篇叫《读书的苦与乐》。我很赞成其中的苦乐观。人为什么要读书？我们怎么与书结缘？让书来充实自己，我们的人生就不仅仅是一个人的一生，我们人生就还有许多个人生，许多个丰富的人生，这是可以从读书中获得的。一本书打开了，扉页就是一扇门，你随便进去好了，你可以直接与作者交谈甚至可以通过书登堂入室。你们自己有体会吧？

——你要到俄罗斯去，我们那个时候不方便，现在也还是不太方便，但你可打开一本书，叫到普希金。说，普希金，我来看你啦。普希金就会亲切地对你说，来吧，小伙子们。你就可以与普希金说诗，《假如生活欺骗了你》。

——你也可以去敲托尔斯泰的大门，跟他商量，啊呀，什么是多么的快乐，什么是多么的厌倦。托尔斯泰你对生活有点厌倦了，那你就让他休息会，你也休息，等休息过了，你与他再继续交谈，说说《战争与和平》。

——英国莎士比亚，真是太精彩了。我们也一定要去看看的，他的书可是英国文学的皇冠啊。你有什么疑问可以提出来的，莎士比亚他会替你解答。在莎士比亚那里，你也可以对他质疑与批评的：老先生，你塑造的人物都是真实的吗？你的语言真是"快乐英格兰黄金时代"所特有的青春活力的表现吗？

诗、词、歌、赋、散文、戏剧……都是可以成为一本本的书的，它们都等着你们去打开。读书是人生最大的快乐。而且，读书能给你十个人生，一百个人生。所以我做一个开场白，做个引子，讲一下读书的快乐。这也是我一生的体会。宁海是读书种子之乡，读书的风气很好。那个时候，我在宁海，到桃源桥外面去散步……这是别的地方没有的情景。

今天，我给大家讲文学鉴赏课。不论同学们是读文科的，还是读理科的。文学的书，一定要它陪伴终生。你们都是十六七岁，那时吉旺他们也是。那时，我六十岁，同学们三十几岁，我说了四个字，他们感动得不得了。今天，我仍然要说这四个字。同学们，你们"年轻真好"！

陶渊明对读书怎么说的？四个字——"不求甚解"。不求甚解，有陶渊明的意趣在。今天有时间，我给大家细细地讲鉴赏，讲唐诗——"求其甚解"。诗作者是7世纪的，叫张若虚。张若虚知道的啊？张若虚有一首诗叫《春江花月夜》。有评价说这首诗"孤篇盖全唐"。孤篇盖全唐，厉害着了。张若虚一生只留下二首诗，一首就是《春江花月夜》，"孤篇横绝，竟成大家"，这是一个恰当的评价。"诗中的诗，顶峰上的顶峰"，这个是闻一多先生的评价，我很同意。今天，我们一起来欣赏。我先把这首诗朗诵一遍。现在，我们一起回到7世纪的长江边，与张若虚一起。

　　春江潮水连海平，海上明月共潮生。
　　滟滟随波千万里，何处春江无月明！
　　江流宛转绕芳甸，月照花林皆似霰。
　　空里流霜不觉飞，汀上白沙看不见。
　　江天一色无纤尘，皎皎空中孤月轮。
　　江畔何人初见月？江月何年初照人？
　　人生代代无穷已，江月年年只相似。
　　不知江月待何人，但见长江送流水。
　　白云一片去悠悠，青枫浦上不胜愁。
　　谁家今夜扁舟子？何处相思明月楼？
　　可怜楼上月徘徊，应照离人妆镜台。
　　玉户帘中卷不去，捣衣砧上拂还来。
　　此时相望不相闻，愿逐月华流照君。
　　鸿雁长飞光不度，鱼龙潜跃水成文。
　　昨夜闲潭梦落花，可怜春半不还家。

江水流春去欲尽,江潭落月复西斜。

斜月沉沉藏海雾,碣石潇湘无限路。

不知乘月几人归,落月摇情满江树。

谢谢同学们。我先讲题目。春江花月夜,都是什么元素啊?——自然元素。对,都是自然的元素。而人——张若虚在欣赏春、江、花、月、夜。而其中是人——张若虚与自然。当我们在读《春江花月夜》的时候,这人,除了张若虚,就是我们。是我们与张若虚一起,与春、江、花、月、夜相伴相思。心驰神往啊。同学们。春、江、花、月、夜,这五种事物集中体现出了人生最为动人的良辰美景,构成了诱人探寻的奇妙的艺术境界。

好的文章看神,看精气神。这诗,精、气、神十足!我们来比较一下。假如,这诗题目是《春花江月夜》呢?这春天的江水,是流动的,是精气神圆满融合共生的。《春江花月夜》是一首诗,是一曲音乐,还是一场动人的舞蹈。我记得1957年《春江花月夜》舞蹈,由陈爱莲在北京舞蹈学校首演。后来,国外观众看过她表演的《春江花月夜》后,直接称她为"the moon"(月亮)。有人评价这部舞剧《春江花月夜》是"中国古典舞最杰出的经典作品","已经具有穿越时空的力量"。"穿越时空的力量"啊!《春江花月夜》,同学们,能"穿越时空",这是一种什么样的力量?

怎么说啊,我们读书,作者是第一作者,有人说,我们读者是第二个作者。你读一本书,你不是作者,但你要变成作者,要把自己装进书里去。我上课没有特别的方法,就是要进入角色,进入环境,进入人物。走进去。

现在我们走进诗篇的大乐章。开篇是全景,是宏大的场景,是全覆盖。我们设想,在浩渺的长江边上,在长江的南京城的地方。我们与诗人一起,把大海作为背景。

诗来了,"春江潮水连海平",这句最好。"海上明月共潮生",月亮与海潮一起共生。这个月亮很亮,光照到海面上,随着波涛,无限的广阔,千万里,全覆盖。大家感觉到了吗?我们都在同一片月光下啊!这个起头好。下面另外一个镜头,是小镜头,叫"江流宛转绕芳甸,月照花林皆似霰"。什么是"芳甸"?芳甸就是芳草丰茂的原野。甸,郊外之地。江流环绕着。啊,月亮照着花林,月光不流动,这是用比喻。霰,空中降落的白色不透明的小冰粒,常呈现球形或圆锥形状。你看呢,接着的,自然就有了"空里流霜不觉飞,汀上白沙看不见"。什么是"汀"?汀,水边平地,是小洲。大家见过沙滩吗?沙基本是黄的,但月光下的沙呢?变成白沙了。白沙好在看不见。你心里感觉到有沙,感觉到沙是白色的,但眼睛看过去,看不见它,整个地被月光填满了。

接着,叫"江天一色无纤尘",啊,那一轮"孤——""月轮"啊,在皎皎空中哪。我有一段时间,离开教育,孤啊,后来回到教育,眼前展现一片无纤尘,空中皎皎,这就是人生啊。这是多么有启发的诗:孤独有什么可怕的?!孤是月轮,空中是一片无纤尘,是皎皎啊,是清啊。下一句是不得了的精彩。"江畔何人初见月?江月何年初照人?"江畔哪个人最先看到月亮?江上的月亮是哪一年最初照耀着人?这是问吗?这是个千古的真理,提出来就精彩,不需要解释。同学们哪,这是一种意识。这叫什么意识?宇宙意识。我们现在讲三观,人生观、价值观、世界观。其实,最深的就是宇宙万物,就是宇宙观。怀有这样宇宙观的人,不多。生命宇宙,好像先秦有几个接近,如庄子、老子,孔子没有这个宇宙观。还有呢,司马迁他有一句话叫"究天人之际,通古今之变",接近这个宇宙观。真正有宇宙观的人是张若虚,就是这首《春江花月夜》。

是啊。刹那间,真有点恍惚了,却忽然真正地清醒着。人生代代无穷已,江月年年只相似。人生是很快的,是短暂的。但是"江月年年只相似",江月,千年万年,千年万年的江月都一样吗?"只相似"。我也曾是翩翩少年,现在……所以大家要珍惜啊。你看啊,不知江月待何人,但见长江送流水。一切过去都是很快的。逝者如斯夫?"白云一片去悠悠,青枫浦上不胜愁。"虚的过去,最要有实的东西来。清枫浦上谁在不胜愁啊,良人。同学们,在这个星球上,男人与女人,是最最重要的组成?你们同意不同意啊?一人在外漂泊,一人高楼相思。就像储吉旺与他的爱人。"谁家今夜扁舟子?"储吉旺,办企业,他老是要出门,出去办事,出去经商。他们都是扁舟子。"何处相思明月楼?"谁人不知道"少年不知愁滋味"?坐在后面的学生知道啊。人有些感情是虚的,只有相思的感情是最真的,最深的,也是最美的。

现在把镜头交给女性。"可怜楼上月徘徊",月在徘徊,良人在徘徊,她想念那个离人啊。同学们,你们同学化妆照不到镜子吗?有句话说"士为知己者死",下一句同学们说:"女为悦己者容",对不对啊?所以,照的是离人的妆镜台哪。珠帘,珠帘是卷起来了。月光,这里是指思念了啊,卷不去。捣衣砧,也是一种象征。古代妇女把织好的布帛,铺在平滑的砧板上,用木棒敲平，求得布帛的柔软熨帖。捣衣，多在秋天的夜里进行。在古典诗词中，凄冷的砧杵声被称为"寒砧"，秋天是思人的季节，捣衣用来表现征人离妇、远别故乡的惆怅。"捣衣砧上拂还来。"思念卷不去，拂还来。此时，相望，望不是一般的望，此时是"不相闻"，"愿逐月华流照君"——我希望随着月光流去照耀着你。"行也思君，坐也思君。"越是想着不去思念，越是发作得厉害。同学们用一个词形容："痴情"。对。痴情。我觉得"痴情"是一种极好的美德。痴情的月光流得到吗？流不到。流不到怎么办啊？发信息啊。微信、QQ。那时有吗？接着，通过两个比喻。鸿雁传书，同学们听说过。"鸿雁长飞光不度，鱼龙潜跃水成文。"鸿雁长飞，光不度。这鱼龙潜跃形成的水纹都是不尽的思念之情，都是爱的表达。这样的一种思念的爱，值不值得？这是一种最美的爱！

下面是男人的视角。"昨夜闲潭梦落花"，梦落花，梦花落池潭，到底梦谁啊。"可怜春半不还家"，可怜半年过去了，自己还不能回家。"江水流春去欲尽，江潭落月复西斜。"这是男同学的第一乐章。"斜月沉沉藏海雾，碣石潇湘无限路。"这是第二乐章。斜月慢慢下沉，藏到海雾里，"碣石""潇湘"两地相隔遥远。临碣石，观沧海。"潇湘"还有相思、伤心之地的意思，又有情已成空，无可奈何的意思，诗人常用来寄情。今夜乘着月色，又有多少人等着回家，又有多少人回不了家啊。在这归家的路上，就有思念落空不能归家的我。"不知乘月几人归，落月摇情满江树。"落月，怎么说呢，西落的月亮摇荡着离情，洒满了江边的树林。

真是美啊。不知大家以为如何。最后说说这首诗的价值，这首诗的影响。大家知道，张若虚是初唐诗人。初唐也有个诗人叫张九龄，张九龄写了一首诗叫《望月怀远》，有名句"海上生明月，天涯共此时"。这句诗哪来的，来自"海上明月共潮生"。这是模仿，不是抄袭。后来到了李白，啊呀，李白真是天马行空啊，直接与《春江花月夜》挂钩的，如"青天有月来几时"。张若虚不是有"江畔何人初见月？江月何年初照人？"又如李白"我今停杯一问之"，你看，有没有张若虚的影响？李白还有一首诗，叫《月夜独酌》："花间一壶酒，独酌无相亲。举杯邀明月，对影成三人。"这种奇思妙想，是李白的，但是精妙的诗句影响来自张若虚。大家同意否？大诗人杜甫《月夜》："今夜鄜州月，闺中只独看。遥怜小儿女，未解忆长安。香雾云鬟湿，清辉玉臂寒。何时倚虚幌，双照泪痕干。"有没有《春江花月夜》的影响啊？细读，诗里的内容，有太多的《春江花月夜》的影子。最明显的是苏轼，大家都熟悉的，"明月几时有，把酒问青天"。有人说，苏轼的"中秋"词一出，余词尽废。我觉得有点夸大。但苏东坡也是受了张若虚的影响。

最后，我简单介绍下我自己。我是1936年出生的，1951年16岁，开始当教师，教了5年小学；1956年，考上大学，读了4年，然后就到宁海教书；第一站到长洋中学。长洋，你们去过吗？那地方以前非常偏僻。教了一年半，大概我教书还可以，所以宁海中学把我调来了。时间在1962年春天，我在宁海中学待了8年，这8年时光很难忘。后来，我回到舟山去了。当了两个学校的校长，一个叫舟山师范专科学校的，一个叫东海学院院长。

61岁，校长不能当了，教授还可以，二年一聘，又连聘教了10年。没办法，退休了。后来学校返聘，又当了5年教师。到我76岁的时候，走下讲台。今天到这里来上课，也可能是我的最后一课，我要留下来作纪念。记得1984年，我到舟山师范专科学校做校长的时候，49岁，我在大会讲了几句话，其中有两句话，叫"与知识在一起，我将永远充实；与学生在一起，我将永远年轻"。今天，我还要讲这两句话。我现在每天还在学习，杨绛先生的书，钱钟书先生的书……我都在看。"与知识在一起，我将永远充实；与学生在一起，我将永远年轻。"今天，我的妻子与学生就坐在前面。所以，我与学生在一起，永远年轻！

下面请同学们提问。在唐诗宋词的范围内，什么问题都可以提。

同学1：王老师好！很感谢爷爷辈的王老师，给我们带来这么有激情的鉴赏课。我想问王老师一个问题，鉴赏诗词的意义是什么？

王老师：刚才这位同学提了个很好的问题。我觉得鉴赏诗词的意义是多方面的。诗词可以让我们看到人生的各个方面。各种诗词表现了各种生活、各种人的感受。我们鉴赏诗词，首先是对这个时代的鉴赏。假如我们读唐诗，我们通过唐诗看到唐代社会。鉴赏也是对这个人的鉴赏。这个人的人品、人格，等等。鉴赏，还是对这首诗的鉴赏。比如，对《春江花月夜》的鉴赏，你们觉得这首诗美不美啊？这就是美的鉴赏。一个有美的鉴赏能力的人，人生一辈子有情怀。人生最宝贵的真善美，最需要的精、气、神，这些都包括在诗词里面。中国的好诗很多的呀。我再讲一首诗,叫《登鹳雀楼》:"白日依山尽,黄河入海流。欲穷千里目,更上一层楼。"我说,这首诗写的是唐人心态,也只有唐朝人才写得出来,宋朝人是写不出来。就是苏东坡,也写不出来。因为那个时代没有这个英雄气概,这种向往。所以,我说,诗词鉴赏可以提高一个人的审美修养,提高一个人的思想境界。

同学2:王老师,非常感谢!今天收获很多,启发很深。其他不说,我只想问一个很实际的问题:诗词鉴赏与高考作文的关系是怎样的?

王老师:我兴趣来了!我以前教古典文学,一直要求同学们背100首唐诗,背50首宋词,背50首历代古诗词。这是功夫,这是底子啊。有了200首诗词在肚子里,你有学问了,有底气了。你看,我们的国家领导人,他们的讲话,普遍都有古典诗词的。写高考作文,希望你们也能引用古代诗词,那样,绝对OK的。这样的作文不会差,我那年高考时,作文的分数占比是70%,还有古代作品翻译。我的分数是很高的,尽管我只读了初中。我在小学教5年,在这5年中,还是靠自己吧。你们在这么好的时代,要珍惜。我为你们祝福。祝福你们,读书,走向中国,跟我们的吉旺一样,走向世界。

储吉旺:我是最顽皮的学生。

王老师:孩子们,不要只是形式,不要只是表象顽皮。

储吉旺:哈哈哈哈哈……

符洪铭:我简单总结一下。王老师是语文老师,我的专业是化学。其实这个课,我无法评价。王老师的课很轻松,很有趣,很有获得感。这样一堂课,我想想肯定是一堂非常非常好的课。在课堂上,我们也听到了王老师自己的一个简介。王老师首先是宁海中学的语文老师,当然肯定的是名师。调离了宁海中学之后,调到舟山师范专科学校——现在的浙江海洋学院——当校长,身份是校长,是大学的校长,是教授,然后是文学家,文学评论家,诗人。我感觉王老师这个诗人,是浪漫的,豪放的。刚才我们在听课当中,也听出来了。这个《春江花月夜》,声音还没有出,表情、感情就出来了,以情带声么。那么,这个声音一出以后,马上把我们吸引到唐朝的诗的情境中去了。起承转合,声情并茂。我听了以后,内心非常激动。王老师有很多身份,我想想我心目当中的身份,按照现代的流行语来说,王老师就是一个男神。我1982年到长街中学,就常常听到王老师的传说故事。王老师是男神一般的存在。袁老师当时也在长街中学,我想袁老师心目中的男神也是王老师。我当时只知其名,一直没碰到过王老师。王老师在长街中学教了几年书,给我们长街中学的师生留下了非常深刻的印象。他们都在说的,当时课文中有柔石小说《二月》中的人物——一位年轻的进步青年萧涧秋,当时也有电影拍过。王老师就是其中非常有文化的内涵的萧涧秋。王老师年轻的时候是神,中年是神,现在这么大年龄仍能讲出这么好的课,更加是我心目中的神。我第一次碰到王老师,那时我已经到了宁海中学。我是2003年到宁海中学的。2004年,我们宁海中学原来的一批老师到学校搞活动,王老师参加了,王老师也给同学们讲了文学课。讲课中,王老师有四句话,很简单,我想跟同学们一起分享。王老师说:

宁海,中学好!

中学,宁海好!

宁海,好中学!

好,宁海中学!

王老师年龄大,要休息,也到饭点了。讲座就到这里结束吧。

后　记

又要出一本书，就说说心里想说的话吧。核心的话题是：关注县域文学是有意义的。

2013年秋，宁海县作协换届，作协有了新的班子。为展现作协新的活力，除日常组织采风、走亲等常规活动外，新一届作协班子，特别有心举办文学沙龙活动，并且希望沙龙活动能持续并成为作协的"品牌"活动。

2014年1月18日，首场文学沙龙活动在宁海龙珠大厦景文百货提供的温馨茶室举办。文学沙龙受到了作协会员的欢迎，活动开展得非常正常。虽中间有作协的换届，虽活动地点从最初的景文茶室，换到瞻天画廊，再转到县图书馆，但我们克服各种困难，坚持了下来。活动开展得有声有色，得到宁波市作协的大力支持，荣荣把她的新书分享会也放到我们这里来。沙龙活动的持续举办，也让作协的会员们对文学的创作与沙龙活动本身有了更多更新的期待：我们要努力多写一点啊；下期的沙龙会安排什么内容呢？会邀请到哪位大作家给我们以文学的启迪呢？

一晃，沙龙活动坚持了 10 年。这期间，我欣喜地看到作协队伍的扩大，会员们的快乐与作品质量的提升，他们在各自擅长的小说、散文、诗歌等方面收获了实实在在的创作成果。

　　首先是快乐，沙龙让我们作协有了一个定期相聚的温暖的家，文学是可爱的，文学是好玩的，我们有一群好玩的人"玩"着可爱的文学。其间，诗人严力带来诗界的清风，诗人李郁葱、胡人给了我们诗歌创作灵魂启示与投稿经验分享，赵福莲分享了口述史写作经验，剧作家杨东标给我们特别亲切的"你要懂戏"等。"喜欢仰望星空的人，做心灵美丽有使命感的人"是我们这些热爱着文学的人的努力方向和快乐所在。

　　其次是交流，是畅所欲言，是敞开心怀的交流，是文学的思考有了碰撞的机会，是疑惑有了探讨的场所。沙龙里我们也能听到来自"县域外"作家的声音。肖米系列儿童文学，张忌小说《出家》《南货店》，浦子小说《龙窑》三部曲以及报告文学《明月照深林》，阿门《半生史》，潘志光《陡峭的春天和秋天》，应满云《闲云集》，荣荣"从日常生活中寻找诗意"，赵挺小说《外婆的英雄世界》，邹汉民《塔鱼浜自然史》，黄亚洲纪实小说《花门坊八号》等，都给我们打开了眼界，我们都在诗人、小说家们的分享交流中得到激励，获得了文学的启迪与前行的动力。

　　再次是成绩，我们作协的会员从 100 多人扩大到 200 多人；10 年间，会员出版了数十本诗歌、散文、小说等作品；我们的阿门、张忌、浦子等在相关文学评奖中获得大奖；原来一群从政的诗人、作家，重新拾笔创作，出版新著，重开文学之花。

　　沙龙活动，我几乎每场参加，采风、走亲，我也不落下。其间，我收获很多。零零碎碎、断断续续记写沙龙活动的实录文字，也是我非常实在的一个收获。沙龙活动举办了 100 多场，我的文字也积累了数十篇，虽没有特别精彩的，却也有一些真实的场景与交流中智慧火花的记录；作家们在沙龙活动中表达出来的对文学创作的真知灼见，也有所留存。敝帚自珍的习惯，加上作协主席的提议与 10 周年的时间节点，让我想着整理这些文字。我剔除了太粗糙的，留下了沙龙活动 20 余篇各种活动形式的文字。想想，阿门、张忌、娄美琴等被邀请到宁海中学柔石文学社作专题文学讲座，我也曾参与其中，虽不是名章大篇，也留存有一二篇用过心思的讲稿，我不想丢弃。还有，著名诗人方牧讲《春江花月夜》，那份精彩，我也想与宁海中学的学子们共同留存美好。我还想着给这 10 年的作协活动留个"全貌"，就想着以我个人的视角为"县域文学"活动留存一份独特的文学在场史。因而就借着这个"留存意义"的自我"加持"，"硬生生"编出这样一本自然的以沙龙为主涉及采风、走亲、讲座以及怀念真性情等的原生态的"文学"集子。

集子编成，有诸多犹豫。印或不印，随印交流还是正式出版，一时不能确定。我删除了几篇又加回一篇；听家人意见，又删除几篇再删除几篇。但陋物自珍，总有不忍割舍的，上上下下，最后确定"以文学的名义"，留一份一群人"走在文学边边上"的率真痕迹。恰好，作协群里"适时"出现了一则出版信息。我就打听着出版的相关事宜。最后得知这本书可以出版，就签下了出版合同。

集子所记，不朽是不可能的。余华是处在当代中国文学中心的一位作家，他也只希望"百年内"还有人说着他的《活着》。我们这一群走在文学边边上的人，出个集子，在当代当地的文学圈里起那么一点点涟漪，我也就心满意足了。如果还能延续着有点印象，那更要庆幸了。当然，有宏大文学理想的作家们，不在此列。

感谢宁海——这个有着绵长文风读书种子之乡，感谢与我一道努力着的作家朋友们，感谢有这么一个开放的伟大时代，感谢可爱好玩的文学，感谢荣荣的序，感谢给予我帮助的所有的人、事、物！感谢！感恩！

在学习写作的路途上，当过四十年语文老师，我记着并一直喜欢着这样的一副对联：独甘守拙听天命，最喜为仁作嫁衣。尽人事，听天命，这是我最深沉的感恩。我奉献这本小书，除了感恩，更有一种想法：在当下这个高质量发展的伟大时代，人们能着意于去关注县域的文学、文化现象与县域经济社会发展的联系，那将会是一件非常有意义的事情。

袁伟望

2023 年 9 月